Was vom Schnee bleibt

Bibliografische Information der Deutschen Nationalbibliothek:
Die Deutsche Nationalbibliothek verzeichnet diese Publikation in der Deutschen National-
bibliografie; detaillierte bibliografische Daten sind im Internet über http://dnb.dnb.de
abrufbar.

© 2022 SKRIPT-Verlag - Wolfgang Reif
Oleanderstraße 12 - 41470 Neuss
Tel. 0 21 37/95 27 88
Fax 0 21 37/95 27 83
Lektorat: Stephanie Keunecke
Satz und Layout: Wolfgang Reif
Covergestaltung unter Verwendung eines Fotos von Marie Molsberg
Taschenbuch: ISBN 978-3-928249-33-1
E-Book: ISBN 978-3-928249-34-8
www.skript-verlag.de

Marie Molsberg

Was vom Schnee bleibt

Roman

Marie Molsberg, aufgewachsen im Westerwald, lebt und schreibt in Berlin.

Wichtige Worte in ihrem Leben sind: lesen, schreiben, lachen, Berge, Blumen, Radtouren, neugierig, frech, ungeduldig, sowohl als auch, hier und jetzt, ja.

„Was vom Schnee bleibt" ist ihr erster Roman.

Prolog

Diese kleinen Wesen berührten sie zutiefst. Die Kleinsten kaum größer als ihr Daumennagel, die Größten etwa wie ihre Handfläche. Hunderte von ihnen waren in den flachen Wasserbecken der Lagune umher geschwommen. Jede einzelne unverkennbar, der Panzer individuell geformt und gefärbt, wie ein Fingerabdruck. Diese wild rudernden Beinchen auf ihrer Hand spüren, dieses instinktive, archaische Wissen, ins Wasser zu gehören und nur dorthin und auf dem Trockenen völlig falsch zu sein – was für eine Sicherheit diese winzigen Kreaturen hatten und mit welcher Kraft sie ihrem Wissen folgten …

Wann wissen wir etwas mit absoluter Sicherheit? Wenn alle bisherigen Erfahrungen dafür und keine dagegen sprechen? Ist das ausreichend? Helen fand das mehr als ausreichend.

Ulm, Montag, 25. November 2013

Hier ist alles in bester Ordnung – wenn der Raum eine Botschaft hatte, dann diese. Helen sah sich zufrieden um. Zwei breite Treppenstufen trennten den oberen Teil des Wohnzimmers mit den deckenhohen Kirschholzregalen voller Bücher und CDs von der hellen Leder-Sitzgruppe und dem Natursteinkamin unten im Wintergarten. Mattweiße Kalkfarbe an den Wänden und dunkel gebeizte Holzbalken an der Decke bildeten einen lebendigen Kontrast dazu.

Vor sieben Jahren war sie mit ihrem Sohn Jan in das Fachwerkhaus gezogen, und noch heute freute sie sich jeden Tag darüber, dass sie damals – allen wohlmeinenden Warnungen der Freundinnen zum Trotz – die Energie aufgebracht und diesen lichten Glas-Anbau mit Rundumblick in den winzigen Garten angefügt hatte.

Das Feuer im Kamin brannte, Frodo döste daneben auf seiner Decke vor sich hin. Jan hatte ihr den grau-weißen Husky-Mischling aus dem Tierheim geschenkt, als er vor drei Jahren zum Studium nach Berlin gezogen war. *‚Damit du was zum Schmusen hast, Mam.'*

Sie hatte das überhaupt nicht witzig gefunden. Was sollte sie mit einem Hund? Frodo hatte sie eines Besseren belehrt, ausdauernd, verspielt und eigenwillig wie er war – und inzwischen nicht mehr wegzudenken aus ihrem Leben.

Den niedrigen, hellgrauen Couchtisch hatte sie mit schwarzen Filzuntersetzern gedeckt, darauf je vier Sekt- und Wassergläser, daneben große und kleine weiße Teller. Die grau-weißen Servietten abgestimmt zur Farbe des Tisches und des wollweißen Teppichbodens. *Soweit alles fertig, jetzt konnten sie kommen.* Elke würde wahrscheinlich die Erste sein oder Anja, wenn sie direkt aus der Klinik kam, Claudia war meistens zu spät.

Helen setzte sich auf das linke der beiden Sofas und schaute ins Feuer. Die Abende mit den Freundinnen waren wie ein Teller voll nahrhafter Pasta, cremig-gehaltvoll, wohlschmeckend, nur sehr selten unbekömmlich, etwa durch eine Überdosis guter Ratschläge in Sachen Entspannung oder Partnerwahl. Für heute hatte sie ein italienisches Menü vorbereitet, Bruschetta zum Einstieg, dann eine Lasagne und als Nachtisch Pannacotta mit heißen Himbeeren.

Noch mal tief Luft holen, bevor es los ging. Und noch eine Hintergrund-musik auflegen, mit Jan Lundgren und seinem filigranen Tastenzauber in einem klaren skandinavischen See baden …

Am liebsten sollte Anja neben ihr auf dem Sofa sitzen, Elke gegenüber und Claudia gemütlich auf dem Sessel vor dem Kamin.

Anjas gute Laune würde sie anstecken, sie würde sich leicht fühlen und mitlachen. Elke in ihrer strengen norddeutschen Art würde gelegentlich nüchterne Kommentare einwerfen oder Zahlen, Daten, Fakten einfordern, und Claudia hätte den neusten Ulmer Tratsch parat, direkt aus ihrer Apotheke frisch auf den Tisch, garniert mit kleinen, wohldosierten Boshaftigkeiten …

„Jetzt hör doch auf, und lass Helen endlich in Ruhe, Anja!", sagte Elke ohne jede Spur von Heiterkeit, trotz einiger Gläser Prosecco. „Du kannst sie doch nicht im Ernst mit irgendeiner dieser Internet-Gestalten verkup-peln wollen."

Anja hob erstaunt die Augenbrauen.

„Mögt ihr noch einen Schluck?" Helen wartete keine Antwort ab, goss sorgfältig alle vier Gläser nach und putzte den Hals der Prosecco-Flasche mit einer vorbereiteten Serviette ab. Ihr Nacken verspannte sich. Der Abend war noch keine zwei Stunden alt.

Ja, seit Jans Geburt hatte sie keine Beziehung mehr gehabt und lebte al-leine. Ja, ihr Sohn war schon über Zwanzig. Ja, und? Deshalb musste Anja doch nicht ausgerechnet heute mit *Flirtline* ankommen.

Claudia nippte an ihrem Glas und sagte: „Schön, deine Amaryllis, Helen, habe ich auch gerne im Advent."

Anja setzte sich auf und nahm ihr Handy in die Hand. „Jetzt sei nicht so, Elke, und schau dir das wenigstens einmal an, du weißt doch gar nicht, wovon du sprichst."

Elke trank ihr Glas in einem Zug aus. „Es tut mir leid, Mädels, aber das hier ist selbst mit ausreichend Alkohol für einen denkenden Menschen nicht zu ertragen."

Helen nickte zustimmend.

„Jetzt übertreibst du aber, ist doch vielleicht ganz witzig", sagte Claudia. „Entschuldigt mich, ich muss morgen früh raus. Deine Lasagne war üb-rigens ausgezeichnet, Helen, wie immer!" Elke stand auf und griff nach ihrer Tasche, wieder ein Modell, das Helen noch nicht kannte. Elke war die Königin der Handtaschen, für jeden Anlass eine Neue.

„Macht's gut, bis zum nächsten Mal und grüß' mir Berlin am Wochenende, Helen!" Elke ging die beiden Stufen hoch in Richtung Flur.

„Mach's besser und bring mal dein Toleranzmodul zur Inspektion!", rief Anja ihr hinterher und schaute wieder auf ihr Handy. Claudia deutete ein Winken an, machte es sich neben Anja auf dem Sofa bequem und sagte: „Lass mal sehen!"

Helen stand auf und brachte die Freundin zur Tür. „Verstehst du jetzt gar keinen Spaß mehr, du arbeitsames Nordlicht?"

Elke lachte. „Du kennst mich doch, ist morgen wieder vergessen. Aber jetzt so eine Reihe von Solarium-gebräunten, selbstverliebten Bodybuildern anschauen – da genieße ich lieber eine Runde Schönheitsschlaf. Manchmal kann Anja schon anstrengend sein."

Helen nickte und umarmte Elke zum Abschied. Heute war leider definitiv so ein *manchmal*. Sie hatte alles so schön vorbereitet, die Getränke beim Italiener besorgt, die Lebensmittel frisch vom Markt geholt, die Gläser gekühlt, und jetzt das, sinnloses Reden über Männer und welcher am besten zu ihr passen würde. Es war zum Davonlaufen.

Im Vorbeigehen warf sie einen kurzen Blick in den Garderoben-Spiegel, sah ihre dunkelblonden Locken, wie immer ein wenig ungebändigt, zarte Lachfalten um die Augen, eine ebenmäßige Nase und schön geschwungene Lippen, eigentlich ganz ok so.

Leise seufzend ging Helen zurück ins Wohnzimmer. Was für ein Anblick: Anja und Claudia einträchtig wie in einem Gemälde von Renoir auf dem Sofa, vertieft in Männerbetrachtungen. Anja, groß und schlank in verwaschenen Jeans, daneben Claudia, fast einen Kopf kleiner und füllig. Der rote Schal, den sie zum grauen Strickkleid trug, hatte exakt die Farbe ihres Lippenstifts. Ein Bild des Friedens – wäre da nicht …

Das Feuer im Kamin flackerte unruhig, Helen legte noch ein paar Stücke Holz nach und drosselte den Luftzug ein wenig. *Atmen. Locker bleiben.*

„Na, das war ja mal wieder ein Abgang", staunte Anja, „bin ich wirklich so schlimm? Ich meine es doch gut mit dir, Helen! Du musst dich mehr engagieren, du bist 43, von selbst passiert da nichts mehr."

Anja wischte weiter über das Display: „Jetzt schau du wenigstens einmal her: *Flirtline* heißt die App."

Helen stellte sich hinter das Sofa und schaute Anja und Claudia über die Schulter.

„Wie gefällt dir Eric? Der sieht doch echt gut aus, sportlich, blond, der wäre doch was für dich!"

Helen holte tief Luft und beugte sich weiter nach vorn. Der Mann auf dem Display hatte kurze Haare, strahlte wie aus einer Zahnpasta-Werbung und interessierte sie nicht im Geringsten. Sie verdrehte die Augen.

„Komm schon, Helen, schau nicht so kritisch, wir finden jetzt ein Date für nächstes Wochenende in Berlin! Was meinst du zu Stefan? Schau, der hat auch einen Hund!"

Helen spürte wie die senkrechte Falte zwischen ihren Augenbrauen tiefer wurde. „Lass mal, Anja, in Berlin habe ich keine Zeit für sowas, schließlich besuche ich Jan. Vielleicht mal im Frühjahr und lieber hier in der Gegend."

Claudia kehrte auf ihren Platz zurück, spielte mit den Fransen ihres Schals und sagte: „Die Fotos sind ja ganz witzig, aber wenn du mich fragst, Helen, du solltest mal einen Club-Urlaub machen, anstatt immer auf eigene Faust zu verreisen. Eine Cousine von Christian hat da auch ihren späteren Mann kennen gelernt."

Ich frage dich aber nicht. Wie satt sie diese permanenten Ratschläge hatte! Als ob ein Schild auf ihrer Stirn kleben würde: ,*Partner-Such-Hilfe erbeten, am besten ungefragt und ständig'.* Helen setzte sich wieder neben Anja auf das Sofa und wickelte sich fester in ihre weite Strickjacke ein. Von Claudia konnte sie diese Art von Lebensberatung am wenigsten ertragen, denn Claudia wusste, wovon sie sprach. Während Anja als ewige Single auf ewiger Suche lebte, war Claudia seit zwanzig Jahren mit Christian verheiratet, zog mit ihm drei Teenager groß und managte die eigene Apotheke. Das Ganze mit dauerguter Laune und einem Lachen, das Schnee zum Schmelzen brachte – Claudia war ein Phänomen.

„Mensch, Claudia, willkommen im Jahr 2013! Club-Urlaub macht heute keiner mehr", sagte Anja. „Glaub mir, Online-Dating ist die Zukunft."

Anja als Zukunftsexpertin, auch interessant! Seit zwanzig Jahren denselben *Atomkraft-Nein-Danke-*Aufkleber auf dem Rad und ewig Doc-Martens an den Füßen, aber Trendscout in Dating-Fragen.

„Lass mal gut sein", sagte Claudia und wand sich in ihrem Sessel, Anjas Prosecco-selige Hartnäckigkeit schien auch ihr langsam unangenehm zu werden.

„Nein, ich lasse es nicht gut sein." Anja goss sich einen Prosecco nach. „Ich bin deine beste Freundin, Helen, und ich werde nicht tatenlos zusehen, wie du zwischen Arbeit, Hund und gelegentlichen Besuchen bei deinem Sohn versauerst. Prost!"

Helen schaute Claudia hilfesuchend an.

„Wisst ihr schon, dass Dr. Sauer das *Schiefe Haus* gekauft hat und ein Hotel daraus machen will?", fragte Claudia.

Helen schenkte ihr ein dankbares Lächeln.

„Tut mir leid, Claudia, dein Ablenkungsmanöver in Ehren", sagte Anja, „aber Helen war gerade dabei, sich für einen dieser jungen Männer am nächsten Wochenende zu entscheiden."

Genau dabei war sie gerade nicht! „Ich brauche Bedenkzeit, warte einen Moment", antwortete Helen. Sie musste Anja bremsen, und das ging zuverlässig nur mit einem Mittel, zumindest vorübergehend. Sie räumte die benutzten Teller zusammen, das Besteck dazu und ging in die Küche. Etwas zu essen würde helfen, da war sie sicher. Während sie die Himbeeren für das Dessert erwärmte, hörte Helen aus dem Wohnzimmer Anjas Stimme: „Wieso fällst du mir so in den Rücken? Ich hatte Helen fast soweit und dann kommst du mit Dr. Sauer. Wie oft soll ich denn noch von vorne anfangen?"

Claudias leise Antwort konnte sie nicht verstehen. Helen nahm die kleinen Schalen mit der Pannacotta aus dem Kühlschrank und stellte sie auf ein Tablett, die heißen Himbeeren goss sie in eine doppelwandige Glasschale und stellte sie dazu. Jetzt noch die Löffel und zurück ins Wohnzimmer. „Schaut, was ich hier für euch habe!" Helen stellte das Tablett auf den Tisch, Anja und Claudia strahlten und nahmen sich jeweils eine Schale, eine entspannte Stille entstand.

„Hm, sehr lecker", sagte Anja und nahm sich noch einen zweiten Löffel von der Himbeersauce, etwas zu schwungvoll für Helens Empfinden und prompt landete ein dicker Tropfen auf dem weißen Teppichboden. Anja bemerkte es nicht, Helen sehr wohl.

Und nun? Eigentlich müsste sie jetzt sofort ein feuchtes Tuch holen und versuchen, den Schaden zu begrenzen. Aber das würde Anja dankbar aufgreifen für einen Vortrag in Sachen Putzfimmel und Pedanterie, und diese Diskussion brauchte sie auch gerade nicht. Vielleicht würde sie es später noch mit ihrem Spezial-Fleckentferner ...

„Fährst du dieses Jahr Weihnachten wieder in die Karibik, Helen?", fragte Claudia.

Helen lehnte sich zurück und lächelte. „Ja, diesmal auf die Cayman-Inseln, ich freue mich echt darauf! Seit Anfang November operiere ich an zwei Tagen pro Woche in Neu-Ulm, ich bin sowas von urlaubsreif."

Claudia aß genüsslich noch einen Löffel von der Pannacotta. „Sehr lecker, dein Nachtisch! Über die Feiertage so weit weg, das wäre nichts für mich, ich brauche Schnee und einen Adventskranz und die Weihnachts-Motetten im Münster."

„Du und deine Alle-Jahre-wieder-Romantik", sagte Anja, „lass Helen nur ihre Karibik, sonst kommt sie völlig aus der Übung, was die Jungs angeht! Hinterher sieht sie ja immer sehr entspannt und zufrieden aus." Anja lächelte wissend.

Ihre Freundinnen ahnten nicht im geringsten, wie sehr sie tatsächlich aus der Übung war. Der smarte Liam aus San Francisco, mit dem sie so tolle Segeltouren gemacht hatte, und Raoul, der Musiker aus Kingston mit dem unglaublichen Rhythmusgefühl, und Pierre, der französische Tauchlehrer mit den schlanken Händen, und all die anderen, von denen sie im Lauf der Jahre geschwärmt und ausführlich berichtet hatte – alle frei erfunden ...

Und sie würde sich eher die Zunge abbeißen als den Mädels in diesem Punkt die Wahrheit zu sagen. Ihr jährlicher Karibikurlaub funktionierte perfekt als Notlügenkulisse für erotische Abenteuer mit gut aussehenden Männern, die sich dann hinterher natürlich nie mehr meldeten, weil anderer Kontinent und so. Von Januar bis März konnte sie ausführlich berichten, was sie sich in Cosmo, Vogue und Men's Health so angelesen hatte, und so bescherte ihr das Frühjahr in den letzten Jahren immer wieder eine gewisse Schonzeit in Sachen Partnervermittlung.

In Wahrheit – in Wahrheit musste sie nur ihren Sohn Jan ansehen, um zu wissen, wie lange die erste und einzige sexuelle Begegnung ihres Lebens nun schon zurücklag. Jan war diesen Sommer 22 Jahre alt geworden.

Anja und Claudia unterhielten sich über den neuen Sportlehrer von

Claudias Tochter, einen jungen Referendar. Anja hatte noch eine Runde Prosecco nachgeschenkt. Der Fleck, nur wenige Zentimeter von Anjas rechtem Fuß entfernt, tauchte immer wieder in Helens Blickfeld auf. Ihn tatenlos zu betrachten rief ein unangenehmes Kribbeln in ihrem Bauch hervor, vielleicht sollte sie jetzt doch ein Tuch holen ...

„Wolltest du nicht noch ein paar Erdnüsse holen?", fragte Anja.

„Stimmt, habe ich ganz vergessen, sorry." Helen stand auf, holte eine Schale mit Nüssen aus der Küche und setzte sich wieder neben Anja.

„Du scheinst wirklich urlaubsreif zu sein", sagte Claudia, „sonst vergisst du doch nie etwas."

„Das stimmt nicht. Jan erinnert mich immer wieder an das tiefe Atmen und die lockeren Schultern." Demonstrativ kreiste Helen einige Male mit den Armen und atmete tief ein und aus. „Und genauso oft vergesse ich mit der *Stopp!!-Technik* meine Grübelschleifen zu unterbrechen und die Dinge entspannt auf mich zukommen zu lassen."

„Ein wenig Entspannung würde dir in der Tat gut tun", sagte Anja, streckte ihren Arm aus und knetete Helen mit der rechten Hand kurz Nacken und Schultern.

Hmm, das könnte öfter jemand machen. Helen reckte sich Anjas Hand entgegen. Sie könnte mal wieder zur Massage gehen.

„Trinken wir auf unsere wunderbaren Kinder", sagte Claudia „und auf die unbezahlbare Selbsterfahrung, die sie uns tagtäglich schenken."

Das Feuer im Kamin war runtergebrannt.

Geschafft! Anja war als letzte gegangen, Helen hatte ihre Freundin zur Tür gebracht, herzlich umarmt und ihr noch nachgeschaut, wie sie ihr Fahrrad leicht schwankend um die Ecke schob. Wie ihr Leben wohl ohne Anja verlaufen wäre? Sie war nicht sicher, ob sie ohne Anja überhaupt noch leben würde.

Als sie sich im Studium näher kennenlernten, war Anjas Sohn Malte acht Monate alt und Helen hatte gerade festgestellt, dass ihre ausbleibende Monatsblutung nicht Folge des permanenten Prüfungsstresses, sondern offensichtlich Folge eines One-Night-Stands und der daraus resultierenden Schwangerschaft war. Anja hatte an diesem Tag neben ihr im Biochemie-Praktikum gesessen und nach ungefähr dreißig Sekunden gespürt, dass hier Tatkraft und Lösungsideen gefragt waren, zwei Eigenschaften, die sie im Übermaß besaß.

„Abtreibung?", hatte Anja als erstes gefragt.

„Kommt nicht in Frage!", hatte Helen erschrocken geantwortet. „Ist außerdem zu spät, bin schon im vierten Monat."

„Dann lass uns das doch zusammen machen, meine Wohnung ist groß genug, wenn die Kinder sich ein Zimmer teilen. Wir können gegenseitig auf sie aufpassen, sie haben quasi ein Geschwisterkind und wir können zusammen lernen und sparen Geld bei der Miete. Und wenn es nicht funktioniert, dann können wir wieder jede für sich weiter machen. Was haben wir zu verlieren?"

Anja hatte das so entschlossen und so überzeugend gesagt, dass Helen jedes Wort geglaubt hatte. Es musste einfach wahr sein, weil es so wunderbar wäre nicht alleine zu sein mit all den Ängsten und Sorgen. Und ohne lange nachzudenken – was auch damals schon sehr ungewöhnlich für sie gewesen war – war sie einen Monat später mit in Anjas Wohnung gezogen.

Anja hatte die Gesprächsstrategie für Helens Mutter Elvira entwickelt, ebenso die für Thorsten, den Kindsvater, und für die Sachbearbeiterin des BAföG-Amts, die während der Mutterschutz-Wochen die Förderung einstellen wollte.

Anja hatte ihr eine Ausbildung zur Krankenschwester und einige Jahre Erfahrungen mit Jungs voraus, und da wo sie selbst zögerlich im Kreis herumdachte, da machte Anja einfach, und rückblickend war Helen sich sicher, dass sie damit ihr und Jan das Leben gerettet hatte.

Helen fröstelte, sie stand noch immer in der Haustüre. Langsam ging sie zurück ins Wohnzimmer, räumte den Tisch ab und trug das Geschirr in die Küche. Im Vorbeigehen begegnete sie ihren graugrünen Augen im Flurspiegel. Sie schenkte sich ein Lächeln, die Strenge verschwand. Ihr Äußeres war es nicht, das hatte vielen Männern gefallen. Vielleicht überforderte ihr Ordnungssinn einen Durchschnittsmann, vielleicht war es auch ihre Bindung zu Jan, die keinen Platz ließ für einen Anderen. Egal. Es war gut so, wie es war. Sie war nun mal nicht locker und spontan. Sie fühlte sich nicht frei und leicht unter fremden Menschen. Sie verstand nichts von *Flirtline* und Dating-Portalen. Na und? Es gab Schlimmeres. Und es gab eine Reihe von Dingen in ihrem Leben, auf die sie richtig stolz war: ihr Sohn Jan, ihre langjährigen Freundschaften, ihre Unabhängigkeit, ihre eigene Praxis, ihre sportliche Kondition und ein Händchen für Schönes hatte sie definitiv auch. Dieses Haus und wie sie es gestaltet hatte, wie sie Nischen und Räume geschaffen hatte, Orte zum Arbeiten und zum Wohlfühlen – da machte ihr so schnell keiner etwas vor.

Helen lächelte. Jetzt noch einen Moment der Ruhe genießen, im Wohnzimmer sitzen und den Plan für morgen machen ... *Der Fleck!* Wie hatte sie den Fleck vergessen können?

Berlin, Freitag, 29. November 2013

„Magst du noch einen Kaffee, Mam?", fragte Jan und hielt die Kanne schon in der Hand. „Ja, bitte, der macht mich hoffentlich wieder munter." Helen gähnte. Ein Bett wäre jetzt schön oder wenigstens eine Matte zum Ausstrecken. Sechs Stunden Zugfahrt, das war einfach zu lang für ihren Rücken.

Sie betrachtete ihren Sohn. „Du siehst völlig verändert aus mit deinen kurzen Haaren, da brauche ich noch eine Weile, um mich daran zu gewöhnen", sagte sie. Um sich an das Durcheinander hier in seiner WG-Küche zu gewöhnen, würde eine Weile nicht ausreichen. Auf der Spüle stapelte sich das benutzte Geschirr der letzten Tage, im Regal neben dem kleinen Fenster stand ein wildes Sammelsurium offener Müsli-, Reis-, Nudel- und Kartoffelpüree-Packungen zwischen getrockneten Tomaten, Nüssen, Pudding- und Backpulver, diversen Kaffee- und Tee-Sorten und einem halb leeren Marmeladeglas. Auf der Fensterbank die kümmerlichen Reste einer vertrockneten Basilikumpflanze an der Seite eines angeschimmelten Avocado-Kerns, der in einem Wasserglas Wurzeln ziehen sollte. Weder Jan noch seinen Mitbewohner schien das zu stören. Immerhin, den kleinen Küchentisch hatte er abgewischt, bevor er ihre Kaffeetassen darauf gestellt hatte. Der Kaffee war viel zu stark, die Tasse nicht sauber gespült. Aufstehen, Ärmel hochkrempeln, anfangen. Ordnen, aussortieren, wegwerfen, spülen, putzen, das würde helfen. Nein, das würde sie jetzt nicht sagen, nicht knapp eine Stunde nach ihrer Ankunft schon den ersten Streit vom Zaun brechen.

Sie vermisste ihn so. Sein Gesicht war so schmal geworden, unter den Augen dunkle Ringe. Berlin und die Veränderung – nicht nur seines Äußeren – waren ihr nicht geheuer. Warum konnte er nicht in Stuttgart studieren oder in Würzburg? Ausgerechnet Berlin! Allein die Größe dieser Stadt und jetzt diese Frisur, seine schönen dunklen Locken. Einfach ab. Fast kahl rasiert bis zu den Schläfen, nur noch eine glatt-gegelte Tolle am Oberkopf, *Undercut* hatte er gesagt. Er sah so fremd aus. Er war so fremd.

Stopp!! Nicht in die Ich-will-meinen-kleinen-Jungen-wiederhaben-Denk-Schleife einsteigen, nicht jetzt! Das Zusammensein mit ihm genießen, sehen, wie es ihm geht – deswegen war sie hier. Ihn spielen hören morgen, dabei sein bei seinem ersten Berliner Auftritt.

„Was machen wir heute noch, wozu hast du Lust?", fragte Jan.

„Ich weiß nicht, was schlägst du vor?", antwortete Helen.

„Heute Abend könnten wir noch ins *A-Trane* gehen, da spielt eine Combo aus Paris mit Oboe und Sax als Solisten oder ins *Schwarze Café*, wenn du es ruhiger magst." Jan redete schnell, seine schlanken Hände waren dabei immer in Bewegung, so als dirigiere er seinen eigenen Sprachfluss. Er hatte den schlaksigen Körper seines Vaters und auch dessen geschmeidige Beweglichkeit. „Vorher kochen wir was, ich habe Champignons, Parmesan und Pesto eingekauft, und dann muss ich dir natürlich mein Stück für Samstag vorspielen, der Impro-Teil ist voll cool, du wirst es mögen."

Helen schaute ihn an, seine dunklen Augen, sein glatt rasiertes Gesicht, seine sehnigen Unterarme, die in dem weiten, schwarzen Hoodie verschwanden. Wie sehr sie ihn liebte. Kein anderer Mensch auf der Welt kam auch nur in die Nähe dieses Gefühls …

„Hörst du mir überhaupt zu, Mam?"

„Entschuldige, Jan, ich war gerade ein wenig in Gedanken. Ich weiß nicht, ob ich heute Abend noch Ausgehlaune habe, die Zugfahrt war doch recht lang. Wie kommst du mit deinem Mitbewohner klar?"

„Ach, das passt schon, mach dir nicht so viele Gedanken! Er ist übrigens nicht da am Wochenende, du kannst in seinem Zimmer schlafen."

„Dann sollte ich dort vielleicht noch ein wenig aufräumen?"

„Nein, das solltest du nicht! Hier gibt es nichts aufzuräumen!"

„Nun, wenn ich mich so umschaue, dann würde mir doch das eine oder andere auffallen. Ich kann ja mal abspülen und dann sehen wir weiter."

Jan verdrehte die Augen und hob die Hände. „Ich glaube, du verstehst nicht, Mam. Ich will nicht, dass du hier irgendetwas aufräumst! Das kannst du gerne in deinem Ulmer Schöner-Wohnen-Tempel zelebrieren, aber nicht hier. Hier ist es gemütlich, hier leben Menschen."

„Jan?" Helen schluckte.

„Du bist noch keine Stunde hier und schon wieder beim Thema putzen. Du fragst nicht, wie es mir geht. Du sagst nicht, dass du meine Frisur Scheiße findest. Du hast keine Lust auszugehen oder Berlin irgendwie kennenzulernen, das nervt echt!"

Wie kam er zu solchen Vorwürfen? Helen holte tief Luft. „Ich glaube, wir beenden das jetzt besser, bevor wir noch Sachen sagen, die uns nachher leidtun."

„Klar, nur kein Streit, da könnte man ja mal Farbe bekennen oder Haltung zeigen müssen." Jan schob seine Kaffeetasse von sich und sah aus dem Fenster, dann wandte er sich Helen wieder zu. „Weißt du, was mich schon seit Jahren ankotzt? Immer hast du mir gepredigt, wie wichtig gesellschaftliches und politisches Engagement ist. Dass ich lesen soll und mich informieren und diskutieren – und was machst du? Dich in deiner Praxis-Blase verschanzen und putzen." Jan stand auf und lief in der kleinen Küche auf und ab, seine Gesten waren jetzt ausladend und hektisch. „Diskutiere doch *ein Mal* ein relevantes Thema mit mir! Es gibt zahllose: wir können über den arabischen Frühling sprechen oder über Griechenland und die Euro-Krise und warum sie die reichen Länder noch reicher machen wird oder über …"

Was wurde das hier? Sie wollte nicht mit ihm streiten. Sie wollte ihm nahe sein … Helen fiel ihm ins Wort: „Jan, warum in diesem Ton? Und von wegen ich bin unpolitisch: im Juni waren wir zusammen am Brandenburger Tor und haben Barak Obama zugehört! Es gibt doch auch Hoffnung für die Welt, nicht nur *Großkapital und Herrschaft des Bösen*. Ich verstehe gar nicht, was dich so aufregt."

Jan seufzte und setzte sich wieder zu ihr an den Tisch. „Das glaube ich sofort. Du verstehst nichts. Immer moderat, immer gemäßigt und in angemessenem Ton, genauso wie dieser weichgespülte Obama mit seiner best-friends-Rhetorik. Gibt es überhaupt irgendetwas, für das dein Herz brennt? Ein Thema, für das du demonstrieren oder streiten oder Nachteile in Kauf nehmen würdest? Irgendetwas, das dir wirklich etwas bedeutet?"

Natürlich! Für dich würde ich alles tun, für dich habe ich gestritten und viele Nachteile in Kauf genommen und ich würde es jederzeit wieder tun! „Ich weiß nicht, ob es ein Thema gibt, dem so viel Emotion gut tut", antwortete Helen leise und trank noch einen Schluck Kaffee.

„Mam, es hat keinen Sinn, du verstehst es wirklich nicht. Es geht um unsere Zukunft, darum ob die Erde noch bewohnbar sein wird in dreißig oder vierzig Jahren." Er stand auf und ging zum Fenster. „Wir müssen handeln! Reden reicht schon lange nicht mehr!" Jan schüttelte den Kopf. „Vergiss es!" Er stand vor ihr in der kleinen Küche, und die Anspannung ließ die Adern an seinem Hals hervortreten. Sie schaute ihn an, suchte ihren Jungen, suchte ihr beider stilles Einvernehmen, das sie so stark gemacht hatte. Das alles schien für ihn nicht mehr zu zählen. Er war ausgezogen, nicht nur aus ihrem Haus … Helen wurde schlecht. Der Kaffee war zu stark gewesen, sie hätte ihn nicht trinken sollen.

Jan hatte aufgehört zu sprechen, und sie konnte und wollte ihm nicht antworten. Sie konnte ihm nicht sagen wie sehr sie die Veränderung, die sie an ihm wahrnahm, ängstigte. Und sie wollte ihm nicht sagen wie sehr er ihr fehlte. Wie sie abends im Bett lag und sich vorstellte, er würde die Haustüre aufschließen und wie das beruhigende Gefühl *‚Jan ist da'* sie einschlafen ließ. Wie sie in ihrer Küche saß und beim Blick in den Garten sein Lachen beim Herumtollen mit Frodo hörte. Wie sie in seinem Zimmer stand, vor dem leeren Bett und dem leeren Schreibtisch und ihn zurückwünschte in dieses Haus und in ihren Alltag. Sie wollte keine Glucke sein, sie wollte ihn ziehen lassen …

Das einlaufende Spülwasser riss sie aus ihren Gedanken. Sie schaute auf und begegnete Jans Blick, ernst, entschlossen, erwachsen. Und auffordernd.

„Magst du schon mal die Pilze schneiden?", fragte er.

Dankbar griff Helen zum Messer.

Beim Essen sprachen sie wenig. Ihre Übelkeit hatte nachgelassen, trotzdem fühlte Helen sich außer Stande, heute noch irgendwo hinzugehen und unter fremden Menschen zu sein. Viel lieber würde sie mit Jan an der Donau entlanglaufen, ihretwegen auch an der Spree, ihre alte Verbundenheit spüren, sein Vertrauen genießen. Sie wollte nicht, dass diese Zeit vorbei war, aber diese Zeit war vorbei. Gut, dass Jan das für sich so klar hatte. Er verabredete sich mit einem Freund und wünschte ihr eine gute Nacht.

Lange konnte Helen nicht einschlafen. Bevor sie sich hinlegte, bezog sie das Bett und wischte den Nachttisch mit einem feuchten Tuch ab. Das Zimmer lag zur Straße hin und hatte keine Rollläden. Durch die geschlossenen Vorhänge blinkte die Neonreklame eines Spätkaufs auf der gegenüberliegenden Straßenseite.

Sie freute sich auf das Vorspiel morgen, Jans Musik sagte so viel mehr über ihn als seine Worte. Schon als Kind hatte er sie verblüfft, wenn er stundenlang mit ihrem Bruder Thilo Jazz-CDs angehört und sich für Ornette Coleman und David Murray begeistert hatte. Von Anfang an war das Saxophon sein Instrument gewesen, und als er mit acht Jahren endlich anfangen durfte zu spielen, übte er jahrelang wie ein Besessener, um seinem Idol James Cater näher zu kommen. Diese unerschütterliche Entschlossenheit, die er von klein auf gezeigt hatte, beeindruckte Helen fast noch mehr als sein warmer Sound, der mit den Jahren immer unverkennbarer wurde.

Sie liebte Jan so sehr, auch wenn er kein ‚Kind der Liebe' war – was für ein bescheuerter Ausdruck. Seinen Vater Thorsten hatte sie vorher noch nie und danach nur selten gesehen. Da war diese Party im fünften Semester und er war ihr den ganzen Abend auf den Fersen und irgendwann war sie neugierig, betrunken und mutig genug, mit ihm nach Hause zu gehen. Sie wusste, dass er mit seiner Freundin zu dem Fest gekommen war, und das war ihr gerade recht. Sie musste sich auf ihr Medizin-Studium konzentrieren und nicht auf die Frage, ob irgendwer irgendwann anrufen würde oder wie lange sie darauf warten wollte. Thorsten sah gut aus und er roch gut, trocken und warm, nach Vanille und Holz, daran erinnerte sie sich noch genau, und sein weicher, schlaksiger Körper hatte ihr vom ersten Augenblick an gefallen.

Sie waren zärtlich miteinander, soweit das morgens um drei und nach den Alkoholmengen möglich war, ließen sich Zeit, und als Thorsten irgendwann eingeschlafen war, betrachtete sie ihn eine Weile, um sich seinen Anblick einzuprägen. Dann suchte sie leise im Dunkeln ihre Kleider

18

zusammen, zog sich an, sorgsam darauf bedacht, ihn nicht aufzuwecken und ging auf Strümpfen lautlos zur Wohnungstür. ‚*Das also war mein erster Mann*‘, hatte sie gedacht, bevor sie leise die Tür hinter sich ins Schloss zog. Dass es auch ihr letzter gewesen sein könnte, lag damals außerhalb jeder Vorstellung, inzwischen nicht mehr.

Wie unsinnig das alles war. Da fuhr sie 600 km durch Deutschland, um mit ihrem Sohn zusammen zu sein, und jetzt wälzte sie sich hier alleine schlaflos herum, und er war mit einem Freund unterwegs.

So einfach wäre es gewesen zu sagen: ‚*Ich möchte gerne den Abend mit dir verbringen, aber nicht in so einem lauten Club, lass uns doch hier bleiben oder einen Spaziergang machen*‘. Sie hatte es nicht fertig gebracht. Nicht noch mehr Auseinandersetzungen, nicht noch mehr von dem ratlosen Schweigen und diesem Gefühl, nicht zu wissen wohin mit ihrer Gluckenliebe. Und Jan hatte Recht, ihre Neugier auf Berlin hielt sich in sehr engen Grenzen. Zu groß, zu anders, zu fremd war ihr diese Stadt. Als sie so alt gewesen war wie er jetzt, war sie schon Mutter und hatte sich sehr erwachsen gefühlt. Immerhin sprach Jan noch mit ihr, sie hatte damals den Kontakt zu ihrer Mutter fast zwei Jahre lang abgebrochen. Die grelle Neonreklame blinkte weiter im Takt, Helen zählte Schafe …

Berlin, Samstag, 30. November 2013

Jan übte für sein Vorspiel am Nachmittag, Helen hörte ihm eine Weile zu, brach dann auf zu einem Spaziergang. Dreimal rechts abbiegen und zweimal links und sie landete auf einer Bank am Lietzensee. Straßenlärm von hinten, vor ihr das Wasser. Geschäftiges Treiben am Ufer, wo wollten die alle hin? Zwei graue Möpse kamen von links mit einem passenden Herrchen dazu, alle drei klein und rund. „Na, rennt doch mal ordentlich, ihr Beiden!“, rief er ihnen energisch zu, sein Animations-Versuch verhallte ergebnislos, die Hunde bewegten sich weiter gemächlich vorwärts.

Ein trüber, dunkelgrauer Himmel hing über der Stadt, der Nebel in Berlin war anders als in Ulm, höher, weniger greifbar. Die Trauerweide am gegenüberliegenden Ufer spielte mit der Wasseroberfläche. Für Ende November hingen noch erstaunlich viele Blätter an den Bäumen, gelb-braun, welk, absterbend. Der Januar war ihr liebster Monat. Wenn die Blätter alle gefallen waren, traten die Konturen der Bäume und der Landschaft so klar hervor, alles war eindeutig, keine Garnitur, kein Lametta.

Ein Jogger in grau-schwarz trabte durchs Bild. Ein Entenpaar auf dem See zog lange, keilförmige Bugwellen hinter sich her.

Im dem Haus hinter der Trauerweide brannte im ersten Stock ein Licht. Dort oben am Fenster sitzen und lesen, mit Blick auf den See, das wäre schön. Ein Mann kam von links, die nächste Joggerin in einem neongrünen Oberteil von rechts. Sie hätte doch die Laufschuhe mitnehmen sollen. Ob man um den See herumlaufen konnte? In den dunkelgrauen Wolken bildete sich eine kleine, hellgraue Lichtung, die sich im Wasser spiegelte.

Der Mann von links war nähergekommen. Er war ihr vorhin schon aufgefallen. Seine blonden, kurzen Haare, sein gleichmäßiger Gang, seine aufrechte Haltung. An der Trauerweide war er stehengeblieben und hatte über das Wasser geschaut, fast meinte sie, zu ihr hergeschaut. Schön, wie er seine Hände aus den Manteltaschen nahm und einen Stein über das Wasser springen ließ, dreimal hüpfte der auf der Oberfläche, bevor er versank.

Ihr wurde kalt, sie hätte eine Decke mitnehmen sollen. Ein warmer Tee wäre jetzt fein. Die laute Sirene eines Krankenwagens auf der Straße hinter ihr riss sie aus ihren Gedanken. Wie gut, dass sie keinen Dienst hatte, wie gut, dass die Klinikzeiten vorbei waren. Die Möpse und ihr Herrchen kamen zurück. Offensichtlich konnte man nicht um den See herumlaufen. Helen blickte nach links, hielt nach dem Mann Ausschau, wartete darauf, dass er näher kam. Er hatte seinen Schritt verlangsamt und schaute in ihre Richtung. Sein fragender Blick – fast wie ein Anklopfen. Oder ein Wiedererkennen? Sie kannte niemanden in Berlin. Niemanden, der so gut aussah.

Eine grauhaarige, alte Frau mit all ihren Habseligkeiten in zwei großen, abgeschabten Plastiktüten setzte sich auf die benachbarte Bank, so nah, dass Helen von ihren gemurmelten Selbstgesprächen fast jedes Wort verstand: „Dann kommt doch, wenn ihr mich holen wollt, mit euch werde ich fertig, ich habe es ja schon immer gesagt …, ich habe keine Angst …" Instinktiv rückte Helen ein wenig zur anderen Seite. Nach links.

Da stand er jetzt, nur noch wenige Meter entfernt und schaute sie an. Helen senkte den Blick und er ging weiter, langsam an ihr vorbei, sehr langsam. Die helle Lichtspiegelung im Wasser war größer geworden. Sie sah ihm nach. Auch von hinten gefiel er ihr. Seine langen, schlanken Beine, der kurze dunkle Mantel, darunter eine schmal geschnittene Jeans.

Die Frau nebenan stand umständlich wieder auf, kramte ihre Tüten zusammen und schlurfte weiter. Die nächste Joggerin rannte vorbei, völlig außer Atem, und auch die Enten waren wieder da, diesmal zu dritt und viel unruhiger, ein ständiges hin und her. Der Mann war stehen geblieben und drehte sich jetzt zu ihr um. Stand einfach da, mitten auf dem Weg und schaute sie an. Und er lächelte. Und er kam zurück. Und dann stand er wenige Meter vor ihr und lachte. Ein ansteckendes Lachen, das kleine, freundliche Falten in sein Gesicht zauberte und seine blauen Augen leuchten ließ. Diese Augen, woher kannte sie diese Augen?

„Helen?"

Er kannte ihren Namen. „Helen? Du bist das, oder?"

Der weiche, fast gesungene Akzent, mit dem er sprach, ging tief unter ihre Haut. Und ließ sie augenblicklich wieder einundzwanzig sein und in der Chirurgie-Vorlesung sitzen. Er hatte sich neben sie gesetzt, und ihr Herz hatte bis zum Hals geklopft und sie war zum Platzen glücklich gewesen, weil er neben ihr gesessen und sie angelacht hatte. Und dann hatte er ihr mit diesem wunderbaren norwegischen Akzent von der Party bei Daniela am kommenden Samstag erzählt …

„Helen?" Wie schön das klang, wenn er ihren Namen sagte. Sie brachte keinen Ton heraus. Ganz lässig ‚Hallo Einar' sagen – es ging nicht.

„Ich dachte schon im Vorbeigehen, du könntest es sein. Und dann doch nicht, und jetzt bist du es wirklich. Wie schön dich zu sehen!" Er strahlte sie an. Vor allem seine Augen strahlten. Er war zwei Jahre älter als sie, und die Linien auf seiner Stirn und um seine Mundwinkel unterstrichen sein Alter. Aber seine Augen waren fast so jung wie damals, und sie hatten noch immer dieses unwiderstehliche Sommerhimmel-Blau, das sie gepackt und lange nicht wieder losgelassen hatte. Eben noch waren die Enten von Bedeutung gewesen und die Jogger …, jetzt war eine andere Zeit. Einar setzte sich zu ihr auf die Bank. Auch damals im Hörsaal hatte er auf ihrer rechten Seite gesessen. Sie rückte ein Stück weg.

„Wie lange ist das her? Achtzehn Jahre? Zwanzig?", fragte er und schaute sie lange an. „Du siehst gut aus! Wohnst du hier in Berlin?"

Noch immer konnte sie kaum antworten, ihr Herz schlug bis zum Hals.

„Ich …, ich wohne immer noch in Ulm, ich … bin nie weggegangen, hat sich nicht ergeben."

Was für ein Gestammel. Mit Mühe brachte sie noch heraus, dass sie hier ihren Sohn besuchte. Es war genau wie damals, sobald er sie mit diesen Augen ansah, setzte ihr Gehirn aus. Damals konnte sie oft gar nichts sagen, wenn er sie ansprach, inzwischen immerhin einen völlig verschwurbelten Satz – tolle Entwicklung. Sie musste hier weg. Eben noch hatte sie friedlich auf dieser Bank gesessen und den See betrachtet und jetzt saß Einar neben ihr, die Liebe ihres Lebens – wie abgedroschen, aber es passte, nie vorher hatte sie sich so verliebt und danach auch nicht mehr.

„Stimmt, du hattest ja einen Sohn. Und der studiert jetzt schon? Wahnsinn! Und was machst du? Bist du Internistin geworden, wie geplant?"

Helen konnte sich nicht erinnern, dass sie jemals geplant hatte Internistin zu werden, geschweige denn daran, Einar davon erzählt zu haben. „Internistin? Nein. Ich brauche was Handfestes, ich bin Orthopädin, habe lange an der Uni in Ulm gearbeitet und mich dann vor drei Jahren niedergelassen." Immerhin, drei flüssige Sätze. „Und was machst du hier in Berlin?"

„Arbeiten sozusagen – ich nehme an der *DGPPN-Tagung* teil …"

„DG-was-Tagung?"

„DGPPN – die *‚Deutsche Gesellschaft für Psychiatrie, Psychotherapie und Nervenheilkunde'*. Es gibt spannende Vorträge und Berlin ist natürlich auch immer toll."

„Wie, du bist Psychiater geworden?" Einar, ein Seelenklempner? Nicht zu fassen. Die alte Frau mit ihren Tüten kam zurück und murmelte leise vor sich hin, eine Wolke modrigen Geruchs begleitete sie.

Bitte nimm eine andere Bank!

„Ja." Einar malte mit seinen Händen eine Gesprächseinladung in die Luft. „Die Geschichten von Menschen haben mich schon immer interessiert. Ich habe eine Praxis in Oslo, das ist genau das Richtige für mich." Er neigte sich zu ihr und strahlte sie an. „Ich muss dich dauernd anschauen, Helen. Du siehst gut aus, so lebhaft und sportlich. Und die kurzen Haare stehen dir total gut. Ich freue mich wirklich dich zu sehen! Wie lange bleibst du in Berlin?"

Die alte Frau schlurfte langsam vorbei. Wie schön seine Hände waren. Und seine Augen. Helen sah auf die Uhr. Schon kurz nach drei, sie musste los. *Wie gut! Wie schade!* Sie wollte bleiben, hier, bei ihm … *Stopp!! Sofort Stopp!!* Keinen derartigen Unsinn zulassen, nicht einmal in Gedanken!

Bis Montag würde sie bleiben, sagte sie ihm, und dass sie jetzt losmüsse, um Jans Vorspiel nicht zu verpassen. Dann stand sie auf.

„Ich muss auch wieder zurück, aber wenn du bis Montag bleibst, können wir uns doch morgen Abend zum Essen sehen?", fragte Einar und erhob sich ebenfalls.

„Das muss ich mit meinem Sohn besprechen." Bloß nicht wiedersehen, am Ende würde er nur wieder verschwinden und sie würde dasitzen und unglücklich sein, so wie vor zwanzig Jahren.

Einar schob die Unterlippe leicht vor und schaute sie fragend an. „Möchtest du nicht?"

Hinter ihm zogen die Enten vorbei, diesmal zu zweit. Wo war die dritte geblieben?

„Äh …, doch, also ich meine, ich kann ja mal sehen …"

Einar stand jetzt neben ihr und berührte wie versehentlich ihren Ellbogen. Helen spürte wie ihr Herz klopfte. *Weg hier! Bloß weg hier!* Sie atmete tief aus. In ihrem Leben war kein Platz für diese Art von Aufregung. Alarmierend. Unkontrollierbar.

Jetzt sagte er auch noch: „Bitte, gib mir deine Handynummer, damit ich dich morgen erreichen kann."

Und nun? Ihm ihre Nummer geben und dann den ganzen Tag warten, ob er anrufen würde, im Viertelstundentakt auf das Display schauen …, so wie damals. Helen nannte ihm ihre Nummer.

Einar tippte die Ziffern in sein Handy und strahlte sie an. „Ok, hab ich. Ich freue mich auf morgen, Helen! Ha det bra!"

Es war höchste Zeit zu gehen. Ihre Beine wollten nicht. ‚*Ha det bra*' hatte er früher auch immer gesagt, mit dieser vollen, weichen Stimme. Nichts wie weg hier!

Sie gingen auseinander, am Ufer entlang in unterschiedliche Richtungen. Die beiden Enten schwammen ein Stück mit ihr. In sicherer Entfernung hielt sie an und drehte sich nach ihm um. Auch er war stehen geblieben und winkte ihr zu. Ihr Arm hob sich und winkte zurück, bevor sie es verhindern konnte.

„Haben die Herrschaften schon gewählt?", fragte der Ober. „Ich kann heute die Entenbrust mit Rotkohl sehr empfehlen."

Nach Jans Vorspiel saß Helen mit ihrem Sohn in der Nussbaumerin beim Abendessen, sie entschied sich für Kürbis-Ravioli, er für ein Pilz-Risotto.

Helen räusperte sich, setzte sich aufrecht hin und schaute Jan mit glänzenden Augen an. „Was ich dir noch sagen wollte, Jan, deine Improvisation fand ich im Mittelteil besonders schön, diese ganz einfache Melodie und ihre Variationen – das war so schlicht und so eindrücklich, das hat mich sehr berührt und …, ja, also …, ich bin ganz stolz auf dich, dass alles so gut geklappt hat!"

„Ist schon ok, Mam, ich hab gesehen, dass es dir gefallen hat. Du hast ja dauernd nach deinem Taschentuch gegriffen", sagte Jan und schmunzelte.

Ihr Handy summte. Schon wieder. Eine Textnachricht. „Das ist schon das dritte Mal heute Abend, hast du etwa einen Freund?", fragte Jan.

Ertappt! Ganz ruhig bleiben jetzt, keine verräterische Miene. „Willst du nicht nachschauen, Mam? Du liest doch sonst sofort jede Nachricht?"

Jan konnte sehr hartnäckig sein. Die Nachrichten konnten nur von Einar sein, und sie hatte weder eine Idee, was sie ihm antworten, noch was sie Jan zum Absender dieser Nachrichten sagen sollte. Helen versuchte ein paar Fragen nach diesem oder jenem Stück, das andere Studierende vorgetragen hatten.

„Ich glaube, du willst ablenken, Mam."

Der Ober brachte ihre Speisen, Helen probierte die Ravioli und war sehr zufrieden mit ihrer Wahl. Jan schien gerade auch mit seinem Essen beschäftigt, eine gute Gelegenheit kurz nachzuschauen, was Einar geschrieben hatte. Sie nahm ihr Handy zur Hand und las:

Einar - 16.45 Uhr
War schön dich zu treffen, ich freue
mich schon auf morgen, LG Einar

Einar - 18.10 Uhr
Hast du schon mit Jan gesprochen? Ab
wann hast du morgen Zeit?

Einar - 19.25 Uhr
Unsere Begegnung heute am See geht
mir nicht aus dem Kopf, an dich zu
denken fühlt sich gut an.

Helen fing an zu schwitzen. Ihr Mund wurde trocken, sie musste einen Schluck Wasser trinken. Nein, nicht noch einmal. Das heute am See hatte gereicht. Es war zu spät. Sie konnte das nicht. Vor zwanzig Jahren vielleicht, aber jetzt nicht mehr. Und sie konnte das auch nicht mit Jan diskutieren. Themenwechsel.

„Hör mal, Jan, ich wollte dir vorschlagen, dass ich dich morgen Vormittags noch irgendwo nett zum Brunch einlade und dann gegen 15 Uhr wieder nach Hause fahre, was meinst du?"

Jan zog die Stirn in Falten. „Du hast doch gesagt, du bleibst bis Montag! Hat das mit den SMS-Nachrichten zu tun?"

Treffer – und nun? ‚Quatsch, wie kommst du denn darauf?', wäre die leichte Variante.

„Ja, es hat etwas damit zu tun. Ich habe …, heute habe ich … einen ehemaligen Studienkollegen getroffen." Das war die harte Tour. Helen trank einen Schluck Wein und nahm eine Ravioli.

Jan grinste.

„Nein, nicht wie du denkst, ich habe ihn zufällig getroffen!"

„Und?" Jan schaute sie erwartungsvoll an.

Also gut, selbst schuld, jetzt musste sie da durch. „Nun … vor zwanzig Jahren war ich … war ich mal sehr in ihn verliebt." Helen trank einen Schluck Wasser und tupfte sich mit ihrer Serviette die Schweißperlen von der Stirn.

„Du warst verliebt? Spannend! Erzähl' mehr!"

Runterspielen, da half nur gnadenlos runterspielen. „Da gibt es nicht viel zu erzählen. Er war in meinem Semester, und wir haben uns ein paar Mal auf Partys getroffen. Ich war schüchtern und er war von vielen begehrt …"

„Und weiter?" Jans Augen fixierten sie. Die Inquisition war eine Laienspielgruppe im Vergleich zu ihrem Sohn, wenn er etwas wissen wollte.

„Nichts weiter. Der Höhepunkt war ein Spaziergang an der Donau am 18. März 1994, Händchen haltend und ich auf Wolke sieben … Eine Woche später hat er erfahren, dass er einen Studienplatz in Oslo hat, und ist nach Norwegen zurück gegangen." *Schluss jetzt!* Sie war eine erwachsene Frau und sie würde kein weiteres Wort sagen.

„Und dann?" Jan zog skeptisch die Nase kraus, das Gehörte reichte ihm offensichtlich nicht. Helen erzählte widerwillig, dass zu dieser Zeit ein

Brief nach Norwegen zwei Wochen brauchte und ein Telefonat so viel kostete wie ein Wocheneinkauf, dass ihr zweites Staatsexamen anstand und Jans Kindergarten-Eingewöhnung. Dass sie kein Handy hatte und keinen Computer, dass E-Mails im Jahr 1994 noch etwas völlig Exotisches waren und dass es einfach keine Chance gab, den Kontakt aufrecht zu erhalten.

Wie sehr sie getrauert hatte, wie krank sie war vor Sehnsucht und wie elend sie Einar vermisst hatte, all die schlaflosen Nächte, die Tränen und die nie abgeschickten Briefe und Anjas wütende Reden, dass sie sich diesen Typen endlich aus dem Kopf schlagen solle – all das erzählte sie nicht, sie hatte schon viel zu viel gesagt.

Während er zuhörte, hatte Jan genüsslich seinen Teller geleert.

„Mam, das ist die verkopfteste Verliebtsein-Geschichte, die ich jemals gehört habe! Warum ist er einfach weggegangen? Was hast du versucht, um ihn zum Bleiben zu bewegen? Jetzt erzähl doch mal!"

Helen wünschte sich auf den Mond.

Jan ließ nicht locker: „Jetzt sag schon, wie war das? Habt ihr euch wenigstens mal geküsst?"

„Ach, Jan, das ist alles so lange her …, nein, wir haben uns nicht geküsst." Von ihrem einzigen Kuss würde sie Jan nicht erzählen, das ging nun wirklich zu weit. Sie nahm noch eine Ravioli, aber irgendwie war ihr der Appetit vergangen.

Einar hatte mit seinem vollgepackten Auto im Hof gestanden, um sich zu verabschieden. Anja hatte ihn angegiftet: „Du hast ja echt Nerven hier vorbeizukommen!", und war verschwunden.

Helen hatte ihn wortlos angeschaut. Überglücklich, ihn noch einmal zu sehen und am Boden zerstört, weil es das letzte Mal sein würde. „Ha det bra! Ser deg!" – *Mach's gut, wir sehen uns* – hatte er gesagt und sie mit seinen sommerhimmelblauen Augen angeschaut. Wo nahm er die Leichtigkeit her? Warum fehlte ihr jede Leichtigkeit? Und weil der Schmerz sie schier auffraß und sie etwas dagegen tun musste, war sie einen Schritt auf ihn zu gegangen und hatte ihn in den Arm genommen, das erste Mal. Nicht so eine Hallo-wie-schön-dich-zu-sehen-Umarmung, nein, sie hatte ihn umarmt und sich an ihn geschmiegt und sich gewünscht, sie müsse ihn nie mehr loslassen. Und er hatte ihre Umarmung erwidert und sie festgehalten, und einen kurzen Moment lang hatte sie sich erlaubt zu glauben, er würde nun doch bleiben …, ihretwegen. Und als sie sich voneinander lösten, hatte er sie geküsst, und seine Hand hatte seitlich an ihrem Hals gelegen, unter ihren Haaren, die damals noch länger gewesen waren.

„Aber wenn du ihn heute getroffen hast, dann gibt es ja jetzt vielleicht eine Chance ihn zu küssen?" Jan ließ einfach nicht locker. Von ihr hatte er das nicht.

„Hör auf, Jan, bitte! Ich will niemanden küssen, mein Leben ist gut so wie es ist, ich habe dich und meine Freundinnen und Frodo. Und Mutter und Thilo sind auch noch da und die Praxis – da ist doch gar kein Platz in meinem Leben für einen Mann."

„Mam, mach' dich doch mal locker, du sollst ihn ja nicht gleich heiraten und in deinen Garten pflanzen, ich sprach von Küssen und vielleicht von ein wenig Spaß."

Spaß? Mit einem Mann? Erst letzte Woche dieses Thema mit den Mädels und nun fing Jan auch noch an. Aber sie konnte nicht einfach aufstehen und gehen, also weiter: „Ich glaube, für diese Art Spaß bin ich nicht geeignet, Jan. Mir fehlt da völlig die Übung, und locker bin ich nun mal nicht." Das reichte jetzt!

„Was heißt dir fehlt die Übung? Du fährst seit sechs Jahren jeden Winter in die Karibik und Anja hat mir erzählt, dass du es da ganz schön krachen lässt. Das ist doch Übung genug. Die Männer hier sind auch nicht anders." Jan grinste.

„Anja hat dir *was* erzählt?", fragte Helen und holte tief Luft. *Na warte, beste Freundin, wenn ich dich das nächste Mal in die Finger kriege!*

„Mist!" Jan biss sich auf die Unterlippe. „Aber was ist eigentlich so schlimm daran? In Ulm bist du doch nur am Arbeiten oder rennst an der Donau lang, das ist doch nicht gesund."

Das hier ging jetzt eindeutig zu weit. Helen setzte sich auf und nahm entschieden einen letzten Anlauf: „Karibik hin oder her, das ist nicht unser Thema. Unser Thema heißt Einar und seine Einladung zum Abendessen morgen."

„Und warum willst du nicht mit ihm zum Essen gehen, wenn du seit zwanzig Jahren auf diese Gelegenheit wartest?", fragte Jan.

„Weil ich eben *nicht* seit zwanzig Jahren darauf warte, und weil ich nicht will, und weil ich in der Praxis zu tun habe und deswegen morgen um 15 Uhr den Zug zurück nehme. Und ja, du hast Recht, es ist mir auch unangenehm, Einar zu treffen, es war mir heute Mittag schon unangenehm, ich fühle mich unwohl, wenn mich ein Mann so anschaut, und das mag ich nicht. Und mehr gibt es dazu nicht zu sagen." Helens rechte Hand bewegte sich auf dem Tisch nach links, als würde sie eine Patientenakte zuklappen. Ende.

„YOLO." Jan schüttelte den Kopf.

„YOLO – was bedeutet das?"

„You only live once", antwortete Jan. „Es ist deine Sache, aber ich verstehe es nicht. Und nach deinen seltsamen Ausflüchten verstehe ich es noch viel weniger."

Helen schluckte und stocherte lustlos in den kalt gewordenen Ravioli. Selbst wenn es richtig war, was Jan sagte, sie würde morgen Nachmittag abreisen.

Berlin, Sonntag, 1. Dezember 2013

Jan hatte sich schon verabschiedet: „Tschau, Mum, schade, dass du es dir nicht anders überlegt hast. Hätte dich schon gerne mal live vor einem Date erlebt, so mit Lampenfieber und so … Komm gut nach Hause und grüß' Frodo!"

Sie waren zum Frühstück in einem kleinen Lokal in der Giesebrechtstraße gewesen und Jan war danach zu einem Freund gegangen, der um die Ecke wohnte. Helen war auf dem Weg zum Bahnhof. Sie dachte an die lange Zugfahrt und setzte sich noch für einen Moment auf eine Bank in der Mittagssonne am Hindemithplatz. Ein kleiner Platz, gerahmt von wenigen, schon fast winternackten Ahornbäumen und dominiert von dem mächtigen St. Georg-Brunnen. Zwei wuchtige Etagen aus hellem Kalkstein, über Wasserspeier verbunden, darüber ein Pavillon mit vier roten Granitsäulen. Der Pavillon war leer, den heiligen Georg suchte man vergebens. Am Fuß jeder Säule ruhte wie auf einem Diwan der voluminöse

Gegenentwurf zu einer zarten Meerjungfrau: eine Art Meeraltmann mit fischförmig-schuppigem Unterleib, aus dem ein muskulöser, nicht mehr ganz junger Oberkörper erwuchs, der sich entspannt zurückgelehnt auf seine Ellbogen stütze. Der kugelrunde Kopf darüber spie in hohem Bogen aus einem alterslosen, pausbackigen Gesicht Wasser in das darunter gelegene Becken.

Links von ihrer Bank, vor einer Reihe parkender Autos, war ein großes, mehrere Meter langes Stahlgitter in den Asphalt eingelassen, das den darunter verlaufenden U-Bahnschacht abdeckte. Helen hörte das an- und abschwellende Geräusch der darunter durchfahrenden Züge.

Eine Gruppe kleiner Kinder rannte über den Platz und spielte Fangen. Ein Mädchen, vielleicht fünf Jahre alt, blieb plötzlich stehen und schaute fasziniert auf das Stahlgitter, wo einige der herumliegenden Ahornblätter durch den Luftdruck der darunter durchfahrenden Bahn hoch in die Luft gewirbelt wurden und dort tanzen, so lange bis der Zug die Stelle passiert hatte und sein Entfernen von der Abdeckung einen Sog entstehen ließ, der die Blätter wieder nach unten auf das Gitter zog. Was für ein wilder Wirbel!

Die Kleine schaute sich um, hob eine Handvoll herumliegender Blätter vom Boden auf und legte sie auf den Gitterrost. Ein Junge, ungefähr vier, machte es ihr nach, dann noch ein anderer Junge, bis am Ende die komplette Gruppe damit beschäftigt war, ganze Blätterhaufen auf das Stahlgitter zu türmen. Mit welcher Hingabe die Kinder sich in ihr Tun vertieften ...

Die nächste U-Bahn nahte, erste Blätter hoben sich vom Boden ab, dann weitere, dann noch mehr und dann tanzte der ganze Blätterwald: ein, zwei Meter hoch über dem U-Bahnschacht wirbelten die Blätter durch die Luft, und die Kinder tanzten unten mit, quietschend vor Vergnügen hüpften sie durch die umher wehenden Blätter, ihre Arme hoch in die Luft gereckt, springen, lachen, jauchzen. Wie herrlich ihnen zuzusehen, was für ein Spektakel, wunderbar!

Und vorbei ... Der Sog des abfahrenden Zuges verhalf den Gesetzen der Schwerkraft wieder zu ihrem Recht und beendete den bunten Wintertanz. Aber die Kinder kamen jetzt erst so richtig in Fahrt und liefen in alle Ecken des Platzes, um noch mehr Blätter zu sammeln und aufzutürmen für die nächste Runde mit diesem gigantischen Gebläse. Und ihre Mühe wurde belohnt. Die nächste U-Bahn kam und mit ihr der nächste bunte

Tanz von fliegenden Blättern und quietschenden Kindern. Was für eine Freude ihnen zuzusehen! Wann hatte sie eigentlich das letzte Mal getanzt? Helen konnte sich nicht erinnern. Auch nicht, wann sie zum letzten Mal eine so unbändige Lebenslust verspürt hatte …

Sie musste zum Zug.

Helen stand auf, nahm ihre Tasche und ihren kleinen Rollkoffer und ging langsam los, sehr langsam, in der Hoffnung, die nächste U-Bahn würde kommen, so lange sie noch in der Nähe war.

Ulm, Montag, 2. Dezember 2013

„Wow, das ist ja mal ein Start! Legt die Frau eine Triple 18 vor – wie soll ich denn da noch gewinnen?", sagte Anja lachend und zielte auf die Dart-Scheibe an der Wand.

„Streng dich an!", antwortete Helen. Herrlich! Sie hatte fast vergessen wie schön es war mit Anja Darts zu spielen. Eigentlich war sie von der Praxis aus nur kurz vorbeigekommen, um Frodo abzuholen und von Berlin zu erzählen, und dann waren sie zufällig an der Scheibe im Flur vorbeigegangen und Anja hatte sie herausfordernd angeschaut.

Das war vor einer Stunde gewesen. Inzwischen hatte Anja eine Flasche Rotwein geholt und Helen hatte das zweite Spiel verloren. Sie spielten wie sie mit den Kindern immer gespielt hatten: keine Dreierserien, sondern nach jedem Wurf abwechselnd und von 301 Punkten nach unten. In ihren WG-Zeiten war das ein nahezu tägliches Ritual gewesen, gemeinsam mit ihren Söhnen hatten sie sich heiß umkämpfte Turniere geliefert.

„Hat funktioniert! Bulls Eye – 50 Punkte!", sagte Anja.

„Das war doch Zufall! Ich bin heute gut in Form, ich bleibe drüber." Tatsächlich gelang Helen eine 20, damit blieb sie noch knapp in Führung.

„Weißt du noch wie wahnsinnig Jan sich aufregen konnte, wenn Malte angeblich falsch gerechnet hatte?", fragte Anja.

„Klar, Rumpelstilzchen war entspannt dagegen."

„Mit deinem Einar haben wir nie gespielt, oder?"

Helen hatte Anja von der Begegnung in Berlin und ihrem vorzeitigen Aufbruch erzählt. „Er ist nicht *mein* Einar! Nein, kann ich mich nicht erinnern. Du bist dran! Ich kann mich nur erinnern, dass du dich mal mit Einar verabredet hast, weil ich mich nicht getraut habe ihn zu fragen. Und ich bin dann ‚ganz zufällig' dazugekommen, als ihr in der Kneipe gesessen seid. Mein Gott, ein fürchterlicher Abend."

„Echt? Was ist passiert?"

„Einar ist relativ schnell gegangen, und wir beide haben uns betrunken und haben totalen Ärger mit unserer Babysitterin bekommen, weil wir erst nach ein Uhr nach Hause gekommen sind."

„Triple 20 – geht doch! Nein, das habe ich komplett vergessen. Ich weiß nur noch, dass du wahnsinnig in ihn verliebt warst. Ich glaube, du warst richtig krank vor Liebe, so Sehnsucht pur, alle Wörter fingen mit E an, alle Länder hießen Norwegen, alle Haare waren blond, alle Augen blau, hast du nicht auch ein Gedicht geschrieben über das Blau seiner Augen?"

„Hör bitte auf, Anja, jetzt wird es echt peinlich!"

„Aber es stimmt doch! Als er dann weg war, hast du nächtelang nicht geschlafen und immer nur von seinen Augen geschwärmt. Sind sie immer noch so schön?"

„Hmm, weiß nicht … Ich muss mich konzentrieren, sonst verliere ich schon wieder." Helens Pfeil verfehlte die 20 und traf die 1 – *Mist!*

„Knapp daneben ist auch vorbei. Bist du nervös?" Anja lachte und posierte tänzelnd mit ihrem Pfeil wie ein Champion im Finale.

„Spar dir deine Kommentare! Diesmal gewinne ich! Du wirst sehen! Hm, ja …, seine Augen sind schon sehr besonders, auch nach zwanzig Jahren noch."

„Das Allerbeste an dir war diese Mischung aus totaler Naivität und Verliebtheit. Weißt du noch auf der Party bei Daniela? Einar war so betrunken, dass er kaum noch stehen konnte, und hat dich die ganze Zeit angestarrt …"

„Erinnere mich nicht daran! Ich war ganz hin und weg, weil ich dachte, endlich bemerkt er mich mal, dabei war das einzige, was er suchte, eine Mitfahrgelegenheit in die Weststadt – zu seiner Freundin. Als er dann kapierte, dass ich gar kein Auto hatte, ließ sein Interesse schlagartig nach, ich dachte, ich sterbe."

Anja baute mit einer Double 5 ihre Führung aus. „Aber dann hat es ja doch noch gefunkt. Warum hast du eigentlich nicht verhindert, dass er nach Norwegen zurückgegangen ist?"

„Ha! Hast du das gesehen? Was für ein legendärer Wurf!", rief Helen, mit einer Triple 20 übernahm sie erneut die Führung. Sie reckte die Arme in Siegerpose nach oben, stolzierte einige Schritte auf und ab und trank einen Schluck Wein.

„Du siehst gut aus, wenn du dich so in Pose wirfst, solltest du öfter machen! Aber das kann ich natürlich so nicht auf mir sitzen lassen!" Anja zielte sorgfältig und traf auch die 20, aber nur einfach.

„Wie hätte ich das verhindern sollen? Du kennst mich doch. Ich tauge nicht zum Drama. Er hat einen Studienplatz in Oslo bekommen, also ging er dorthin zurück – so einfach, so schrecklich. Es hat mir echt das Herz gebrochen. So etwas will ich nie wieder erleben!" Helen zielte und warf.

„Double 18, du bist gut heute, Helen! Diesmal scheint es ja umgekehrt zu sein, jetzt ist er an dir interessiert, und du bist einfach abgehauen. Wie viele Nachrichten, sagtest du, hat er dir in den drei Tagen geschrieben?"

„Ich sagte gar nichts, du neugieriges Weib, aber wenn du es so genau wissen willst, es waren fünfzehn, alle sehr nett, manche fast liebevoll. Das ist verrückt, er kennt mich doch gar nicht."

„Verliebt sein ist immer verrückt. Scheint ihn ja ganz schön erwischt zu haben. Was spricht dagegen, dass er vorbeikommt und du endlich mal wieder ein bisschen Spaß außerhalb der Karibik hast?" Anjas Wurf blieb mit einer Triple 16 knapp hinter ihr, aber ihre Worte trafen sie wie Pfeile.

„Ach, Anja, bitte verschone mich! Spaß mit Einar, das kommt jetzt echt zwanzig Jahre zu spät. Und apropos Karibik: Wie kommst du dazu, meinem Sohn von meinen Karibik-Abenteuern zu erzählen? Verstehst du das unter verschwiegener Freundschaft?"

Helen warf eine Double 12, Anja eine Triple 18, Helen eine 10, Anja ein Single Bull, und damit war Helen praktisch auch im dritten Durchgang chancenlos. Entsprechend lustlos machte sie ihren Wurf.

„Double 15, na, ja."

„Sei doch nicht so empfindlich, Süße! Ich will doch nur dein Bestes. Jan ist erwachsen und macht sich auch seine Gedanken um dich. Es hat ihn beruhigt zu wissen, dass du auch Spaß haben kannst. Apropos Spaß: Soll ich Einar zu mir einladen, und du kommst zufällig vorbei, so wie damals?" Anja lachte. „Ich fand ihn durchaus auch ganz attraktiv, wenn ich es mir recht überlege."

Das war nicht lustig. Wie eine graue Wand schob sich die schlechte Laune ins Bild und blieb einfach dort stehen. Jetzt auch noch verlieren deswegen. *Mist!* Sie musste Anja bremsen, es war ihr zuzutrauen, dass sie Einar wirklich einlud, um ‚Entwicklungshilfe zu betreiben‘, wie sie das nannte. *Wenn er jetzt hier wäre …* Unheimlich war dieser Gedanke. Sie würde sinnlos auf und ab laufen, die Hände kneten, sich an die Nase fassen. Nein, sie wollte das nicht. Auch wenn es vielleicht schön sein könnte, seine Stimme zu hören. Wie er ganz leise in ihr Ohr flüstern und wie sie dabei seinen Atem im Nacken spüren würde. Wie er neben ihr stehen und sie anlachen und wie sie in diesen wunderbaren Augen versinken würde. Wie er sie in den Arm nehmen würde … Unbewusst machte Helen einen kleinen Schritt auf ihn zu und trat dabei das Rotweinglas um, das vor ihr auf dem Boden stand. „Oh, nein, shit, der schöne Teppich, tut mir leid, Anja, das wollte ich nicht, ich hole schnell Salz und ein Wischtuch.“ Helen lief in Richtung Küche.

„Nur, weil ich Einar einladen will, musst du mir doch nicht gleich den ganzen Wein ins Haus schütten“, rief Anja ihr hinterher.

Helen kam zurück und mühte sich um Schadenbegrenzung an dem Teppichboden.

Anja traf die benötigte Double 14 beim ersten Versuch: „Treffer und Sieg! Wir müssen mehr üben, du bist nicht in Form, früher hatte ich kaum eine Chance gegen dich. Oder hat das Thema dich nervös gemacht?“

„Du hast mich nervös gemacht, nicht das Thema“, antwortete Helen gereizt. „Statt einfach mal zu sagen: ‚Der Typ ist nichts für dich, lass‘ die Finger davon, dein Leben ist gut so wie es ist‘, so wie man sich das von seiner besten Freundin wünscht, quälst du mich hier mit ‚einladen und Spaß haben‘.“

„Beste Freundinnen spielen keine Wunschkonzerte, sondern sagen das, was nötig und wahr ist. In deinem Fall noch mal ganz langsam und zum Mitschreiben: Du bist seit hundert Jahren Single und läufst Gefahr, alt, vertrocknet und komisch zu werden. Und wenn es irgendwo in den Weiten dieses Erdballs einen Typen gibt, der dir fünfzehn liebevolle Nachrichten in drei Tagen schreibt und offensichtlich total auf dich abfährt, noch dazu einer, den du seit zwanzig Jahren kennst und der mal die Liebe deines Lebens war, von seinem guten Aussehen gar nicht zu reden, dann solltest du aber sowas von schleunigst dafür sorgen, dass du auf seinem Schoß sitzt ..."

„Danke", unterbrach Helen, „für heute habe ich genug gehört!" Dass Anja immer so maßlos übertreiben musste. Es war richtig gewesen am Sonntag abzureisen. Was hätte sie mit Einar reden sollen? Er war ihr doch völlig fremd. Alles war gut so wie es war.

„Komm, Frodo, wir gehen!"

Ulm, Freitag, 6. Dezember 2013

„Wie viele Patienten sind noch draußen, Eva?", fragte Helen ihre Arzthelferin.

„Mit Frau Schuster, die schon im Ultraschall wartet, sind es noch vier, Frau Doktor."

„Danke. Dann mache ich da mal weiter." Den Blick auf die Uhr hätte sie sich besser gespart, sie wusste ohnehin, dass sie spät dran war. Helen betrat den kleinen, abgedunkelten Ultraschallraum, wo Frau Schuster bereits auf der Untersuchungsliege saß und wartete.

„Grüß Gott, Frau Schuster, was macht die Schulter?"

„Grüß Gott, Frau Doktor! Nach der Spritze letzte Woche ist es viel besser geworden, schauen Sie, ich kann den Arm schon fast wieder bis in die Waagrechte heben."

„Prima, das sieht ja wirklich gut aus." Helen setzte sich zu ihr, griff den vorbereiteten Schallkopf und verschaffte sich mit wenigen gezielten Bewegungen einen Überblick über das Gelenk. „Im Ultraschall ist die Entzündung auch rückläufig, sehen Sie, hier war letzte Woche noch viel mehr Flüssigkeit und jetzt nur noch dieser kleine Saum. Da brauchen wir keine weitere Spritze. Nehmen Sie sich bei der Eva noch ein Rezept für Krankengymnastik mit." Helen reinigte den Schallkopf und gab Frau Schuster ein Papiertuch, um sich die Gel-Reste vom Arm abzuwischen. Gut, dass die Entzündung so schnell besser wurde, Frau Schuster war Erzieherin in der benachbarten Kita und ihre Dreijährigen hatten wenig Verständnis dafür, dass Tante Gesa sie nicht wie gewohnt hochheben konnte.

Eva streckte kurz ihren Kopf zur Tür hinein: „Frau Doktor, wollen Sie das Kniegelenk hier im Ultraschallraum punktieren oder im OP?"

„Gerne im OP, Eva. Sagen Sie Lisa, dass sie schon abdecken und des-infizieren kann, ich sehe in der Zeit noch den nächsten Patienten in mei-nem Sprechzimmer." Hatte sie gerade richtig gesehen? Hatte Eva schon wieder ein neues Tattoo? Seitlich am Hals? Helen war sich nicht sicher. Falls ja, würde sie mit ihr reden müssen, aber nicht heute.

„Ja, mache ich. Der Herr wartet schon nebenan", sagte Eva und ver-schwand. Helen folgte ihr in Richtung Sprechzimmer. Ohne Eva würde hier nichts gehen, sie war eine Spitzenkraft, leider hatten sie unterschied-liche Auffassungen über die ästhetischen Aspekte großflächiger Täto-wierungen an gut sichtbaren Hautarealen und deswegen schon mehrere Gespräche geführt. Egal, heute nicht. Heute durfte nichts mehr schiefge-hen, sie musste spätestens um 14 Uhr losfahren, und es war schon kurz nach eins. Jetzt Herr Halbmeyer. Konzentration.

„Grüß Gott, Frau Doktor! Mei, des is ja heut voll da bei Ihne, i wart scho über a Stund."

„Grüß Gott, Herr Halbmeyer, ja manchmal kommt man nicht hinter-her. Wie geht's Ihrer Hüfte?"

Herr Halbmeyer kramte eine Weile in der mitgebrachten Jute-Tasche und stellte mit großer Geste einen Zehner-Karton Eier vor sie auf den Schreibtisch. „Han i Ihne mitbracht, Frau Doktor, von meine Hühner, alles Bio! Ja, die Hüfte, wisset Sie, wenn i nix tu, dann hab i a Ruah, aber sobald i aufsteh' oder um'anander lauf, da geht's los mit die Schmerze."

„Vielen Dank, Herr Halbmeyer, das wäre nicht nötig gewesen! Wie viele Schmerztabletten nehmen Sie denn pro Tag?"

„Pro Tag? Ja, am beschten goar koine. Wisset Sie, mer kann doch net dauernd Schmerzmittel nehme, des is doch net gesund."

„Dauernd Schmerzen haben und nur im Sessel sitzen ist auch nicht gesund."

„Ja, wem saget Sie des, Frau Doktor. Da werd i doch net um des künst-liche Hüftgelenk herum komme, oder?"

„Das haben wir ja schon verschiedene Male besprochen, Herr Halbmeyer. Ich glaube, es ist wirklich an der Zeit."

„Mei, Frau Doktor, i tät halt gern von Ihne operiert werde, könnet Sie net a Ausnahme mache?"

„Nein, das geht wirklich nicht, und das wäre auch nicht gut. Die Kolle-gen an der Uni machen das ganz prima, und ich operiere in Neu Ulm ja nur Schultern, das wissen Sie doch."

„Ja, aber, Frau Doktor …"

„Tut mir leid, Herr Halbmeyer", unterbrach Helen ihn, „ich muss weitermachen. Denken Sie noch mal über die Operation nach, und melden Sie sich, wenn wir an der Uni einen Termin für Sie vereinbaren sollen. Machen Sie's gut, nächstes Mal habe ich wieder mehr Zeit für Sie."

Im Weltbild ihrer Mutter gab es keine akzeptablen Verspätungsgründe. *Wer zu spät kommt, ist nicht früh genug losgefahren'*, pflegte Elvira zu sagen. Also weiter, Helen ging an der Anmeldung vorbei in Richtung OP-Raum.

„Frau Doktor, Ihre Mutter ist am Telefon", sagte Eva und hielt ihr den Hörer entgegen. Hier war das Licht besser. Nein, da war nur der blau-rote Schmetterling an Evas Hals, der sich über beide Seiten ihrer Schilddrüse erstreckte, nichts Neues, zum Glück. Helen griff den Hörer. „Hallo, Mutter, was gibt's"?

„Helen, ich wollte nur hören, ob du schon unterwegs bist? Du weißt ja, dass wir pünktlich essen wollen, mit meinen Medikamenten vertrage ich Unregelmäßigkeiten nicht mehr so gut."

„Ja, ich weiß und nein, ich bin noch nicht unterwegs, ich sehe noch zwei Patienten und dann fahre ich los." Ihr Nacken verspannte sich, und Helen machte ein paar lockernde Drehbewegungen mit dem Kopf.

„Aber es ist schon nach 13 Uhr, wie willst du das schaffen? Du kommst so selten, da sollte es doch möglich sein, deine Sprechstunde einmal früher zu beenden."

Dieser Ton … Nein, jetzt nicht aufregen, einfach ruhig weg atmen, ganz ruhig bleiben, freundlich lächeln, entspannen, weitermachen. Ihr Kopf brummte.

„Mutter, ich muss weitermachen, bis später!", sagte sie, legte auf und gab Eva das Telefon zurück. Das würde ein Nachspiel haben, aber im Moment gab es Wichtigeres, weiter jetzt in den OP-Raum. Hier hatte Lisa alles bestens vorbereitet, und die Punktion lief perfekt, wenn doch alles in ihrem Leben so laufen würde wie ihre Praxis.

„Sie kennen die Prozedur ja schon, Herr Gruber, heute und morgen eher still halten und kühlen, am Sonntag nur wenig belasten und ab Montag dürfen Sie dann wieder normal laufen und dann hoffen wir, dass es das letzte Mal war."

„Ja, Frau Doktor, ich weiß Bescheid. Sie machen das einfach super, das wollte ich Ihnen beim letzten Mal schon sagen. Ohne Sie hätte ich die letzte Fußballsaison voll vergessen können."

„Danke, gerne!" Martin Gruber erinnerte sie an ihren Vater in jungen Jahren, die dunklen Locken, die muskulöse Figur und die Angewohnheit, gerne ein wenig auf der Unterlippe zu kauen. *Nicht träumen jetzt, weitermachen.* Helen stand auf und ging zurück in ihr Sprechzimmer, die letzte Patientin wartete dort schon auf sie. Frau Häberle litt unter Osteoporose und bekam deswegen alle sechs Monate ein Langzeitmedikament gespritzt.

„Grüß Gott, Frau Häberle, Sie sind die Letzte heute. Alles gut soweit?"

„Da machen's aber früh Feierabend heut, Frau Doktor."

„Ja, ich fahre zu meiner Mutter, und da bin ich ein paar Stunden unterwegs."

„Des is recht! I tät mi auch freue, wenn die Meinigen öfter kämen."

Helen gab ihr die Spritze und verabschiedete sich: „Ich muss los, Frau Häberle, machen Sie es gut und lassen Sie sich von der Eva einen neuen Termin im Juni geben."

Geschafft! Jetzt schnell nach Hause, Tasche und Frodo einpacken und dann los, halt, die Eier ... Helen ging zurück in ihr Sprechzimmer und packte den Eierkarton ein.

„Tschüss zusammen", verabschiedete sie sich von ihren Helferinnen, „machen Sie auch bald Feierabend! Ein schönes Wochenende und bis Montag."

Und schon war sie draußen, 13.52 Uhr, perfekt.

Frodo sprang auf den Rücksitz und Helen schaute noch einmal auf ihr Handy, bevor sie losfuhr. Keine neuen Staumeldungen, aber zwei neue Nachrichten:

Einar - 12.30 Uhr
Bist du noch in der Praxis oder schon
auf dem Weg ins Wochenende? Denke
an dich, LG Einar

Einar - 12.45 Uhr
Ich fahre übers WE zum Skilaufen nach
Nesbyen, dort in der Nähe gibt es eine
Hytta, von meinem Großvater, es liegt
schon viel Schnee. Träume davon, dich
dort zu treffen, LG Einar

37

Helen - 14.12 Uhr
Fahre zu meiner Mutter bis Sonntag, wünsche dir schöne Tage.

Das klang so nüchtern, Helen überlegte kurz.

Helen - 14.15 Uhr
Wäre lieber mit dir im Schnee.

Elnar - 14.17 Uhr
Meinst du das ernst? Wie schön! Wann
kannst du kommen?

Helen klickte die Antwort erschrocken weg.

„Da bist du ja endlich, Helen!" Ihre Mutter erwartete sie auf dem Parkplatz vor dem Sechs-Familienhaus in Bad Ems, dessen Dachgeschoss sie
seit über zwanzig Jahren bewohnte. Im eleganten dunklen Winterman-
tel stand sie dort, die grau-weißen Haare frisch toupiert, sehr aufrecht
für ihre 78 Jahre, trotz Rollator. Als erstes blickte sie auf ihre Uhr: „Du
bist tatsächlich pünktlich. Bis du ausgepackt hast, ist es 18 Uhr und wir
können zu Abend essen. Ich habe einen Tomaten-Salat und etwas Käse
vorbereitet."

„Hallo, Mutter", sagte Helen und reichte ihr zur Begrüßung die Hand,
„schön dich zu sehen."

Es war schon lange nicht mehr schön gewesen. Schön im Sinne von vertraut, entspannt, zugewandt. Sie hatten es schwer miteinander, manchmal
sehr schwer, und Helen zog in Gegenwart ihrer Mutter häufig die Schultern schon automatisch hoch in Erwartung der nächsten kalten Dusche.
So auch jetzt.

Mutter enttäuschte sie nicht. „Was ich gleich loswerden möchte, meine
Liebe, so wie du mich heute am Telefon behandelt hast, einfach auflegen,
wenn ich noch mitten im Satz bin, das vertrage ich nicht mehr in meinem
Alter! Ich habe solche Herzschmerzen bekommen, ich musste mich gleich
hinlegen. Das möchte ich nicht noch einmal erleben!"

Dass sie gleich hier auf dem Parkplatz mit ihrer Predigt anfing, war ungewohnt. Und ihre Mutter war noch nicht fertig. „Ach, den Hund hast
du auch dabei? Na gut, er wird wohl hoffentlich nicht wieder alle Kissen

vollsabbern wie beim letzten Mal." Elvira griff nach ihrem Rollator und ging langsam in Richtung Hauseingang.

Eigentlich hätte Helen genau jetzt umdrehen und wieder fahren müssen. Oder sagen müssen, dass auch sie so eine Begrüßung nicht vertrage. Oder sie hätte überhaupt irgendetwas sagen müssen. Helen sagte nichts. Sie hatte es schon lange aufgegeben etwas zu sagen. Sie nahm ihre Tasche, rief nach Frodo und folgte ihrer Mutter ins Haus.

Elviras Wohnung war sorgfältig eingerichtet und hatte die Lebendigkeit einer erkalteten Basaltlava-Landschaft. Erstarrung wohin man sah: die Brokat-Kissen mit Handkantenschlag platziert, die handbemalten Porzellanvasen im exakt gleichen Abstand auf dem Sideboard ausgerichtet, die Bücher im Ledereinband mit Goldschnitt, nach Größen geordnet im Regal, ein Stillleben mit Fasan an der Wand neben dem Esstisch und eine Flusslandschaft im Herbst über dem Sofa.

Selbst die außergewöhnliche Sammlung an sich bewegter Tänzerinnen und Harlekine aus Porzellan – alles tot, eingefroren, immer gleich. Museumsware, ohne jede Regung. Jedes Ding hatte hier seinen festzementierten Platz, nichts lag herum, nichts deutete darauf hin, dass ein Mensch in dieser Wohnung lebte, selbst das Badezimmer sah aus wie eine Momentaufnahme aus einer Villeroy und Boch-Werbung, kein Haar, kein Stück Zahnseide, geschweige denn ein menschlicher Geruch.

Helen ging durch das geräumige Wohnzimmer zur Terrassentüre. Von dort hatte man eine wunderbare Aussicht auf die Lahn und die russisch-orthodoxe Kirche St. Alexandra am anderen Ufer, ein Relikt aus kaiserlichen Kurbad-Zeiten. Die vier kleinen blauen Türmchen an den Ecken und in der Mitte die große goldene Kuppel – dieser Blick war Heimat.

Auf der anderen Seite des Flusses erhob sich der Malberg 300 Meter hoch und die aufgelassene Bergstation der Malbergbahn war zwischen den Bäumen erkennbar. Wie oft hatten sie als Kinder versucht, Vater zu überreden, beim Sonntagsspaziergang wenigstens hinauf die Bahn zu nehmen und wie selten war das gelungen. Wenn er noch leben würde, wie anders wäre es, hierher zu kommen …

Einar - 18.05 Uhr
Gut angekommen?

„Helen, kommst du, wir können essen!", rief Elvira aus der Wohnküche.

Helen - 22.07 Uhr
Ja, bis zur Ankunft war alles gut,
seitdem vorsichtig und wachsam,
ein falscher Schritt und es kann
sehr weh tun

Einar - 22.10 Uhr
Was meinst du? Das verstehe ich nicht

Helen - 22.15 Uhr
Erkläre ich dir mal bei Gelegenheit,
ist nicht immer einfach mit meiner
Mutter, aber alles gut soweit, Gute
Nacht, LG H

Frodo lag vor ihrem Bett und sie streichelte seinen Kopf. „Wie gut, dass du bei mir bist, Frodo. Alleine wäre das alles gar nicht auszuhalten", murmelte sie leise. Mutter konnte die freundlichste Person dieser Welt sein, so lange man exakt das tat, was sie erwartete.

Thilo, Helens Bruder, hatte das vor Jahren einmal so formuliert: „Sie hat eine Abweichungstoleranz von Null – das ist NASA-Standard, nur so erreichen wir sicher den Mond."

„Und wenn ich gar nicht auf den Mond will?", hatte Helen erwidert.

„Tut mir leid, für die Einschreibung im falschen Programm wird keine Haftung übernommen", hatte er geantwortet.

Warum sie überhaupt noch hierher fuhr, fragte sie sich jedes Mal aufs Neue. Und immer wieder kam sie zu der Antwort, dass ihre Mutter eben nicht nur diese kontrollierende und verbitterte alte Frau war, sondern auch eine einsame, schmerzgeplagte, gebrechliche alte Frau und die einzige Mutter, die sie hatte. Und vielleicht würde es sich ja auch noch einmal ändern zwischen ihnen …

Bad Ems, Samstag, 7. Dezember 2013

„Dein Telefon piept aber häufig dieses Wochenende, wer schickt dir denn so ausdauernd Nachrichten?", fragte Elvira, nachdem während des Frühstücks einige Nachrichten von Einar eingetroffen waren.

Helen zuckte zusammen. Möglichst locker und mit einem breiten Lächeln antwortete sie: „Das ist nichts von Belang, Mutter, Anja hat eine neue Internet-Plattform entdeckt, die testet sie gerade ausgiebig und hält mich auf dem Laufenden."

Elvira reagierte wie erwartet. „Ach, dieses Internet! Was die jungen Leute daran so begeistert? Zu meiner Zeit hatte man andere Dinge zu tun."

„Apropos tun – was steht denn heute auf dem Plan, Mutter, womit fangen wir an?"

Innerhalb der immer gleichen Wochenend-Choreographie war der Samstag diversen Erledigungen und Besorgungen vorbehalten.

„Nun, ich dachte, wir fahren als erstes bei der Reinigung vorbei, dann zum Baumarkt, wie du sicher bemerkt hast, sind zwei der Glühbirnen im Wohnzimmer defekt. Dann natürlich zu Papa auf den Friedhof. Wenn das Wetter hält, können wir dort einen kleinen Spaziergang machen, meine Schmerzen sind heute ganz erträglich. Dann nehmen wir von Café Gerz ein Stück Kuchen mit und während ich ein wenig ruhe, kannst du die Glühbirnen wechseln, meine beiden Seiden-Blusen bügeln – du weißt, meine Zugehfrau macht das nicht ordentlich – und die Kübelpflanzen von der Terrasse in den Keller schaffen. Es soll nächste Woche recht kalt werden, und da möchte ich nicht warten, bis Thilo kommt."

Noch Fragen? Nein. Das Gute an Mutter war, sie machte klare Ansagen. Man durfte nicht anfangen, mit ihr zu diskutieren oder gar über diese Familiendynamik nachzudenken, und Helen war alt genug, das nicht mehr zu tun. Auch diesen Schmerz brauchte sie nicht jedes Mal aufs Neue. Also los.

Die Reinigung war schnell erledigt, zwei Sommermäntel abgeben, zwei Röcke und eine Winterjacke abholen, fertig. Für den Baumarkt brauchten sie über drei Stunden, allein die Fahrt an der Lahn entlang bis Koblenz dauerte schon eine halbe Stunde. Der Markt war groß und weitläufig, und Elvira bestand darauf, mit hinein zu gehen, da Helen ja unmöglich alleine die richtigen Glühbirnen finden könne. Also einen Parkplatz finden, der breit genug war, dass Elvira aussteigen konnte, den Rollator ausladen, sich in Bewegung setzen, den Parkplatz im Zeitlupentempo überqueren, den Baumarkt betreten, mit dem Aufzug, der stundenlang nicht kommt, in das Untergeschoss zu den Leuchtmitteln fahren, sich dort langsam durch die Gänge bewegen bis zum passenden Regal, hier eine Kontroverse mit dem Verkäufer beginnen, warum diese hässlichen Energiesparlampen unmöglich in ihrem Wohnzimmer zum Einsatz kommen können, die Kontroverse fortsetzen, bis der Verkäufer ermattet flüchtet, sich länglich über das heutige Verkaufspersonal beschweren, das jede Höflichkeit vermissen lasse, eine Entscheidung bezüglich der Glühbirne treffen, dann genau so langsam den Weg zur Kasse antreten, gerne aber noch einmal in der Pflanzenabteilung vorbei schauen, ob dort nicht doch noch etwas Passendes für Papas Grab ..., obwohl der Gärtner ja schon alles bepflanzt hat für den Herbst.

Helen machte unbemerkt die eine oder andere Atemübung.

Der Friedhof lag am Emsbach, einem kleinen Lahn-Zufluss, von dem die Stadt ihren Namen hatte. Frodo blieb im Auto, Tiere waren nach der Friedhofsordnung nicht erlaubt.

Heinz Hermann 1935 – 1986 stand auf dem hellen Granitstein, darunter Platz für den Namen und die Jahreszahlen ihrer Mutter.

Viel zu früh. Wie jedes Mal war das auch heute Helens erster Gedanke. Einfach viel zu früh. Wie gerne wäre sie noch öfter mit ihm spazieren gegangen, hätte ihn um Rat gefragt, ihm beim Spielen mit seinem Enkel zugeschaut oder den Hauskauf mit ihm abgewogen. Wie sehr sie ihren Vater vermisste, auch nach mehr als fünfundzwanzig Jahren noch, ein paar lautlose Tränen fanden den Weg über ihre Wangen.

„Kannst du bitte die Blätter auf dem Grab zusammen klauben?", fragte Mutter. „Das ist einfach schlimm mit den Bäumen hier, immer liegt alles voller Blätter."

Helen bückte sich wortlos, sammelte die herumliegenden Birken- und Buchenblätter ein und steckte sie in eine mitgebrachte Papiertüte.

„Schau, da links liegen auch noch zwei Blätter", sagte Elvira.

„Ich sehe es, Mutter, ich war noch nicht fertig." Tief atmen, nicht aufregen.

Ob Mutter mit anderen Menschen auch so umging? Wie hielt Thilo das aus? Jedes zweite Wochenende verbrachte er hier und das seit Jahren. Sie musste ihn unbedingt bei Gelegenheit fragen. Sie hatte lange nichts von ihm gehört. Helen nahm ein kleines rotes Grablicht aus ihrer Tasche, zündete es an und stellte es in die kupferfarbene Laterne, die eingebettet zwischen Astern, Heidekraut und den letzten blauen Herbstenzian-Blüten in der Mitte des Grabes stand.

„Papa hat es gut, der muss das alles nicht mehr erleben", sagte Elvira und schaute mit zusammengepressten Lippen auf den Grabstein.

„Du hast schöne Pflanzen ausgesucht, Mutter."

„Findest du? Ja, die Astern halten sich ganz gut. Der Gärtner wird auch jedes Jahr teurer."

„Was hast Du für den Kuchen gezahlt?", fragte Elvira, als Helen mit zwei Stück Torte in der Hand wieder ins Auto einstieg.

„Fünf Euro und zwanzig."

„Das ist doch eine Unverschämtheit! Die Stücke werden immer kleiner und dafür teurer. Das sind mehr als zehn Mark für zwei Stück Kuchen! Ich muss doch wieder selbst backen, dann erspare ich mir zumindest diesen Ärger."

Der Spaziergang fiel aus, vom tagelangen Regen war der Weg ihrer Mutter zu matschig erschienen. Der restliche Samstag verlief nach Plan: Kaffee, Glühbirnen, Blusen, Balkonpflanzen. Ungeplant waren die zahlreichen Nachrichten, die sie mit Einar austauschte.

> Einar - 13.45 Uhr
> Passt du gut auf dich auf? Die
> Vorstellung, jemand könnte dir weh tun,
> gefällt mir nicht

> Einar - 16.12 Uhr
> Der Schnee war herrlich heute, dazu
> viel Sonne und kaum Menschen, selbst
> mein Hund Luna war begeistert und sie
> ist schwer zu begeistern :-)

> Einar - 17.35 Uhr
> Was machst du gerade? Ich habe Bad
> Ems auf der Karte angeschaut, dort
> gibt es einen Fluss und Berge – gibt es
> auch Schnee?

Helen - 17.45 Uhr
Nein, Schnee gibt es keinen, nur
Regen, und der Fluss heißt Lahn
und man kann ihn von der Wohnung meiner Mutter aus sehen

Einar - 17.48 Uhr
Ich hätte wetten können, dass du
nur die Frage nach dem Schnee
beantwortest :-) Wie geht es dir?

Helen - 18.36 Uhr
Es geht so. Die Tage mit meiner
Mutter sind anstrengend für mich,
es ist schwer, ihr etwas recht zu
machen.

Einar - 18.38 Uhr
Warum willst du es ihr denn recht
machen?

Helen - 19.02 Uhr
Gute Frage! Kommt vierzig Jahre
zu spät, fürchte ich

Einar - 19.10 Uhr
Gute Fragen kommen nie zu spät :-)

„Dieses Fernsehprogramm ist ein einziges Ärgernis, dafür zahlt man monatliche Zwangsgebühren, dass es nichts gibt, was man sehen möchte", sagte Mutter am Abend nach ausführlichem Studium der Programmzeitschrift. „Wir können wählen zwischen *Der Alpenklinik* im Ersten und *Das Beste kommt erst* im Zweiten – was möchtest du?"

„Ich bin fürs Zweite, Klinik und Patienten habe ich im Alltag genug", antwortete Helen.

„Gut, dann schauen wir das. Ist ein Familiendrama, in dem es um die Entmachtung eines Patriarchen geht."

„Ah, ja, könnte interessant werden." Helen saß in Vaters Sessel, Frodo lag entspannt zu ihren Füßen. Bevor Elvira sich zu ihnen setzte, ging sie in die Küche und holte eine Schale mit Schokolade und Plätzchen, die sie vor Helen auf den Couchtisch stellte. Frodo schnupperte, erhob sich und schaute sehr interessiert.

„Nein, die sind nicht für dich, Hund", sagte Elvira, „die sind für mein Mädchen."

„Danke, Mutter!", sagte Helen. *Mein Mädchen.* Das hatte sie lange nicht mehr gehört.

Auf dem Bildschirm tyrannisierte der Patriarch wie erwartet seine Familie, quälte den Sohn mit unerfüllbaren Ansprüchen und verbot der Tochter die Hochzeit mit ihrer großen Liebe. Als beide Kinder aufbegehrten, erlitt er einen schweren Herzinfarkt.

„Im Grunde hat er es ja nur gut gemeint", sagte Elvira.

„Er hat nur seine Bedürfnisse gesehen, dass seine Kinder auch welche haben könnten, kam ihm erst in den Sinn, als er im Sterben lag", sagte Helen.

„Ich weiß nicht. Er hatte schließlich die Verantwortung für das Unternehmen, und ohne seinen Rat wäre der Sohn sicher gescheitert."

„Das glaube ich nicht. Ich glaube, er hat seinem Sohn einfach nichts zugetraut und nicht sehen wollen, dass die Firma auch ohne seine ständige Einmischung gut lief."

„Nun ja, war ja nur ein Film. Frühstück wie immer um 8.30 Uhr?" Elvira stand mühsam auf, griff nach ihrem Rollator und ging mit kleinen Schritten in Richtung Badezimmer.

„Ja, wie immer. Gute Nacht, Mutter, und danke noch mal für die Schokolade!"

„Gerne! Du weißt doch, wie sehr ich mich freue, wenn du kommst."

Wusste sie das? Nein, sie hatte keine Ahnung, was ihre Mutter empfand. Oft fühlte es sich an wie mühevolle Pflichten oder späte Korrekturversuche. Von allen Sätzen, die gestern und heute gesagt worden waren, war das Mutters erster eindeutig positiver gewesen. Es war vertrackt zwischen ihnen, und Helen blieb wachsam …

Bad Ems, Sonntag, 8. Dezember 2013

Üblicherweise endete das Wochenende mit einer mehr oder weniger eskalierenden Auseinandersetzung, in der Regel am Sonntagvormittag und gerne im Zusammenhang mit Mutters Frage: „Wie geht es denn deinem Sohn?"

Auch heute kam der erwartete Aufschlag gegen Ende des Frühstücks, allerdings in leicht modifizierter Form: „Ich habe deinem Sohn geschrieben und ihn zu Weihnachten eingeladen. Vier Wochen ist das jetzt her, und er hat nicht einmal geantwortet. Du könntest ihm sagen, dass sich das nicht gehört. Schon bedauerlich, dass er das nicht selbst weiß." Elvira strich noch etwas Himbeermarmelade auf ihr Brot und schnitt es dann sorgfältig in vier Teile.

„Mutter, er ist alt genug, und er wird sich sicher melden, das hat er bisher immer getan." Helen rührte in ihrer Kaffeetasse, obwohl es nichts zu rühren gab, sie nahm keinen Zucker und die warme Milch goss sie vor dem Kaffee hinein.

„Klar, verteidige ihn ruhig! Ich bin ja nur eine alte Frau, für die sich niemand interessiert, der junge Mann hat natürlich in Berlin Wichtigeres zu tun."

Vorsicht jetzt, vielleicht war die Situation noch einzufangen, zumindest einen Versuch war es wert. „Mutter, du weißt, dass das nicht stimmt, Jan meldet sich immer wieder bei dir."

„Interessant, was du unter immer wieder verstehst! Das letzte Telefonat mit meinem Enkel hat im April stattgefunden, jetzt ist Dezember!"

Da könntest du ja mal nachdenken, woran das liegt, lag Helen auf der Zunge, stattdessen versuchte sie es mit: „Jan hat gerade viel zu tun im Studium, und er spielt in einer Band, die häufig probt. Ich bin sicher, er wird dir wegen Weihnachten noch Bescheid geben."

Mutter setzte sich aufrecht hin, nahm einen Schluck Kaffee und sagte: „Ich glaube, du willst nicht verstehen, was ich meine. Wenn du damals mit ihm hierher gezogen wärst und mir seine Betreuung überlassen hättest, so wie ich es viele Male vorgeschlagen habe, dann wüsste er jetzt, was sich gehört und wie man sich benimmt. Aber meine Tochter musste ja ein WG-Leben führen und alles selbst entscheiden. Das ist nun das Ergebnis."

„Bitte, Mutter, fang nicht wieder davon an! Das ist über zwanzig Jahre her und nicht mehr zu ändern. Und wenn ich ehrlich bin, ich würde es heute wieder genauso machen." Es reichte. Mutter hatte es erneut geschafft.

„Ja, natürlich, sag es ruhig noch einmal! Gut, dass dein Vater das nicht mehr erleben muss! Nimm dir ein Beispiel an deinem Bruder! Thilo und ich kommen blendend miteinander aus, wir unterstützen uns gegenseitig. Aber dir ist ja nun mal gar nichts recht und mit Jan ist es leider genauso."

„Habe ich ein kritisches Wort gesagt, seit ich hier bin, Mutter?"

„Das musst du gar nicht! Ich bin deine Mutter, ich sehe doch, was du denkst."

Es war hoffnungslos, egal, was sie tat oder nicht tat, sagte oder nicht sagte, es endete immer im Desaster. Und neulich mit Jan in Berlin? Genau das Gleiche, nur in vertauschten Rollen. Schöner-Wohnen-Tempel hatte er ihr Haus genannt, hatte ihr Unbeweglichkeit und Desinteresse vorgeworfen. Was für eine Hypothek ...

Zum Glück regnete es draußen in Strömen. „Wenn das so ist, dann siehst du ja sicher auch, dass wir bei diesem Wetter keinen Spaziergang mehr machen können. Ich packe dann mal meine Sachen zusammen und mache mich wieder auf den Weg nach Hause", sagte Helen und stand auf. Ihr Kaffee war unberührt, Mutters Brot genauso.

Mutter ließ es sich nicht nehmen, sie nach unten zu begleiten. Auch das gehörte zur Choreographie, egal wie sehr ihre Auseinandersetzungen eskaliert waren, am Ende stand Elvira unten auf dem Parkplatz, aufrecht, stoisch, unverrückbar, und winkte ihr nach. Diesmal mit Schirm. Sie verschwand fast unter dem ausladenden dunkelblauen Stoff und hatte sichtlich Mühe, den Griff und ihren Rollator gleichzeitig zu halten.

„Pass auf dich auf in der Karibik und hab' schöne Feiertage, trotz allem! Ich kann ja nicht verstehen, was dich über Weihnachten immer dort hinzieht. Ich finde, an diesen Tagen gehört man zu seiner Familie." Mutter schien sich um eine freundliche Stimmlage zu bemühen, sie sprach dann langsamer und seltsam betont. „Wir sehen uns dann am zweiten Februarwochenende. Und vergiss nicht anzurufen, wenn du angekommen bist!"

Helen gab ihr zum Abschied die Hand. „Das mache ich. Alles Gute, Mutter, und Gruß an Thilo, wenn er nächstes Wochenende kommt!" Die Erleichterung, jetzt in ihr Auto steigen und nach Hause fahren zu können, war so unmittelbar, dass Helen auf dem Weg zum Auto einen kurzen Moment mit Frodo durch den Regen sprang.

„Pass auf, dass du nicht ausrutschst!", rief Mutter, „Und dass der Hund mit seinen Pfoten nicht deine Hose ruiniert!"

Ulm, Montag, 16. Dezember 2013

> Einar - 15.35 Uhr
> Weißt du schon, wann du kommen
> wirst?

Einars erneute Frage erinnerte Helen daran, dass sie ihm noch eine Antwort schuldig war. Sie kam gerade aus der Praxis und war mit Claudia auf einen Spaziergang verabredet.

> Helen - 15.40 Uhr
> Erst einmal fliege ich nächste
> Woche in die Karibik, vielleicht
> danach

> Einar - 15.41 Uhr
> Wann ist danach? Wie lange wirst du
> unterwegs sein?

> Helen - 15.43 Uhr
> Vier Wochen, am 15. Januar
> komme ich zurück und bin dann auf
> jeden Fall zwei Wochen in der
> Praxis. Also vielleicht Anfang
> Februar.

> Einar - 15.45 Uhr
> Weihnachten in der Karibik? Das
> kann ich mir gar nicht vorstellen. Zu
> Weihnachten gehören für mich viel
> Schnee, Kerzen im Fenster und ein
> warmes Feuer im Kamin.

Und nun? Wie sollte sie Einar in einem Dreizeiler ihre jährliche Flucht erklären? Am besten gar nicht. Am Ende spürte er noch, dass sie nur weg sein wollte, um an den Feiertagen nicht alleine unterm Baum zu sitzen.

Begonnen hatte ihre Karibik-Tradition, als Jan sechzehn war und zum ersten Mal gemeinsam mit seiner damaligen Freundin Lisa Weihnachten feiern wollte. Lisa hatte zwei jüngere Geschwister und fuhr mit ihrer Familie über Weihnachten und Silvester zum Skifahren. Und Jan wollte mit. Und so war Helen in jenem Winter auf die Bahamas geflüchtet, hatte einige Bücher gelesen, viel geschlafen, endlose Kilometer am Strand zurückgelegt und sich im Stillen manchmal nach dem Duft von Bratäpfeln, Kokos-Makronen und Bienenwachskerzen gesehnt.

Mit den Jahren wurden die Vorteile dieser Tradition immer klarer: keine

Geschenk-Verpflichtungen, keine Fress-Gelage, keine Diskussionen mit Mutter, warum ihr einziges Enkelkind und ihre einzige Tochter schon wieder nicht über Weihnachten bei ihr waren, keine Feiertagsdienste in der Klinik, keine Silvesterpartys mit glücklichen Paaren. Dieses Jahr würde sie nun also zum siebten Mal einige der Inseln erkunden, die Caymans.

Frodo sprang unruhig um Helen herum, wie immer, wenn sie aus der Praxis kam und er wusste, dass es nach draußen ging.

„Ja, Frodo, gleich geht's los, heute gehen wir die große Runde! Lass mich nur kurz noch andere Schuhe anziehen."

Sie legte ihr Handy beiseite. Knapp zwei Wochen nach ihrer Begegnung in Berlin war sie sicher, Einar würde sich auch ohne eine Antwort wieder melden. Und das machte sie froher als sie je zugeben würde.

Claudia wartete schon an der Herdbrücke und tippte gerade eine Nachricht in ihr Handy, als Frodo sie überschwänglich begrüßte.

„Ach, da seid ihr ja schon!" Als sei sie ertappt worden, ließ Claudia ihr Handy in der Manteltasche verschwinden und strahlte Helen an. „Schön, dass du Zeit hast, alleine kann ich mich nicht aufraffen so weit zu laufen, aber ich muss echt mal raus und mit Frodo und dir vergesse ich sogar den Dezembernebel."

„Ja, heute ist es wieder besonders schlimm", antwortete Helen, „hier die feucht-graue Suppe und wenige Kilometer südlich scheint die Sonne – echt schwer auszuhalten. Aber jammern hilft nicht, komm, lass uns losgehen."

Die *große Runde* führte auf der Ulmer Donauseite bis zur Thalfinger Brücke und auf der Neu Ulmer Seite zurück, wenn sie flott gingen, würden sie in knapp drei Stunden wieder hier sein. Der Nebel hatte sich den ganzen Tag über nicht gelichtet und hing tief über dem Wasser. Frodo trottete gemütlich neben ihnen her.

„Na, jetzt bin ich aber neugierig, Anja hat so etwas angedeutet, du hast in Berlin deine große Liebe wieder getroffen? Wie war das? Erzähl mal!"

Komisch, dass Claudia damit anfing, normalerweise erzählte sie von den Kindern.

„Du kennst doch Anja, sie übertreibt immer." Eigentlich gab es nichts zu erzählen, nichts war passiert. „Es war Zufall, ich saß auf einer Bank am Lietzensee, und Einar lief vorbei und hat mich erkannt und wir haben ein wenig gesprochen. Und jetzt lädt er mich dauernd ein nach Norwegen

49

zum Skifahren. Wie komme ich bloß wieder raus aus dieser Nummer?"

„Warum willst du denn da raus?", fragte Claudia.

„Ja ... also ... naja ... ach, Claudia, ich weiß es doch selbst nicht. Ich bin völlig durcheinander. Du kannst dir nicht vorstellen, wie mein Körper reagiert hat, als er da im Park vor mir stand. Ich hatte eine Herzfrequenz von mindestens 160/min, wenn ich nicht selbst vom Fach wäre, hätte ich wahrscheinlich den Notarzt gerufen."

Claudia lachte und legte Helen den Arm um die Schulter. „Das ist doch wunderbar Gefühle so intensiv zu erleben."

„Was soll daran wunderbar sein? Ich habe gestammelt wie eine Erstklässlerin, die beim Lügen ertappt wird, es war grauenhaft! Und selbst wenn ich entspannter wäre, das hat doch alles keinen Sinn. Ich habe mein Leben hier, da ist kein Platz für einen Mann. Und er ist Psychiater! Ausgerechnet. Wahrscheinlich würde er meine ganzen Macken analysieren oder dauernd über meine Probleme sprechen wollen oder, noch schlimmer, über meine Beziehung zu Mutter. Das war übrigens mal wieder das volle Desaster in Bad Ems letzte Woche."

Claudia lachte laut auf. „Du solltest dich mal hören, echt süß, ich glaube, die große, nüchterne Helen hat sich verliebt. Wie schön! Ehrlich gesagt hatte ich die Hoffnung schon fast aufgegeben."

„Verliebt? Wie kommst du denn darauf?" Sie gingen schweigend ein paar Schritte. Helen merkte, dass ihr linker Schuh drückte, die Socke rieb unangenehm an ihrem kleinen Zeh. „Und selbst wenn, wie stellst du dir das vor? Soll ich einfach nach Norwegen fahren und sagen: ‚Hallo, hier bin ich'?" Das Handy in Claudias Manteltasche piepste. Helen sah ihre Freundin an und bemerkte ein nervöses Zucken um deren Mund. Es war kurz nach vier, bisher waren sie die Einzigen auf dem Uferweg. Claudia antwortete nicht, schaute vor sich auf den Boden und ging langsam weiter.

Vor ihnen im Nebel tauchten zwei Schatten auf, dicht beieinander. Frodo lief darauf zu und umkreiste sie mit freundlichem Schwanzwedeln, dann kam er zurück und ging an Helens Seite weiter. Die Schatten gewannen an Kontur und im Näherkommen sah Helen ein junges Pärchen in enger Umarmung am Ufer stehen. Sie lachten leise und zärtlich miteinander und im Vorbeigehen hörte Helen ihn sagen: „Ich möchte dich nie wieder loslassen ..." Die beiden waren kaum Zwanzig, ein schönes Paar. Dieser

Moment, diese Unschuld, eine kleine warme Welle lief durch Helens Körper.

Claudia räusperte sich. „Ich habe das Gefühl, du denkst es müsse alles von Anfang an perfekt passen, und es müsse genau so oder so sein. So ist das Leben nicht, Helen. Gib dem Ganzen doch eine Chance sich langsam zu entwickeln!"

Entwickeln? Nein, die Dinge sollten klar sein. Sie wollte verstehen wie es laufen würde. Das war doch normal. Und natürlich wollte sie auch vorher wissen, wie Einar sich verhalten würde. Und in Norwegen würde sie all das nicht wissen. Darauf konnte sie sich unmöglich einlassen.

Inzwischen war es dunkel geworden. Sie überquerten die Thalfinger Brücke und gingen auf der Neu Ulmer Seite zurück. Ihre linke kleine Zehe tat mittlerweile richtig weh und rieb bei jedem Schritt im Schuh. Letzte Woche hatten die Schuhe noch gepasst. Die Lichtkegel der Straßenlaternen tauchten den Nebel über dem Weg in ein trübes, milchig-weißes Licht.

Irgendwann unterbrach Claudia das Schweigen und fragte: „Kann es sein, dass du Angst hast?"

„Nein, wovor sollte ich denn Angst haben?", erwiderte Helen und kaute auf ihrer Unterlippe. Das Gespräch lief eindeutig in die falsche Richtung. Ihr war kalt, sie hätte doch Handschuhe anziehen sollen. Aus Claudias Manteltasche hörte sie erneut den Signalton einer eingehenden Nachricht. Claudia reagierte nicht darauf, ging einfach schweigend neben ihr her.

Schließlich sagte Helen leise: „Natürlich habe ich Angst. Ich habe sogar große Angst davor, abhängig zu werden von der Zuneigung einer anderen Person."

„Aber verlieben bedeutet doch nicht Abhängigkeit."

„Was denn sonst? Ich warte auf Anrufe, auf Begegnungen, ich fühle mich gut, wenn er da ist, und schlecht, wenn ich ihn vermisse. Ich muss Entscheidungen absprechen, meine Zeitplanung abstimmen, verliere meine Autonomie – was ist das anderes als Abhängigkeit?" Helen war lauter geworden und hatte ihren Schritt beschleunigt, so gut ihr Zeh es zuließ.

„Wir kennen uns schon über zwanzig Jahre, aber das verblüfft mich jetzt echt, Helen. Es gibt doch nicht nur die beiden Extreme Autonomie und Abhängigkeit." Claudia verlangsamte ihren Schritt und sah sie an. „Das

Leben findet dazwischen statt, mal mehr auf der einen und mal mehr auf der anderen Seite. Glaubst du im Ernst, man brauche nur am Anfang Regeln aufzustellen und dann sei alles geklärt?"

Helen fühlte sich zunehmend unwohl, die feuchte Kälte, der Nebel, die Dunkelheit. Zu Hause würde sie sich einen warmen Tee kochen und sich auf ihrem Sofa unter eine Decke kuscheln. „Nun, ich möchte schon genau wissen, auf was ich mich einlasse, insofern wäre meine Grundvoraussetzung, am Start die Bedingungen auszuhandeln, nach denen es läuft."

Claudias Stimme wurde eindringlicher. „Helen, denk' doch mal nach! Du kannst doch nicht alle Eventualitäten zweier Leben vorab verhandeln. Wie soll das gehen? Und was willst du tun, wenn etwas passiert, was im Vertrag nicht vorgesehen ist? Wenn einer krank wird? Oder wenn einer sich verliebt? Sagst du dann: Sorry, Vertrag nicht erfüllt, ich gehe? Die Liebe ist doch nicht planbar wie eine Geschäftsbeziehung oder ein Projekt."

Helen schwieg. Claudias Argumente waren schlüssig. Was konnte sie dagegen sagen? Vielleicht gab es keinen Gegenbeweis, keine Logik. Aber es gab ein entschiedenes *Nicht-wollen*. Sie wollte es einfach nicht. Punkt. Sie führte ein eigenständiges, selbstbestimmtes Leben, und das würde sie nicht aufgeben, um keiner Verliebtheit der Welt willen. Der Preis war zu hoch.

„Die Liebe ist ein Geschenk", sagte Claudia, „da stellt man keine *Auspack-Bedingungen*, da sagt man *Danke!*"

Das wurde jetzt doch zu missionarisch. Nur weil Claudia sich für ein Lebensmodell mit Mann und Kindern entschieden hatte, war das ja wohl nicht das Patent für jede Lebenslage. Helen wusste selbst, was gut und richtig für sie war, und ein Mann, der Durcheinander in ihr Leben brachte, war es definitiv nicht.

Sie musste aus diesem Schuh raus, und zwar sofort, sicher war ihr Zeh inzwischen schon blutig.

Dass ausgerechnet heute so etwas passieren musste.

Claudias Handy piepte erneut. Normalerweise las sie immer sofort, ob etwas mit den Kindern war. Was war heute los? „Alles ok bei dir? Musst du nicht nachschauen?"

Claudia wirkte angefasst und griff nach ihrem Ohrläppchen. „Nein, passt schon, die Kinder werden auch mal zwei Stunden ohne mich klarkommen."

Den Rest des Weges gingen sie schweigend nebeneinander her.

Grand Cayman Island, Sonntag, 12. Januar 2014

Die Musik war grauenvoll, der Beat viel zu schnell, zu aggressiv, die Lautstärke unerträglich, von dem Rauschen der Boxen gar nicht zu reden, und dann auch noch dieser Text: „I need your love, I need your time, when everything is wrong, you make it right, I need your love …"

Dazwischen die Stimme des Animateurs, die den schnellen Rhythmus unerbittlich aufnahm und forcierte: „And one, and two, and step, and down, and up, and one, and two, and down, and …"

Nichts wie weg hier, das war nicht zu ertragen. Aber alleine im Zimmer war es auch nicht besser, und der Tag hatte gerade erst angefangen, also weiter, rechts und links und vor und rück und … Die übersteuerten Fanfaren, die zum Refrain einsetzten, gaben der Musik einen Thrill, der zu diesem stillen, traumhaft schönen karibischen Sonnenaufgang passte wie ein Presslufthammer in eine Ballettaufführung.

Außer Helen hatten es noch fünf Unermüdliche zu dieser frühen Stunde hierher auf die Pool-Terrasse geschafft, zwei der Frauen hatte sie schon öfter am Strand getroffen und mit einem freundlichen Hallo begrüßt, auch Erika war da, die seit zwei Tagen den Bungalow neben ihr bewohnte. Der Schweiß lief in Strömen, und eins und zwei und rechts und links, sie konnte keinen klaren Gedanken fassen, das grenzte an Folter, und vor und rück und rechts und links, warum tat sie sich so etwas an? *Mist, aus dem Takt.* Schauen, wo sind die anderen? Und wieder einen Einstieg finden und eins und zwei und eins und zwei …

,*Die Freude kommt beim Tun*' hatte Mutter gerne gesagt, wenn sie ihr früher besonders unangenehme Haushaltsjobs aufgetragen hatte wie Mülleimer spülen oder Spinnweben im Keller entfernen. Helen hatte nie daran geglaubt und auch heute konnte sie das nicht feststellen, obwohl sie sich schon eine halbe Stunde redlich mühte. Statt Freude kam eher ein leichter Kopfschmerz. Konnte man auf Musik eigentlich auch allergisch reagieren? Und eins und zwei und up und down, keine Zeit zum Denken – manchmal ja auch gut, einfach machen, hin und her, immer weiter, sich nicht wehren, sich hingeben, den Schritten, der Geschwindigkeit, dem Beat.

Dieses Mal hatte sie sogar eine eigene Hängematte auf der Terrasse ihres Bungalows, und es war herrlich, von dort aus das Meer zu betrachten. Die tausend Farben des Himmels, von zartem blass-blau zu tief dunklem Meerblau, ganz hinten an der Horizontlinie kaum mehr vom Wasser zu unterscheiden.

Merkwürdig, sie konnte kein Blau mehr sehen, ohne an Einars Augen zu denken. Ihre Begegnung am Lietzensee hatte nicht länger als fünfzehn Minuten gedauert, die Gedanken an ihn in den letzten sechs Wochen dauerten gefühlt schon Tage.

Das Hotel, in dem Helen die letzte Woche ihrer Reise verbrachte, war eine weitläufige Anlage aus kleinen Holz-Bungalows in einem parkähnlichen Gelände. Im Süden das Meer, im Norden mit einigem Abstand die Inselstraße, die den Hotelkomplex mit dem Owen Robert Airport in George Town verband, dahinter eine Lagune, in der unzählige Seevögel ihr Zuhause hatten. Das Rauschen des Meeres begleitete sie rund um die Uhr, meist als leises Plätschern, manchmal, wenn der Wind zulegte und die Hängematte ins Schaukeln kam, auch als deutliche Hintergrund-Musik.

Ihre Tage vergingen mit laufen, schwimmen, tauchen, lesen, Musik hören, mit langen Wanderungen und mit phantastischem Essen. Allein das Obst zum Frühstück, reife Mango und Ananas, köstlich frische Kokosnüsse, Feigen, Bananen … ein Traum! Und am Abend endlose Varianten von Fisch, fangfrisch und so phantasievoll zubereitet als sei der Koch ein kreativer Aktionskünstler.

Abschalten, runterfahren, alles hinter sich lassen. Alles? Fast alles … Helen nahm ihr Handy zur Hand. Nein, keine neue Nachricht, nein, sie würde ihm nicht schon wieder schreiben, nein, sie wollte auch nicht an ihn denken.

Gestern hatte sie auf einem ausgedehnten Spaziergang einen einfachen Fischimbiss in einer Holzhütte entdeckt, *Claudettes Heritage Citchen* und hatte dort in Gesellschaft einheimischer Familien zu Mittag einen ‚Fischtee‘ probiert – eine im Becher gereichte einfache Fischsuppe – die Geschmacksoffenbarung des Jahres, von cremig-zarter Konsistenz, nach Meer und Weite und herben Kräutern duftend. Sie hatte ihm ein Foto geschickt, viel lieber hätte sie den Becher mit ihm geteilt. Schon wieder dachte sie an Einar, vermisste ihn, tat sich schwer, bei sich zu sein und ihr sonniges Paradies genießen.

„And once again, ladies! Step up and down, and one and two …“, drang die Stimme des Animateurs in ihre Gedanken. Sie mühte sich redlich, im Takt zu bleiben. Alles besser als gestern, als sie morgens mit einer Tasse Tee am Fenster in ihrem Zimmer saß und diesen wunderbaren Sonnenaufgang betrachtet hatte. Und dann war die Sehnsucht gekommen und mit ihr die Tränen, nein, dann lieber hier schwitzen und hin und her und eins und zwei und eins und zwei …

Wie lang eine Stunde sein konnte oder ein Tag. So lange hatte sich die Zeit zuletzt gezogen, als Papa noch gelebt und jeden Tag aufs Neue angekündigt hatte, dass bald, sehr bald, der Christbaum aufgestellt werden würde. Wieder spürte Helen die Tränen aufsteigen. Wie gut es im Wohnzimmer gerochen hatte, wenn der Baum, frisch aus dem Wald, dann da stand. Manchmal hatte sie sich heimlich einen kleinen Zweig abgebrochen und mit in ihr Bett genommen, ihre Nase im Einschlafen tief drin in Tannengrün und Harz und Wald und Schnee und Winter-Duft.

Die routinierte Stimme des Animateurs überwand mühelos 30 Jahre und 9000 Kilometer: „And now, ladies, enjoy the cool-down and our final stretching! Thank you for joining our class and see you tonight on the dancefloor! Have a beautiful day!“

Die Musik wurde leise und langsamer und ging schließlich in das Gute-Laune-Dauergedudel in Endlosschleife über, das in der Hotelanlage den ganzen Tag leise zu hören war.

Ihr Körper fühlte sich gut und kräftig an, und auf dem Rückweg in ihr Zimmer war Helen froh, dass sie die Stunde durchgehalten hatte. Sie grüßte im Vorbeigehen den grellbunten, mit hunderten kitschiger Winterfiguren überladenen Plastik-Weihnachtsbaum in der Lobby und entschied sich, den heutigen Ausflug in das Schildkröten-Center doch mit zu machen. Handeln war besser als Denken und viel besser als Grübeln. Und die Grübelgefahr war in diesem Jahr besonders groß.

Es hatte schon vor ihrer Abreise in Ulm angefangen, als Frodo an ihr klebte wie eine Klette und sie erstaunt feststellte, wie sehr ihr das gefiel. Sie hatte ihn ausgiebig und voller Zärtlichkeit gestreichelt. „Ich bin ja bald wieder zurück, Frodo. Und bei Anja hast du es gut. Und Weihnachten gibts leckeres Essen, und es riecht fein.“

Frodo hatte sich an sie gedrängt, mit der Schnauze in ihre Hand gestupst, *noch mehr streicheln* hieß das und Helen war der Aufforderung gerne nachgekommen. Was war nur los mit ihr? Sonst konnte ihr der Abschied nicht schnell genug gehen und diesmal hatte sie fast Tränen in den Augen. Sie vergrub ihr Gesicht in Frodos weichem Fell.

Dann der Abschied von Einar:

> Einar - 14.05 Uhr
> Wann geht dein Zug?

> Helen - 14.07 Uhr
> In zwei Stunden.

> Einar - 14.08 Uhr
> Schon reisefreudig?

> Helen - 14.45 Uhr
> Diesmal nicht so wie sonst, ich mag
> gerade gar nicht so weit weg sein

> Einar - 14.50 Uhr
> Mir gefällt der Gedanke auch nicht,
> dass du fast 9000km weit weg bist,
> vermisse dich jetzt schon

> Helen - 15.15 Uhr
> Ich habe mich schon nach der
> WLAN-Verbindung im Hotel
> erkundigt, sie funktioniere zuver-
> lässig hieß es, ich werde auch dort
> erreichbar sein.

> Einar - 15.17 Uhr
> Du bist so süß!

Und dann auch noch der Abschied von Anja: „Ich danke dir für ein wunderbares Freundinnenjahr und wünsche dir alles Liebe und Gute für unser nächstes! Genieß' die Sonne und die hübschen Jungs und du weißt ja: Nie eine Gelegenheit auslassen! Wer weiß, wann wieder eine kommt", hatte sie gesagt und Helen schämte sich einmal mehr, dass sie nicht den Mut hatte, wenigstens ihrer besten Freundin gegenüber diese Lüge aus der Welt zu räumen.

Während der Zugfahrt zum Frankfurter Flughafen hatte sie die ganze Zeit an Einar gedacht. Sie wollte nicht an ihn denken. Und sie wollte es doch. Etwas in ihr nutzte jede Gelegenheit, von ihm zu träumen, sich in

immer neuen Variationen Gespräche und Begegnungen mit ihm auszu-
malen. Interessante, unterhaltsame Begegnungen, in denen sie nicht stam-
melnd nach Worten suchte, sondern wesentliche Fragen stellte und gute
Antworten gab oder spannende Fragen und witzige Antworten. Dieses
Etwas war ihr fremd, es war entschieden und klar, wusste genau, was es
wollte, zum Beispiel an Einar schreiben, ganz klar.

Helen - 16.32 Uhr
Sitze im Zug und denke an dich

Einar - 16.35 Uhr
Wie schön! Sitze am Wasser und denke
an dich … Habe kurz überlegt, ob mir
ein Karibik-Urlaub auch gut tun würde

Einar - 16.37 Uhr
… bin aber gerade nicht so spontan,
was Fernreisen angeht

Einar - 16.43 Uhr
Zu viele Job-Termine und vier Wochen
lang kann ich Luna niemandem
zumuten

Klar. Es war gut so wie es war. Sie würde eine Weile weit weg sein und
Zeit haben, sich zu sortieren. In Ruhe nachzudenken.

Aber dieses Etwas in ihr hatte nicht aufgehört sich vorzustellen, Einar
wäre hier, mit ihr. Und so ertappte sie sich immer wieder, wie sie mit ihm
durch die Anlage oder besser noch am Strand entlang ging und am Abend
mit ihm in den Sonnenuntergang schaute. Wie sie weit hinaus schnorchel-
ten und später zusammen beim Essen saßen. Und noch ganz andere Bilder
tauchten auf, ungewohnte Bilder, die sie Nachts nicht einschlafen ließen:
ihre Hand in seiner, sein Arm um ihre Taille, ihr Kopf an seiner Schulter,
ihre Finger, die seine Lippen entlangfuhren oder durch sein Haar, dabei
war er so weit weg … Gut so! So schade!

Ihr Handy riss sie abrupt aus diesen Gedanken, eine Nachricht von Claudia. Seltsam, die Weihnachts- und Neujahrswünsche waren doch schon
ausgetauscht. Neugierig las Helen den Text:

Claudia - 9.27 Uhr
Liebe Helen, ich hoffe, du hast weiter
einen schönen Urlaub! Darf ich mir von
Anja deinen Schlüssel holen und bei dir
wohnen, bis du nächste Woche zurück
kommst? Ich würde nicht fragen, wenn
es nicht wirklich dringend wäre. Ich
erkläre dir alles, wenn wir uns sehen.
1000 Dank und liebe Grüße, Claudia

Wow! Mit allem hatte sie gerechnet, aber das ... Am liebsten hätte Helen sofort angerufen, so gerne wollte sie wissen, was passiert war. Ob Christian eine Freundin hatte? Nein, undenkbar. Vielleicht irgendein Stress mit dem Besuch der Schwiegereltern und eine kleine Verknappungs-Strategie? Schon eher. Oder eines der Kinder hatte Claudia geärgert? Am ehesten.

Helen - 9.30 Uhr
Klar darfst du! Fühl dich ganz wie
zu Hause und genieß die kleine
Pause vom Familienalltag. Du
kennst dich ja aus. Und wenn was
unklar ist, melde dich gerne. Und
Vorsicht mit der Terrassentüre, die
klemmt gerne, LG HelenPS: alles
wird wieder gut

Claudia - 9.45 Uhr
Diesmal fürchte ich, wird nichts
wieder gut werden, ich habe mich von
Christian getrennt. Alles andere, wenn
wir uns sehen, und DANKE!!

Was stand da? Von Christian getrennt? Claudia? Helen starrte auf die Buchstaben, doch ihr Gehirn weigerte sich, deren Inhalt zu verarbeiten. Claudia und Christian waren der Inbegriff einer soliden Ehe. Das Wort Trennung ließ sich in diesem Kontext nicht denken, passte nicht, sperrte sich. Die Claudia, die vom *Geschenk der Liebe* gesprochen hatte, die verständnisvolle, geduldige Claudia. Obwohl ... da waren diese Handy-Nachrichten unterwegs, die Claudia in ihrem Beisein nicht angeschaut hatte, und ein Glanz in ihren Augen, über den Helen in ihrer eigenen Verwirrung nicht weiter nachgedacht hatte.

Sie musste los, der Bus zum Schildkröten-Center fuhr in fünf Minuten und würde nicht auf sie warten. Helen griff nach ihrem kleinen Rucksack und der Wasserflasche, zog ihre Sneakers an und ging eilig zum Treffpunkt in der Hotellobby. Die Fahrt würde nur eine halbe Stunde dauern, hatte sie in der Ankündigung gelesen. Der Bus stand schon vor dem Eingang. Erika winkte von hinten, Helen stieg ein und setzte sich neben sie.

„Na, schon wieder aufgehört zu schwitzen? Das war ganz schön anstrengend heute Morgen", sagte Erika.

„Stimmt, bei der Lautstärke war ich zwischendrin versucht zu flüchten, aber hinterher ist man ja immer froh, dass man durchgehalten hat."

Der Bus fuhr langsam über die holprige Piste in Richtung Inselstraße. Helen dachte an Claudia, stellte sich vor, wie die Freundin vielleicht heute Abend schon alleine in ihrer Küche sitzen und in den kahlen winterlichen Garten hinaus schauen würde.

„Wie lange bist du schon hier?", fragte Erika.

„Wie bitte …? Was sagst du?" Helen kaute auf ihrer Unterlippe und sah aus dem Fenster, ohne draußen etwas wahrzunehmen. „Ich … bin gerade in Gedanken, entschuldige. Ich habe vor zehn Minuten erfahren, dass eine meiner engsten Freundinnen sich von ihrem Mann getrennt hat." Helen spürte ihr Herz klopfen. Warum hatte sie das gesagt? Warum erzählte sie einer wildfremden Frau von Claudia? Sie bemerkte Erikas erschrockenen Blick.

„Das sind ja keine guten Nachrichten", sagte Erika und schaute ebenfalls aus dem Fenster.

Helens Hände schwitzen, sie wusste nicht wohin mit den Händen, mit den Gedanken und mit sich. Fremd in diesem Bus, auf dieser Tour, mit dieser Frau, die links von ihr saß und sich wahrscheinlich einfach nur nett unterhalten wollte. Helen wollte locker sein und fühlte sich verkrampft wie die Rückenmuskeln bei einem Hexenschuss.

„Na, manchmal ist es ja auch nur eine Krise und renkt sich wieder ein", sagte Erika, sichtlich bemüht, das Schweigen zu unterbrechen. „Ich war vor einigen Jahren schon mal hier bei den Schildkröten, die kleinen sind so süß, dass ich gerne noch ein zweites Mal hinfahre."

Claudia, die Kinder, Christian … zusammenkommen, dann sich trennen oder besser nicht trennen, mit Einar zusammenkommen oder besser nicht zusammenkommen …

Kein vernünftiges Wort fand den Weg zu Helens Lippen. All die vielen Menschen, die in Millionen alltäglicher Situationen mit zufälligen Begegnungen locker ins Gespräch kamen – wie machten die das?

„Interessant, ich … ja … ich fahre zum ersten Mal mit", antwortete sie.

Trotz der kühlenden Klimaanlage war ihr heiß. Wie leicht es doch war, sich mit Frau Schuster in der Praxis zu unterhalten, aber sie konnte Erika ja schlecht nach der Beweglichkeit ihrer Schulter fragen.

Nachmittags wartete der Bus am Ausgang der Schildkrötenfarm auf sie. Helen stieg als erste ein. Erika setzte sich neben sie und sagte: „Das war doch wunderschön, oder? So ein Panzer ist wirklich eine tolle Sache. Diese kleinen Schildkröten sind echt robuste Kerlchen und das von Geburt an."

„Ich weiß nicht, ich habe den Eindruck, sie wirken nur robust nach außen, aber eigentlich sind sie total verletzlich."

„Findest du? Die können doch von Anfang an total schnell laufen und schwimmen und sie fressen alles, was ihnen unterkommt, in meinen Augen sind das echte Überlebenskünstler."

Helen zögerte mit ihrer Antwort. Diese kleinen Winzlinge hatten sie zutiefst berührt. Die Kleinsten kaum größer als ihr Daumennagel, die Größten etwa wie ihre Handfläche. Hunderte von ihnen waren in den flachen Wasserbecken der Lagune umher geschwommen. Jede Einzelne unverkennbar, der Panzer individuell geformt und gefärbt, wie ein Fingerabdruck. Diese wild rudernden Beinchen auf ihrer Hand spüren, dieses instinktive, archaische Wissen, ins Wasser zu gehören und nur dorthin und auf dem Trockenen völlig falsch zu sein – was für eine Sicherheit diese winzigen Kreaturen hatten und mit welcher Kraft sie ihrem Wissen folgten ...

Schließlich sagte sie leise: „Der Ranger meinte, nur Eine von Tausend schafft es ins Erwachsenenalter, die anderen werden Opfer von Hunden, Ratten, Krebsen, Möwen und Raubfischen."

„Na, deswegen legt jede Schildkröte doch Hunderte von Eiern, der Schwund ist praktisch von der Evolution eingeplant, und darum ist das Prinzip in der Summe robust – sonst würde es sie nicht schon seit 200 Millionen Jahren geben", antwortete Erika entschieden.

In der Summe robust – ein schwacher Trost, wenn man gefr
essen wurde. „Ich weiß nicht", antwortete Helen, „an vielen Orten sind sie ausgestorben."

„Also mir hat der Ausflug gefallen. Und ich bin optimistisch, was die Kleinen angeht, echt robuste Kerlchen."

Helen sagte nichts mehr. Ihre Haut war zu dünn.

Grand Cayman Island, Mittwoch, 15. Dezember 2014

Anja - 12.30 Uhr
Wird Zeit, dass du nach Hause
kommst, Claudia ist völlig neben der
Spur, und Frodo hat heute meinen
Tennis-Schuh komplett zerbissen, ich
fürchte, der vermisst dich auch sehr. So
wie ich! LG Anja

Ja, dieser Urlaub war anders. Nie hatte Helen sich so zwischen den Welten gefühlt. Immer wieder war sie mit ihren Gedanken in Ulm gewesen oder – viel öfter – in Norwegen, und trotz der traumhaften Umgebung sehnte sie fast den Tag des Rückflugs herbei. Jetzt war es so weit und Einar hatte am Morgen geschrieben:

Einar - 8.36 Uhr
Die Vorstellung du kommst alle 10
Sekunden einen Kilometer näher macht
mich sehr glücklich.

Einen langen Flug später schrieb sie zurück.

Helen - 13.27 Uhr
Bin gut gelandet und sitze im Zug
nach Ulm.

Einar - 13.30 Uhr
Wie schön, dich wieder zurück zu
wissen! Darf ich dich heute Abend
anrufen?

Helen erschrak. Anrufen? Nein, das war dann doch zu viel. Gerade hatte sie sich an seine Text-Nachrichten gewöhnt. Sie konnte unmöglich mit Einar telefonieren. Was sollte sie ihm sagen? *Ich vermisse dich. Ich denke dauernd an dich* ... Sicher nicht! Nein, dieses Rumgestammel würde sie sich nicht antun und ihm auch nicht.

Helen - 13.31 Uhr
Sorry, heute Abend muss ich Frodo
abholen und bin dann noch bei
Anja.

Einar - 13.32 Uhr
Dann vielleicht morgen?

61

Helen - 13.33 Uhr
Da telefoniere ich mit Jan, das wird
länger dauern.

Einar - 13.34 Uhr
Wenn man dir zu nahe kommt, springst
du schneller davon als ein scheues Reh

Helen - 13.36 Uhr
Kann sein, scheint mir eine erfolgreiche Überlebensstrategie

Einar - 13.38 Uhr
Hast du Angst um dein Leben?

Helen - 13.40 Uhr
Vielleicht. Ich kenne dich doch
kaum.

Einar - 13.41 Uhr
Dann lerne mich kennen! Flucht ist
keine Lösung. Weisst du eigentlich,
dass ich ein Jäger bin?

Einar ein Jäger? Seltsame Vorstellung. Er und Luna im Wald unterwegs? Mit Fernglas und Gewehr auf einem Hochsitz? Das musste ein Scherz sein. Jäger trugen Multifunktions-Westen mit vielen Taschen und grüne Lodenjanker darüber, das passte nicht zu Einar, da war sie sicher. Wenn es allerdings um das Thema Hartnäckigkeit ging, da konnte er es mit jedem Jäger aufnehmen, soviel hatte sie inzwischen gelernt.

Einar - 14.10 Uhr
Wann sagtest du, kommst du nach
Norwegen?

Helen lächelte und schaute aus dem Fenster, vor dem die braungraue deutsche Winterlandschaft vorbei raste. Ja, hartnäckig war er, und irgendwie mochte sie das.

Helen - 14.12 Uhr
Ich sagte gar nichts dieser Art :-)

Ulm, Donnerstag, 16. Januar 2014

Das ging nun wirklich zu weit. Was sollte diese Tischdecke in ihrer Küche? Weinrotes Leinen. Auf ihrem Tisch. Hier war alles weiß, und so sollte es auch bleiben. Und jetzt dieser rote Farbklecks. Dazu die Fensterbank vollgestellt mit Pflanzschalen, in zweien waren schon die ersten grünen Keimlinge zu erkennen. Im Januar!

„Tja, das hättest du nicht von mir gedacht, oder?", fragte Claudia, die einen Tee gekocht und Helens *Rosenthal*-Kanne auf ein Stövchen platziert hatte, das nach ersten Töpferversuchen ihrer Tochter aussah.

Atmen! Erst einmal ankommen und die Lage sondieren, die Tischdecke könnte sie später noch auswechseln. „Nein, wenn du mich vor vier Wochen gefragt hättest, hätte ich gesagt, das ist ausgeschlossen."

Die Begeisterung für Tim sprudelte aus Claudia hervor wie ein überschäumender Prosecco: „Kurz nach den Sommerferien hat Tim sein Referendariat begonnen, und den Elternabend im September hat er moderiert. Ich habe ihn gesehen und es war sofort klar." Sie strahlte wie ein Teenager. „Ich habe sowas noch nie erlebt, ich habe ihn angeschaut und wusste es einfach. Instinktiv. Ich habe nichts gedacht, ich kannte ihn ja gar nicht, aber ich wusste, dass ich diesen Mann will, dass ich ihm nahe sein will."

„Instinktiv?" Helen zog die Augenbrauen hoch.

„Ja, ganz klares Bauchgefühl! Bei Christian war alles so logisch und vernünftig, wir waren im gleichen Semester, wir hatten die gleichen Interessen, der Umgang miteinander war unkompliziert und so wurden wir dann ein Paar. Das ist gut im Alltag, wenn man ähnlich tickt, erspart viele Streitereien. Aber es war nie so, dass mir die Luft weggeblieben wäre, wenn Christian mich in den Arm genommen hat. Es war eine überlegte und gute Entscheidung, ihn zu heiraten, und er ist der denkbar beste Vater unserer Kinder."

„Das ist gut und solide, so habe ich euch immer erlebt. Und das willst du jetzt aufgeben?", fragte Helen, immer noch ungläubig.

„Das habe ich aufgegeben! Mit Tim, das ist wie eine Urgewalt, ich fühle mich so zu ihm hingezogen, dass mein Denken aussetzt. Ich will auch nicht über Konsequenzen nachdenken, nicht darüber, was ich meinen Kindern antue, wie sehr ich Christian verletze." Claudia hielt einen Moment inne und trank einen Schluck Tee. „Es klingt schrecklich, aber das ist mir alles egal. Da ist eine Kraft in mir, die zu Tim will, mehr als alles andere auf der Welt, und die ich in dieser Intensität nicht für möglich gehalten hätte." Claudia stand auf und ging zum Fenster, schaute hinaus in die frühe Dunkelheit des Winterabends.

Helen saß am Küchentisch, ihr Befremden über die Tischdecke hatte zugenommen. Claudia drehte sich zu ihr um und strahlte sie an. „Ich fühle mich wie neu geboren, entdecke meinen Körper neu und das ist alles so dermaßen lustvoll. Wenn ich anfange nachzudenken, dann wartet die Hölle, schlechtes Gewissen, Zukunftsängste, Unsicherheit, das ganze Programm. Aber wenn ich ihn sehe, ist das alles weggeblasen, und ich fühle mich wunderbar geliebt und begehrt. Die achtzehn Jahre Altersunterschied sind eine echte Herausforderung, aber wir werden das schaffen, irgendwie."

Helen schauderte. Das passte alles nicht. Das war wie aus einem Heftchenroman. Schon diese Worte: Intensität, Instinkt, Urgewalt, und Claudia, so aufgedreht, so fremd.

Die Bedenken, das Gewissen, das passte! Aber die Vorstellung Claudia mit einem 22-Jährigen, das war so schräg, das hätte vielleicht zu Anja gepasst – für ein Wochenende, aber nicht zu Claudia – für ein Leben.

Helen strich die Tischdecke glatt. „Was hast du denn jetzt vor? Ich meine, du kannst gerne hier bleiben, solange du magst, aber hast du schon irgendeinen Plan?"

„Danke noch mal, dass ich hier sein kann, war echt meine Rettung! Nein, ich habe keinen Plan. Tims Wohnung ist zu klein. Ich will auch nicht bei ihm wohnen. Ich glaube, das ist zu viel am Anfang. Er muss auch noch Zeit für sich haben. Ich will ja auch die Kinder sehen können, und das würde in seiner Wohnung nicht gehen. Mit Christian habe ich mich auf eine Art Schichtdienst in der Apotheke verständigt, so dass wir uns möglichst wenig sehen. Der Tratsch ist natürlich schon durch ganz Ulm, kannst du dir ja vorstellen."

Je länger Claudia sprach, desto schwerer hielt es Helen auf ihrem Stuhl aus. „Aber wie soll das denn weitergehen mit euch, du musst doch irgendeinen Plan haben?"

Claudia kam näher und griff nach ihrer Tasse. „Nein, Helen, wirklich nicht. Ich weiß nicht einmal, was morgen sein wird. Ich weiß nur, es ist wunderbar, und wenn ich das jetzt nicht lebe, dann werde ich es mir mein Leben lang nicht verzeihen."

Planlos und wunderbar passen nicht zusammen. Wie konnte Claudia einen solchen Wirbelsturm in ihrem Leben wunderbar finden? Helen fühlte sich ausgeschlossen, wie hinter einer gläsernen Wand. Da fehlte ihr etwas. Vielleicht Wahrnehmungsfähigkeit? Oder Instinkt? Sie konnte es wirklich nicht begreifen, was mit Claudia los war. Planlos war erschreckend, aufwühlend, beängstigend. Planlose Zustände waren zu vermeiden. Planlos ist hilflos. Wer dagegen einen Plan hat, weiß, was zu tun ist, ist handlungsfähig.

Helen schüttelte den Kopf. „Ich verstehe das nicht, das geht alles viel zu schnell."

Claudia setzte sich wieder an den Tisch und legte Helen eine Hand auf den Arm. „Das glaube ich. Es geht auch nicht ums Verstehen. Da ist nichts zu verstehen. Es geht um Gefühle und das ist ja nicht gerade dein Spezialgebiet."

Helen schaute auf. „Was meinst du denn jetzt damit, bitte?"

Claudia zog ihre Hand zurück und verschränkte die Arme. „Hey, sei doch nicht gleich sauer! Was ich von dir und deinem Leben sehe, ist alles sehr geordnet und kontrolliert, angefangen von deiner Kleidung und deiner äußeren Erscheinung über diesen Haushalt hier bis hin zu deiner Praxiseinrichtung und deiner Arbeits- und Lebensorganisation: alles perfekt, stilvoll, funktional und nichts dem Zufall überlassen."

Genau! Und so soll es auch bleiben. Helen kaute auf ihrer Unterlippe und goss sich noch einen Tee ein. Es war kalt hier, und sie war müde. Vor sechs Stunden war sie noch im Flieger gesessen.

Claudia schaute sie eindringlich an: „Ich weiß nicht, wann du das letzte Mal etwas spontan unternommen hast, einfach nur weil du Lust dazu hattest. Und genau das tue ich gerade, ich folge meiner Liebe und meiner Lust."

„Und du hast gar keine Angst vor den Folgen?"

„Und du, hast du denn gar keine Angst vor den Folgen deiner lebenslangen Verweigerung von Lust und Leidenschaft?"

„Fängst du jetzt an wie Anja? Nur weil man keinen Partner hat, heißt das nicht, dass man ein lust- und leidenschaftsloses Leben führt!" Jetzt reichte es aber! Sich hier ausbreiten und dann als Lebensberaterin aufspielen, das war das Letzte, was Helen gerade brauchen konnte.

„Es heißt aber sehr wahrscheinlich, dass man auf Lust und Leidenschaft im herkömmlichen Sinne doch eher verzichtet. Worauf willst du warten?

Warum folgst du nicht deiner Lust und fährst nach Norwegen?"

„Weil ich genau dazu eben *keine* Lust habe."

„Ich glaube dir kein Wort, Helen. Ich glaube, du hast Angst. Angst, das könnte deine wohlsortierte Ordnung durcheinander bringen, könnte dich durcheinander bringen. Aber ich verrate dir etwas: auch wenn es mich sehr belastet, wie die Kinder leiden und wie sehr ich Christian verletze – ich war noch nie so glücklich wie in den letzten drei Monaten, und eine solche Liebe zu erleben, dafür nehme ich gerne jeden Schmerz in Kauf, den sie vielleicht nach sich zieht."

Helen stand auf. Claudia hatte leicht reden. Sie wollte das nicht hören, sie musste hier weg. „Helen, lauf jetzt nicht weg!"

Claudia war ebenfalls aufgestanden und stellte sich ihr in den Weg. „Warum willst du nicht fahren? Was kann schon passieren? Wenn es gut wird – nichts. Und wenn es nicht gut wird, dann kann es sein, du hast ein paar Tage oder Wochen Kummer, aber du hast wenigstens versucht, etwas mehr Lebendigkeit in dein Leben zu lassen."

Was kann schon passieren? Als ob das so einfach wäre. Ein paar Tage Kummer, von wegen … Helen erinnerte sich genau, wie die Traurigkeit sich damals angefühlt hatte. Wie endlos eine Stunde sein konnte oder ein Tag, ein ganzer Sommer, der in ihrem Leben fehlte. Die Tränen, die vergeblichen Bemühungen, ihn zum Bleiben zu bewegen. Das alles noch einmal? Nein, dann lieber leidenschaftslos und schmerzfrei.

Oder? Einars Nachricht von heute Morgen fiel ihr ein:

Einar - 10.15 Uhr
Nächster Versuch: Der Schnee ist
herrlich. Kommendes Wochenende
würde gut passen! Freu mich auf dich!

Sie würde nicht fahren, sie konnte das nicht. „Lass gut sein, Claudia", sagte sie und ging an ihr vorbei in Richtung Tür.

„Hörst du mir noch einen Moment zu?", fragte Claudia. „Ich will dir noch eine Geschichte erzählen."

Helen lehnte sich wiederstrebend an den Türrahmen. „Ich höre."

Claudia stand vor ihr, ganz aufrecht, sah Helen an und sprach sehr betont und langsam:

„Ein Mann sitzt am Fluss.

Wie gerne würde ich schwimmen, denkt er.

Am Abend geht er traurig nach Hause.

Dem Fluss ist es egal."

Helen sagte lange nichts. Dann ging sie zum Tisch zurück, setzte sich hin und trank ihren Tee in kleinen Schlucken. An der Seite des Ton-Stövchens entdeckte sie ein kleines, eingeritztes Herz. Passte zur Farbe der Tischdecke.

Oslo, Samstag, 25. Januar 2014

Sie sah ihn lachend auf sich zu kommen – gleich würde es so weit sein. Helens Herz klopfte, ihr Mund war trocken und sie hatte gerade zum vierten Mal ihre Lippen eingecremt, als die Durchsage kam: „Ladies and Gentleman, we will soon land at Oslo Gadermoen Airport, please bring your seat in an upright position."

Tausendmal hatte sie sich in den letzten Tagen diesen Moment ausgemalt, wie er auf sie zukommen, wie er sie in den Arm nehmen würde. Und genauso oft hatte sie sich dafür gescholten. Sie wollte nichts erwarten, wollte nicht schon die Begrüßung vermasseln durch ihre in Gedanken vorproduzierte Inszenierung und die unvermeidliche Enttäuschung, dass sie nicht genau so stattgefunden hatte.

Es hatte sie einige Anstrengung gekostet, jetzt hier zu sein, so kurz nach ihrem Karibikurlaub. Die Helferinnen in der Praxis hatten sich beschwert, weil sie fast fünfzig Patienten umbestellen mussten, und die Klinik war alles andere als erfreut über den abgesagten OP-Tag, von den Patienten gar nicht zu reden. Aber jetzt war hier und das fühlte sich gut an.

So oft war sie ihre ersten Sätze durchgegangen, war in Gedanken in seinen Augen versunken und wieder aufgetaucht, hatte vor dem Spiegel Smalltalk geübt und sich Fragen für die lange Autofahrt nach Nesbyen überlegt: Wie viele Einwohner hat Oslo? Wo ist dein liebster Ort? Wo bist du zur Schule gegangen? Wo ist deine Laufstrecke? Wo wohnen deine Eltern? Wo möchtest du begraben sein? Letzteres würde sie nicht gleich zu Beginn fragen, aber es war eine sehr interessante Frage.

Helen griff zum hundertsten Mal nach ihrem Handy und las Einars Nachrichten der letzten Tage:

Einar - 12.34 Uhr
Skier und Schuhe sind da, du musst
nur warme Sportkleidung mitbringen,
Mütze, Schal, Handschuhe natürlich
auch.

Einar - 18.14 Uhr
Noch vier Tage. Wie langsam die
Zeit vergeht, wenn man auf etwas
Schönes wartet ... Fast wie früher vor
Weihnachten

Einar - 8.32 Uhr
Heute Nacht habe ich kaum
geschlafen, bin so ungeduldig, dass
endlich Samstag wird

Helen - 8.36 Uhr
Ich bin auch schon ganz aufgeregt,
völlig verrückt, wie du dich in mein
Herz geschlichen hast

Einar - 8.37 Uhr
Hab ich das? Wie schön! Ich frage
mich schon die ganze Zeit, wie ich dich
damals im Studium so lange übersehen
konnte? Immer wieder habe ich darüber
nachgedacht und die einzig mögliche
Erklärung scheint mir: ich war ein Idiot

Helen - 8.38 Uhr
Stimmt :-)

Einar - 11.17 Uhr
Noch zwei Tage, irgendwie steht hier
die Zeit still

Und die letzte Nachricht war von gestern:

Einar - 17.45 Uhr
Morgen sehe ich dich, wie schön!! Hole
dich am Flughafen ab, freue mich sehr!

Seither gab es keine neue Nachricht. Sie hatte ihm ihre Ankunftsda-
ten geschickt, auch darauf war keine Antwort gekommen. Seltsam, aber
manchmal machte sie ja auch sehr lange Pausen mit ihren Antworten.

Der Flieger war gelandet und rollte zum Gate. Helen schaute aus dem
Fenster und sah den schmutzigen Schnee an den Seiten der Landebahn
und das T-förmige Flughafengebäude inmitten einer flachen, leicht be-
waldeten Landschaft. Ihr Handy signalisierte guten Empfang, zeigte aber
keine neue Nachricht an.

Von außen gefiel ihr das Gebäude und dieser Eindruck blieb, als sie durch die hohe, hellverglaste Ankunftshalle zum Gepäckband ging. Sie schaute suchend umher. Er konnte hier nicht sein, das wusste sie, zuerst musste sie den Sicherheitsbereich verlassen. Und doch schaute sie sich weiter um. Die meterhohen Betonstützen, die sich oberhalb eines mächtigen Edelstahlrings in vier schlanke Metallträger verzweigten, trugen die geschwungene, helle Dachkonstruktion mit einer beeindruckenden Leichtigkeit. Ihr war auch leicht zumute, sie war froh, hier zu sein, froh, diese Entscheidung getroffen zu haben. Ihr Koffer kam, Helen ging durch den Zoll und verließ das Gate in Richtung Ankunftsbereich. Dort würde er warten. Sie atmete tief durch.

Etwa zwanzig Personen standen vor der Schiebetüre, die sich hinter ihr wieder schloss. Helen blickte in die fremden Gesichter, irgendwo hier musste er sein.

In erster Reihe standen die üblichen Business-Abholer mit ihren Schildern: „Mr Heiko Bruder, IBM", „Mrs Petra Schneider and Mr Klaus Gärtner, Exxon Company", dahinter eine junge Mutter mit zwei Kindern, die freudig einen älteren Mann in Empfang nahm, der ihr unverkennbar ähnlich sah. Eine Gruppe junger Leute mit Luftballons und einem großen Pappschild mit der Aufschrift: „Hjertelig Velkommen!", umrahmt von vielen Herzchen. Wie zärtlich das klang.

Wo war Einar? Helen schaute auf ihr Handy – nichts Neues. Er würde gleich kommen, vielleicht war es schwierig, hier einen Parkplatz zu finden, oder er war in einen Stau geraten.

Sie ging an den Wartenden vorbei und setzte sich auf den Rand eines großen hölzernen Blumenbeetes, wenige Meter seitlich des Gate-Ausgangs. So hatte sie das Areal gut im Blick und war gleichzeitig sicher, dass niemand sie von hinten überraschte.

Helen - 16.47 Uhr
Bin gut gelandet – und wo bist du?

Die Gruppe der Abholenden am Gate hatte sich inzwischen nahezu aufgelöst, eine ältere Frau stand noch dort und nahm nach einiger Zeit einen etwa gleich alten Mann, der sehr langsam und gebückt an einem Stock ging, in Empfang.

Helen suchte in ihrer Handtasche nach der Cremedose und cremte sich noch einmal die trockenen Lippen ein. Die Anzeige über der Tür wechselte auf den nächsten eintreffenden Flug aus Madrid. Von Einar war nichts zu sehen. Auch keine Nachricht. Was war da los? Hoffentlich war ihm nichts zugestoßen! Nicht auszudenken, wenn ... *Stopp!! Sofort Stopp!!* Nein, sie würde sich jetzt nicht im Detail ausmalen, wie es wäre, wenn er einen Verkehrsunfall gehabt hätte auf dem Weg zum Flughafen. Sie würde noch zehn Minuten warten und dann würde sie zur Information gehen und ihn ausrufen lassen.

Sie schob ihre Handtasche etwas näher zu sich heran. „Autsch!" Ein stechender Schmerz in ihrem Ringfinger. Ein Holzsplitter, so ein Mist. Sie zog an dem winzigen Ende, das aus der Haut ragte, und versuchte den kleinen Eindringling zu entfernen. Eine Pinzette wäre jetzt gut, leider war die in den Tiefen ihres Koffers. Na ja, ging auch so, hoffentlich hatte sie alles erwischt.

Vielleicht hatte Einar sich verspätet und das Gate nicht mehr angezeigt gefunden und jetzt wusste er nicht, wo sie war. Aber er hätte ja nur eine Nachricht schicken oder ihre beantworten müssen. Seltsam. Vielleicht hätte sie noch warten sollen mit ihrem Besuch, sie kannte ihn doch gar nicht. Was sie gekannt hatte, war über zwanzig Jahre her.

Die zehn Minuten waren um, von Einar keine Spur und keine Nachricht, also machte Helen sich auf den Weg zur Information in der Ankunftshalle. Der junge Mann am Schalter war sehr freundlich, und wenig später hörte sie auf Englisch und Norwegisch die Durchsage: „Herr Einar Svendsen wird zum Meeting-Point in der Ankunftshalle gebeten." Dort stand sie jetzt und wartete. Sie hatte Durst. Hinten am anderen Ende des Terminals gab es einen Kiosk. Sie würde sich ein Wasser holen. Und wenn er in der Zwischenzeit kommen würde? Er würde warten, und sie würde schnell zurück sein.

Das Wasser tat gut, erst im Trinken merkte sie, wie ausgetrocknet ihr Mund war. Ihre Landung war inzwischen fast eine Stunde her und ihre Vorfreude weitgehend verflogen. Dass Einar nicht kam, konnte ja alle möglichen Gründe haben, aber dass er sich nicht meldete ... Zeit für ein paar erklärende Worte war in jeder Situation. Und er wusste doch, dass sie hier niemanden kannte und auf ihn wartete. Das fing ja gut an.

„Helen?", hörte sie einen großen, schlanken Mann mittleren Alters fragen, dem einige blonde Locken unter seiner blauen Strickmütze hervor schauten. Er schaute sie neugierig an, sie erwiderte seinen Blick und zuckte zusammen. Diese Augen …, nein, es waren nicht Einars Augen, aber fast. Wer war das?

„Du bist Helen?", fragte der Mann noch einmal.

„Ja, ich bin Helen", antwortete sie, bemüht ganz entspannt zu klingen.

„Hei, Helen! Ich freue mir, dich kennen zu lernen! Entschuldigen bitte, meine Deutsch ist nicht gut, nicht so wie Einars. Meine Name ist Morten, ich bin Einars Bruder." Ein Bruder, aha. Und wo war Einar?

„Hei, Morten! Freut mich auch! Ich hatte mit Einar gerechnet …"

„Darf ich mit deine Koffer helfen? Meine Auto ist vor der Tür, ich bringe dich in die Stadt." Morten nahm ihren Koffer und ging voran Richtung Ausgang.

Helen beeilte sich, an ihm dran zu bleiben. „Wieso in die Stadt? Ist Einar etwas dazwischen gekommen?"

„Wir können hier entlang gehen, es ist nicht weit." Morten zeigte nach links auf eine große Glastüre.

Auskunftsfreudig war er ja nicht gerade.

„Wo ist denn Einar?"

„Ich hoffe, du hattest eine gute Flug! Sorry, dass ich bin zu spät gekommen!"

Das war nicht gut! Was lief hier ab? „Ja, der Flug war in Ordnung. Ich hatte erwartet, dass Einar hier sein würde."

Sie verließen die Ankunftshalle und gingen an einer langen Reihe parkender Autos entlang. Ihr Ringfinger pochte.

Unvermittelt blieb Morten stehen. „Das hier ist meine Wagen", sagte er und hielt ihr die Beifahrertür auf.

Helen stieg ein. „Was sagtest du, warum Einar nicht kommen konnte?"

„Ich denke, das wird er dir selbst erklären. Er hat mir nur gesagt, es ist eine emergency – wie sagt man das? Genau, eine Notfall mit eine Patient, und er wird sich melde, sobald es möglich ist."

Notfall mit einem Patienten? Es war Samstagnachmittag, 17 Uhr inzwischen, da gab es für einen niedergelassenen Psychiater normalerweise keine Notfälle. Für so etwas waren am Wochenende die Klinikambulanzen zuständig – bestimmt auch in Norwegen, da war sie sicher. Ihr Finger pochte stärker. Die Stelle, an der sie den Splitter entfernt hatte, war gerötet und schmerzhaft. Offensichtlich hatte sie nicht alles erwischt.

„Wir fahren in die Stadt, und wenn du das möchtest, zuerst einmal zeige ich dir den Hafen und dann dein Hotel", sagte Morten. Er lenkte den Wagen Richtung Oslo, die vierspurige Straße war nur wenig befahren.

Hotel? Wieso Hotel? Von einem Hotel war nie die Rede gewesen, sie hatte mit Einar vereinbart gleich nach ihrer Ankunft weiter zu fahren in die Berge, nach Nesbyen zur Hytta.

„Ich habe kein Hotel gebucht."

„Einar hat das veranlasst, es ist eine sehr nette Ort."

So, so, Einar hatte das also veranlasst. Er hatte nur vergessen, ihr das zu sagen. Offensichtlich dachte er, sie werde das alles einfach so mitmachen.

„Jetzt kannst du das neue Opernhaus sehen, schau, das weiße Gebäude dort am Wasser." Morten zeigte rechts aus dem Fenster.

„Ah, ja. Hat Einar gesagt, wie lange er mit dem Patienten beschäftigt sein wird?"

Sie fuhren einen Hügel hinunter und die zahllosen Lichter der Stadt, aufgereiht entlang des Oslofjords, lagen in der Dunkelheit vor ihr wie eine Urlaubspostkarte. Eine schöne Postkarte.

„Nein, das sagte er nicht. Auf die rechte Seite kannst du gleich eine alte Stabkirche sehen, ich werde langsam fahren."

Das Klopfen in Helens Finger wurde unangenehm. Sie drückte mit dem Daumen dagegen, was den Schmerz eher noch verstärkte. Nicht nur der Finger klopfte. Sie spürte die Anspannung im Nacken und ihr Magen krampfte sich zusammen. Sie trank noch einen Schluck Wasser. Sie hatte keinen Plan. ‚*Planlos ist hilflos*' hatte sie zu Claudia gesagt. Es war nicht vorgesehen, dass Einar nicht auftauchte. Wie konnte er das tun? Wahrscheinlich genauso, wie er vor zwanzig Jahren einfach abtauchen und zurück nach Norwegen gehen konnte.

Das Hotel im Stadtteil Frogner war ein dreistöckiges Backsteingebäude, komplett eingewachsen von einem wilden Mauerwein. Einzelne, leuchtend rot gefärbte Blätter hingen noch an den kahlen Ästen, die sich über die gesamte Fassade rankten. In der großzügigen Lobby standen vier hellbraune

Ledersessel um einen niedrigen Tisch, im offenen Kamin prasselte ein Feuer. Mehrere hohe Bücherregale, umrahmt von weiteren kleinen Sesseln, luden zum Lesen ein, und die warme, gemütliche Atmosphäre wurde durch brennende Kerzen auf allen Fensterbänken verstärkt. Ein Ort zum Wohlfühlen.

Helen wollte sich nicht wohlfühlen, und sie wollte nicht an diesem Ort sein, schon gar nicht alleine. Ein ruhiges Zimmer zum Innenhof war für sie reserviert, und da saß sie nun, nachdem Morten sich verabschiedet hatte. In einer halben Stunde würde es Abendessen geben, sie hatte keinen Hunger. Sie nahm ihr Handy – noch immer keine Nachricht von Einar.

Ihr Finger war inzwischen angeschwollen und pulsierte unangenehm. Auch das Neonlicht im Bad half nicht, weitere Splitteranteile zu entdecken, ebenso wenig wie die Pinzette, die sie inzwischen ausgepackt hatte. Helen ließ eine Weile kaltes Wasser über die Schwellung laufen. In ihrer Unruhe ging sie einige Male vor dem Bett auf und ab und loggte sich dann auf der Seite von Norwegian-Airlines ein. Rückflug nach München gab es heute keinen mehr, der erste morgen früh war bereits ausgebucht, morgen um 16.30 Uhr gab es noch freie Plätze. Ihr Versuch einer Online-Umbuchung scheiterte, drei Mal wurde sie aufgefordert, mit ihrem Anliegen Kontakt zur Hotline aufzunehmen. Sie wählte die angezeigte Nummer. Sie war belegt: „Please call again later!" In die Ansage mischte sich der Signalton einer eingehenden Textnachricht. Die erste seit 33 Stunden.

> Einar - 18.55 Uhr
> Helen – wie schön, dass du da bist!
> Du bist sicher sauer, aber bitte habe
> Vertrauen zu mir! Es gab einen Notfall,
> ich bin noch in der Klinik.
>
> Einar - 19.02 Uhr
> Ich hoffe, Morten hat alles gut gemacht.
> Es tut mir sehr leid, dass ich nicht da
> sein kann! Morgen nach dem Frühstück
> hole ich dich ab, und wir fahren zur
> Hytta. Freu mich auf dich!

Und nun? Sie lief wieder auf und ab. Das Zimmer war zu klein. Tigerkäfig. Sie öffnete das Fenster. Die kalte Abendluft ließ sie frösteln, also Fenster wieder zu. Sie müsste laufen jetzt, sich sortieren. Im Dunkeln, im Schnee, in dieser fremden Stadt, einfach loslaufen, sie traute sich nicht.

Helen - 19.20 Uhr
Du hättest dich wenigstens melden
können, ich bin echt sauer!

Einar - 19.22 Uhr
Das stimmt, ich hätte mich früher
melden sollen. Ich bin sehr glücklich,
dass du da bist und dass wir morgen in
den Schnee fahren!
LG Einar

Wer da morgen mit wem oder ohne wen wohin fahren oder fliegen würde, war noch nicht ausgemacht. Vielleicht war es doch das Beste, wieder nach Hause zu fliegen. Die Zeit ließ sich nicht zurück drehen. Sie hatten ihre Chance damals nicht genutzt, warum sollte es jetzt gelingen?

Oslo, Sonntag, 26. Januar 2014

Der Duft, der ihr aus dem hellen Frühstücksraum entgegenkam, war einladend, es roch nach gebratenem Ei und Schinken, ganz leicht nach Senf und eingelegten Gurken und Zwiebeln und ein klein wenig nach Fisch. Helen suchte sich einen Platz, von dem aus sie das Kaminfeuer im Foyer draußen sehen konnte. Sie nahm von dem braunen Käse, dazu geräucherter Lachs und Bacon, etwas Rührei und natürlich probierte sie alle angebotenen Variationen von eingelegtem Hering: natur, mit Senf, mit Curry, mit Tomate, mit Sahne. Der Kaffee war heiß und genau von der richtigen Stärke, es gab warme Milch dazu, und die Sonne schien durch die hohen Fenster und irgendwie war es gut, hier zu sein.

Sie hatte ihren Rückflug nicht umgebucht gestern Abend. Der Anschluss war noch zwei Mal besetzt gewesen, und dann hatte sie es nicht mehr probiert. Sie war hier, weil sie wissen wollte, wie es sein würde. Und die erste Lektion hatte sie schon gelernt: sich einlassen hieß enttäuscht werden – dafür hätte sie nicht bis Norwegen reisen müssen, das war nichts Neues … *Stopp!!* Nicht dieser Film! Offen bleiben! Neugierig bleiben! Wissen wollen, was passiert war, ihn anschauen, wenn er es erzählen würde, und dann entscheiden. Eines nach dem anderen! Helen nahm sich noch etwas von dem Hering in Senfsauce.

Einar - 8.12 Uhr
Guten Morgen! Hast du gut geschlafen?

Helen - 8.15 Uhr
Ging so. Dir auch einen guten
Morgen! Wann wirst du hier sein?

Einar - 8.45 Uhr
Gegen 10.45/11.00 Uhr und dann
fahren wir los. Kann es kaum erwarten.

Bis dahin hatte sie noch zwei Stunden Zeit. Ein Spaziergang würde gut tun. Sie trank den Kaffee zu Ende, holte ihren Anorak aus dem Zimmer und verließ das Hotel in Richtung Süden. Es zog sie ans Wasser. Sie ging die Gabels Gate entlang, in die sich zwischen vierstöckige Gründerzeithäuser in Pastellfarben einzelne Beton-Neubauten verirrt hatten. Schneereste lagen am Straßenrand. Ihr Finger war weiter angeschwollen und deutlich gerötet. Von einer Hecke schöpfte sie eine Handvoll frischen Schnee, formte einen kleinen Ball daraus und steckte ihren Finger zum Kühlen hinein. Die Kälte tat gut. Kurz. Dann tat sie weh. Kleine Nadelstiche zogen durch Finger und Hand. Sie ließ die Schneekugel fallen und vergrub die Hände tief in den Taschen ihres Anoraks, die Handschuhe hatte sie im Hotel vergessen.

Helen erreichte den Oslofjord nahe dem Fähr-Anleger der *Color Line*, sah dem Einsteigen der Fährgäste und dem Verladen der Wagen eine Weile zu und ging von dort aus am Wasser entlang durch den Yachthafen. Die Sonne schien, die Luft war klar und kalt. Über ihr der weite Himmel, um sie herum die endlosen Variationen von Schiffsrümpfen, die im Wasser schaukelten, die markante Silhouette des Fram-Museums am gegenüberliegenden Ufer, die schneebedeckte Landschaft dahinter, der leichte Fischgeruch und das gierige Geschrei der Möwen.

Hin und her ging es in ihrem Kopf, nichts war da von Claudias Eindeutigkeit oder gar von einem Gefühl, so glücklich zu sein wie noch nie zuvor im Leben, stattdessen ein unruhiges, ängstliches Flattern und immer wieder die Frage, ob es nicht ein doch Fehler war, hier zu sein.

Aus der Nähe betrachtet sah jedes der Schiffe anders aus, jeder Rumpf hatte seine eigene Form, jeder Deckaufbau seine Nischen und Kanten. Sie würde nicht so fühlen wie Claudia, vielleicht konnte sie gar nicht so fühlen, ihr Denken so komplett ausschalten. Warum war Einar nicht gekommen?

Die kalte Januarluft tat gut, ihr Ärger hatte nachgelassen, stattdessen meldete sich ein langjähriger Weggefährte zu Wort: Zweifel. Ihr wäre das nicht passiert. Niemals. Wenn sie versprochen hätte, Einar in München abzuholen, dann wäre ihr kein Patient dazwischen gekommen. Ihr wäre es wichtig gewesen, da zu sein wie verabredet.

Es war über zwanzig Jahre her, dass sie geglaubt hatte, ihn zu lieben. Nichts außer Schmerzen hatte das in ihr Leben gebracht. Sie war so hoffnungsvoll und glücklich gewesen, und dann war er einfach nach Norwegen zurückgekehrt. Keine Sternstunden, von ein paar Spaziergängen an der Donau abgesehen.

Und dieses Mal? Ja, seine Nachrichten waren nett, mehr als nett, ja, er interessierte sich für sie und wollte sie sehen, aber warum war er dann nicht hier?

Wahrscheinlich hatte sie seinen Textnachrichten viel zu viel Bedeutung beigemessen. Vielleicht wollte er einfach nur ein nettes Wochenende erleben und das fing jetzt eben ein wenig später an. Oder es gab noch eine andere Frau. Natürlich, das würde auch erklären, warum er nicht wenigstens geschrieben hatte. Sie war einfach zu naiv in diesen Dingen. Vielleicht würde er gar nicht kommen. Ihr Magen schmerzte. Ihr Finger ebenso. Das Geschrei der Möwen ging ihr auf die Nerven, der Verkehr der nahegelegenen Straße ebenso. Diese Schiffe, ein endloser Ausdruck von Überfluss, Luxus und Protzerei. Sie musste hier weg.

Eine Fußgängerbrücke über die Schnellstraße brachte sie zurück in Richtung Hotel. Sie beeilte sich, wollte pünktlich sein, ihm zeigen, dass das möglich ist. Der Signalton ihres Handys ließ sie nichts Gutes ahnen.

Einar - 10.30 Uhr
Werde es erst gegen 13.30 Uhr
schaffen, es tut mir leid.

Helen - 10.31 Uhr
Ob ich dann noch da bin, weiß ich
nicht

Sie war noch da, als er kam, saß in einem der Sessel in der Lobby und tat so, als würde sie lesen. Sie war ganz ruhig inzwischen. Es war 14.30 Uhr.

„Hei, Helen, wie schön dich zu sehen!" Einar hielt ihr einen großen Strauß weißer Rosen entgegen und lächelte sie an. So als könne er 22 Stunden Verspätung einfach mal eben weg lächeln.

Er konnte. Wo war ihr Ärger? Der Zweifel? Etwas in seiner Stimme wirkte als Antidot.

Seinem Versuch, sie zur Begrüßung zu umarmen war sie ausgewichen, hatte ihm stattdessen die Hand gereicht, als er endlich vor ihr stand. Seiner Stimme konnte sie nicht ausweichen.

„Ich weiß, dass ich dir echt was zugemutet habe, aber du musst mir glauben, ich habe alles probiert, rechtzeitig am Flughafen zu sein! Es ging nicht früher, es ging wirklich nicht. Bitte, schenk mir ein Lächeln, sonst sterbe ich auf der Stelle!", sagte er und der offene, klare Blick, mit dem er sie bei diesen Worten ansah, pulverisierte alles, was sie sich an strengen Worten zurecht gelegt hatte.

Da stand sie. Wehrlos. Ohne ihre in Stellung gebrachten wütenden Sätze. Die waren desertiert, alle miteinander. Auch die eingeübte Rede zu Vertrauen und Zuverlässigkeit war verschwunden. Da blieb nicht viel.

„Verdient hättest du es!", sagte sie schließlich, und die feinen Fältchen unter ihren Augen vertieften sich leicht.

Einar sah sie immer noch an. Er sah blass aus und angespannt, seine Augen erwartungsvoll, nicht so strahlend wie sonst. Ein warmes, zärtliches Gefühl breitete sich von ihrem Bauch in Richtung Schultern aus, fast hob es ihren Arm in seinen Richtung, so, als wolle sie ihn beschützen. Jetzt bewegten sich auch ihre Lippen zu einem Lächeln.

„Aber wenn du auf der Stelle stirbst, dann komme ich nicht zum Ski fahren und ausschließlich deswegen bin ich ja hier. Ich hoffe für dich, deine Erklärung ist gut, sonst muss ich dich leider auf dem Rückweg umbringen."

„Ich wusste, du hast Großmut, schöne Frau! Du wirst sehen, ich werde alle deine Fragen beantworten."

„Erzähl mir das unterwegs und lass uns losfahren, sonst verliere ich langsam den Glauben, dass wir jemals zu deiner Hytta kommen."

Einar nickte, nahm ihren Koffer und ging voraus zum Auto, ruhig und mit einer geradezu absurden Selbstverständlichkeit. Helen folgte ihm, ihre Nase tief in die herrlich duftenden Rosen vergraben, aufgeregt, verwundert, neugierig.

Bis sie Richtung Norden losfuhren, war es fast drei Uhr, und als sie Oslo hinter sich gelassen hatten, wurde es langsam dunkel. All ihre Fragen waren dann doch nicht beantwortet und ein leiser Zweifel blieb, ob dieser schwierige Patient, den er seit Jahren kannte, wirklich von niemand anderem in die Klinik hätte gebracht werden können und ob es wirklich notwendig gewesen war, ihn heute Morgen nochmals zu sprechen und anschließend noch den Chefarzt abzuwarten, um letzte Details der gerichtlichen Unterbringung zu klären. Vielleicht war das schon ihre zweite Lektion: andere können Dinge für wesentlich erachten, denen man selbst nicht so viel Bedeutung beigemessen hätte.

Und wenn das alles gelogen war? Nun, dann war sie eben mit einem verheirateten Mann unterwegs zu seiner Skihütte oder mit einem, der sie aus anderen Gründen belog. Sie war hier, weil sie wissen wollte, wie es sein würde. Weil sie erfahren wollte, wer er inzwischen geworden war und wie sich gemeinsame Zeit und gemeinsame Unternehmungen anfühlen würden. Weil sie wissen wollte, ob sie dieses Mal ihre Chance nutzen würden. Claudia war auch verheiratet und hatte sich nicht davon abhalten lassen, Tim kennen zu lernen. Helen war trotzdem mulmig zu Mute, ihre feuchten Hände und ihr trockener Mund sprachen Bände. Wenn es schwierig werden würde, würde sie in der Einöde um Nesbyen nicht einfach ein Taxi zum Flughafen finden …

Gut, dass wenigstens ihr Finger sich langsam beruhigte.

> Anja - 17.16 Uhr
> Na, wie ist er so? Geht was?

> Helen - 17.20 Uhr
> Nett. Irgendwas geht immer

> Anja - 17.21 Uhr
> Ausführlich geht anders! Na, dann
> dranbleiben, meine Süße, du hast nur
> drei Tage!

Einar hatte den Schlüssel für die Eingangstüre aus einem Holzstapel unter dem Vordach genommen und war voran gegangen. Von außen hatte sie in der Dunkelheit nicht viel erkennen können, eine große Terrasse war schemenhaft zu erahnen und viel Schnee, sehr viel Schnee. Sie waren durch einen schmalen Flur gegangen mit zwei Türen auf jeder Seite, mitten hinein in einen weiten, einladenden Wohnraum mit einer Einbauküche in der linken Ecke und einem offenen Kamin vor dem großen Sofa und dem Ohrensessel am anderen Ende des Raumes.

Dazwischen, vor den Fenstern und der Terrassentüre, stand ein langer

Esstisch aus dunklem Holz, umgeben von einer Sammlung unterschiedlicher Stühle, die erkennbar aus verschiedenen Epochen der langen Hytta-Geschichte stammten. An der Wand hinter dem Sofa rahmten zwei Rentier-Felle ein mächtiges Elch-Geweih. Den Übergang von der Küchenecke links zum Wohnraum markierte ein alter, stabiler Holzschrank, hinter dessen vergitterter Glastüre Helen mehrere Gewehre stehen sah.

Als erstes hatte Einar die Kerzen auf den Fensterbänken zur Terrasse angezündet: „Damit die Nachbarn wissen, dass jemand hier ist."

Erst dann hatte er das Gepäck hinein getragen und die Kiste mit Proviant, hatte einen Tee gekocht und ihr den Rest der Hütte gezeigt: drei geräumige Schlafzimmer und ein schlichtes Bad mit Durchgang in einen fensterlosen Anbau, in dem es eine kleine Sauna und einen Abstellraum voll mit Skiern, Schlitten, Schneeschuhen, Gartengeräten, Werkzeugen aller Art und großen Holzvorräten gab.

Zurück im Flur fragte Einar: „Welches Zimmer möchtest du?"

Helen überlegte kurz. „Ich nehme den blauen Salon, die Vorhänge passen gut zu meinen Skihosen."

„Gut, dann schlafe ich hier nebenan. Wenn du dich frisch machen oder duschen willst, das Wasser ist warm, es gibt eine Gas-Therme. Ich mache erst mal ein Feuer, du wirst sehen, es wird schnell gemütlich hier."

Helen fand in der Küche ein Vase und stellte den Rosenstrauß mitten auf den Tisch, er brachte den ganzen Raum zum Strahlen. Einar sah ihr zu und lächelte, während er mit dem Feuerholz hantierte. Die letzten Rosen hatte sie von Jan zu ihrem vierzigsten Geburtstag bekommen. Der würde Augen machen, wenn er sie hier sehen würde …, oder auch nicht, vielleicht würde er auch nur ganz lapidar sagen: *Zeit wird's, Mam!* und sich nicht weiter wundern. Sie hatte ihm nicht erzählt, dass sie nach Norwegen fahren würde, nur Claudia und Anja wussten Bescheid, in der Praxis hatte sie eine ‚dringende Familienangelegenheit' vorgeschoben.

Helen ging in ihr Zimmer, räumte ein paar Sachen aus ihrem Koffer in die Schubladen der hölzernen Kommode und legte sich kurz auf das rechte der Betten, die auf beiden Seiten der schmalen Terrassentür standen. Jetzt war sie also mit Einar in seiner Hütte. Und nun? Sie hatte immer noch keinen Plan. Irgendwie fühlte es sich gut an. Seine selbstverständliche Frage, welches Zimmer sie möchte, hatte sie beruhigt und auch die Fahrt hierher war angenehm, nein, sie war richtig schön gewesen. Er war zügig und zugleich rücksichtsvoll gefahren, was ihr gefallen hatte, genauso wie seine Fragen nach ihrem Urlaub und ihrem Alltag und seine kurzen, präzisen Antworten auf ihre Fragen. Selbst das Schweigen zwischendurch war nicht komisch, sondern still und vertraut gewesen, völlig verrückt. Wenn es ihr doch nur öfter so gehen würde in Gegenwart anderer Menschen.

Im Kamin flackerte ein munteres Feuer. Neben den Kerzen auf der Fensterbank erleuchteten jetzt auch große weiße Kerzen auf dem Esstisch, auf dem Kaminsims und auf dem niedrigen Tisch vor dem Sofa den Raum. Das warme Licht streichelte ihr Gesicht und der Geruch nach Wachs erinnerte Helen an Advent und lange Winterabende.

Einar stand in der Küche und schnitt Tomaten. Er trug die gleiche Jeans wie auf der Fahrt, hatte aber sein Hemd gegen ein kurzärmeliges T-Shirt getauscht. Helen sah seinen Nacken im Kerzenschein und seine sehnigen Unterarme und sie spürte die Anziehung, die von seinem Körper ausging wie einen Schluck heißen Tee sich wohlig in ihrem Körper ausbreiten. Hingehen, ihn berühren, sich an ihn schmiegen …

Stattdessen ging sie ein paar Schritte in Richtung Kamin und fragte aus sicherer Entfernung: „Was kann ich tun?"

„Du kannst näher kommen, damit ich dich anschauen kann, während ich das Essen zubereite."

„Ich meinte, ob ich etwas Sinnvolles tun kann, einen Beitrag zum Essen leisten oder den Tisch decken zum Beispiel?"

„Dich anschauen ist außerordentlich sinnvoll, zumal ich viel zu viele Jahre darauf verzichtet habe."

Helen lachte. „Bist du als Charmeur auf die Welt gekommen oder hast du das später erst dazu gelernt? Ist mir im Studium gar nicht so aufgefallen. Lag wahrscheinlich daran, dass deine Komplimente damals eher anderen Frauen galten."

„Musst du mich immer wieder an die dunkelsten Jahre meines Lebens erinnern?" Einar kniff die Augen zusammen und zog die Lippen auseinander, als müsse er weinen. Einen Moment zelebrierte er diese theatralische Geste, dann entspannte sich sein Gesicht, und er füllte die Tomatenstücke in eine Schüssel und gab Öl und Essig dazu.

„Nicht immer, nur, wenn du zu übermütig wirst." Helen lachte, es war so leicht mit ihm.

„Ok, ich sehe schon, hier sind andere Seiten gefragt. Du kannst Holz aus dem Schuppen holen und anschließend den Tisch decken."

„Geht doch", sagte Helen, nahm den leeren Weidenkorb neben dem Kamin und verschwand in Richtung Anbau.

Als sie mit dem Korb voller Holz zurück kam, hatte Einar Lachs, Rentier-Schinken und Käse auf kleinen Tellern angerichtet, die Tomaten dazu gestellt und eine Flasche Rotwein geöffnet. Helen legte Holz nach, trug die Speisen auf den Tisch und suchte in den Küchen-Schränken nach Gläsern, Tellern und Besteck. Was für ein Sammelsurium charaktervoller Einzelstücke, das da in den Schubladen und Fächern auf sie wartete. Sie entschied sich für zwei farbig gerahmte, flache Teller und stellte, nachdem sie die Sitzplatzfrage geklärt hatte, Einar den hellblau umrandeten und sich selbst den dunkelblauen hin.

„Passt zu deinen Augen, ist allerdings nicht ganz so schön", sagte sie und genoss das Herzklopfen, das sich dabei einstellte. Dazu bekam er ein schlankes Messer mit einem Griff aus Horn und eine ausladende, alte Silbergabel mit den eingravierten Initialen „JS". An ihren Platz legte sie eine zierliche 50er-Jahre-Gabel und dazu ein Messer, das am Übergang vom Griff zur Schneide mit stilisierten Lorbeerzweigen verziert war. Helen fand auch zwei verschiedene Gläser, ein Kristallglas mit geometrischem Musterschliff für sich und für Einar ein kobaltblaues Glas in schlichtem skandinavischen Design. Jetzt noch die Servietten, eine weihnachtliche Rentier-Serviette für ihn und eine blumige in grün-blau-rosé-Tönen an ihren Platz.

„Darf ich den Herrn zu Tisch bitten?", fragte Helen, nachdem sie ihr Werk zufrieden betrachtet hatte. Komisch, zu Hause wäre ihr so ein Durcheinander nie auf den Tisch gekommen, hier passte es irgendwie. Ob das die dritte Lektion war?

„Mit dem größten Vergnügen, Gnädigste!" Einar nahm ihr gegenüber Platz. „Lassen Sie uns anstoßen auf die schönste Deutsche, die je in dieser Hytta zu Abend gegessen hat!"

„Wahrscheinlich auch die Einzige." Helen lachte und nahm sich Lachs und Schinken und Brot auf ihren Teller und hob ihr Glas.

„Nein! Der älteste Bruder meines Großvaters war mit einer Deutschen verheiratet und es hieß, sie sei auch einmal hier gewesen, da war sie allerdings schon in ihren Siebzigern."

Ihre Gläser berührten sich und Helen freute sich über den hellen Klang aus Kobaltblau und Kristall. Auch Einar nahm sich Schinken und Käse und biss genüsslich in eine Tomate.

„Wer ist JS?", fragte Helen, auf die Gravur seiner Gabel deutend. Der Lachs schmeckte köstlich, der Schinken ebenso.

„Jørün Svendsen, meine Großmutter. Meine Großeltern haben die Hytta gekauft, da war sie allerdings nur halb so groß wie heute. Den vorderen Teil mit diesem Raum, der Terrasse und unseren Schlafzimmern haben sie dann angebaut."

Diese Stimme, sie könnte ihm stundenlang zuhören …, leider hatte er schon wieder aufgehört zu sprechen. Also nächste Frage: „Leben deine Großeltern noch?"

Einar kaute zu Ende und nahm einen Schluck Rotwein. „Nein. Großmutter ist schon vor über zwanzig Jahren gestorben und Großvater hat mir als dem Ältesten vor zehn Jahren die Hytta vermacht. Allerdings unter zwei Bedingungen: all seine Enkel dürfen ein Mal im Jahr für eine Woche hier sein, und ich musste den Jagdschein machen, weil zur Hytta auch ein Jagdrecht in der Umgebung gehört."

„Wie viele Enkel gibt es denn?"

„Es gibt zwei Cousinen in Oslo. Und wir sind drei Brüder, die drei Musketiere sozusagen." Einar lächelte und schaute über die Rentierfelle zu den Kerzen auf der Fensterbank. „Morten, den du schon kennengelernt hast, ist ein Jahr jünger als ich und Bjarne knapp zwei Jahre. Er lebt in den USA."

„Was macht er dort?"

„Er ist Biologe und fand die Forschungsbedingungen in Boston interessanter als hier, ich sehe ihn leider nur selten."

„Und das mit dem Jäger war ernst gemeint? Du hast wirklich einen Jagdschein gemacht?"

„Ja, das war ernst. Ich gehe gelegentlich auf die Jagd."

Sie hatte noch nie mit einem Jäger gesprochen. „Und wie ist das? Ich meine, wie fühlt sich das an, ein Tier zu töten? Kannst du das einfach so?"

„Es gibt die Jagd, seit es Menschen gibt. Und es gibt kein *einfach so*. Jagd und Hege hängen eng zusammen. Wenn bestimmte Tiere sich unkontrolliert vermehren, schaden sie anderen und dem Wald und der Ernte. Die Jäger heute stehen an Stelle der Wölfe und Bären, die es nicht mehr gibt."

„Du hast meine Frage nicht beantwortet: Wie fühlt es sich an?"

„Das ist schwer zu beschreiben. Es ist eine Art Ritual, etwas Altes, Archaisches, das genau vorgezeichneten Abläufen folgt und doch jedes Mal ganz anders, ganz einzigartig ist, weil jedes Tier sich anders verhält, weil das Licht, die Luft, die Landschaft anders sind." Einar schaute nachdenklich in die Dunkelheit hinter dem Fenster und trank einen Schluck Wein.

Seltsame Bilder. Abstoßend. Und faszinierend zugleich. Gefährlich. Eine Begegnung, die den Tod brachte. Hatte das Reh eine Chance? Oder der Fuchs? Wenn, dann nur durch Vorsicht und Deckung ... Helen nahm noch etwas Brot und Schinken und trank einen Schluck Wein. Vielleicht hatte Einar das Rentier, aus dem dieser Schinken gemacht worden war, ja auch geschossen. Das Fremde an ihm ließ sie frösteln. Sie wickelte sich in ihre Strickjacke und rieb sich die Arme.

„Ist das jetzt das Ende unserer wunderbaren Beziehung?", fragte Einar und schaute sie mit hochgezogenen Augenbrauen an.

„Berechtigte Frage. Was rät der Jäger einem scheuen Reh?"

„Ich rate zu beherztem Mut. Jäger werden überschätzt. Meist sitzen sie nur auf ihrem Hochstand, weil sie mal ein Stündchen alleine sein wollen oder weil ihre Frau sie nach draußen schickt, wenn sie beim Frühjahrsputz im Wege sind."

„Ich habe den Verdacht, du verharmlost das Ganze und dein Frauenbild lässt mich erschaudern."

„Nie würde ich dir gegenüber etwas verharmlosen, das habe ich schon gelernt."

„Wie meinst du das?", fragte Helen.

„Ich sage nichts mehr ohne meinen Anwalt." Einar lehnte sich zurück und trank noch einen Schluck Wein.

„Das ist auch besser so! Gut, du rätst also zu beherztem Mut. Das ist ja eine meiner ganz großen Stärken." So ein spielerischer Schlagabtausch gelang ihr sonst eigentlich nur mit Anja, das hier machte Lust auf mehr. „Dann machen wir weiter mit der mutigen Befragung des Kandidaten, selbst auf die Gefahr hin, dass sich neue Abgründe auftun: Was machen

Sie sonst in Ihrer Freizeit, wenn sie gerade nicht auf die Jagd gehen?"

„Mein Anwalt rät mir, vorher zu klären, inwiefern eventuelle Einlassungen gegen mich verwendet werden?", fragte Einar.

„Das Risiko ist überschaubar und sicher kleiner als das des Rehs im Angesicht des Jägers."

„Verstanden, dann darf ich folgende Einlassung machen: Im Sommer gehe ich gerne in die Berge oder segeln, unsere Eltern haben vor vielen Jahren ein kleines Boot gekauft. Ich laufe, fahre Rad, mag Theater und Konzerte und im Winter fahre ich Ski."

Ich auch, ich auch, ich auch, freute sich Helen bei jeder der genannten Aktivitäten. „Das scheint mir eine recht gewöhnliche Mischung zu sein, haben Sie nichts Aufregenderes zu bieten?"

„Nein, tut mir leid, ich bin eher so der durchschnittliche Typ." Einar bemühte sich um einen möglichst gelangweilten Gesichtsausdruck.

„Ah, ja. Dann haben Sie wahrscheinlich auch nicht viele Erfahrungen mit Frauen?"

„Nun, sagen wir mal so, in meiner Jugend gab es die eine oder andere, später dann eigentlich nur eine, Edda."

„Und die fiel dann einem Jagdunfall zum Opfer?"

Einar schaute zum Feuer, seine Augen wurden schmal. Er räusperte sich, fuhr mit der Hand durchs Haar und stand auf. Um den Tisch herum ging er zum Kamin und legte Holz nach. Sehr sorgfältig schichtete er Scheit um Scheit auf.

„Tut mir leid, ich wollte nicht ...", sagte Helen und kaute auf ihrer Unterlippe.

„Ist schon gut." Er schaute noch einen Moment in die Flammen, kam zurück und trank einen Schluck Wein. „Um im Bild zu bleiben könnte man eher sagen, sie hat die Flucht ergriffen."

Das würde sie jetzt auch gerne. Zumindest weg von diesem Thema, weg von der Schwere, die plötzlich mit am Tisch saß. Edda. Das klang entschlossen, handfest, nordisch. Trotzdem war sie geflohen. Irgendetwas hatte sie erschreckt.

Einar stand erneut auf, ging in die Küche, füllte einen Krug mit Wasser und stellte ihn auf den Tisch. Dann holte er zwei Wassergläser und schenkte sie halbvoll. Helen nahm einen Schluck. Die Kerzen auf dem Tisch flackerten.

„Bist du fertig mit Essen?", fragte sie.

„Ja, danke."

Helen räumte die Teller zusammen und trug sie zur Spüle. Ihre Fragen. Sie hatte sich doch so viele Fragen überlegt, die sie noch stellen wollte. Keine einzige fiel ihr ein. Sie packte die Reste von Lachs und Schinken in den Kühlschrank, das Brot in eine Tüte und setzte sich wieder an den Tisch. Einar schaute ins Feuer. Anja wüsste jetzt sicher etwas Witziges zu erzählen. Sie war nicht Anja. Sie war auch nicht Edda. Sie war hier. Der Wasserhahn topfte schwer in die Stille. Sie hatte ihn verletzt. Sie hatte das nicht gewollt. Vielleicht hätte sie nicht herkommen sollen. Sie passte nicht in diese sinnliche Umgebung. Die Schwere war dunkel und lähmend, eine der Kerzen war heruntergebrannt und erlosch.

Weg hier, sofort weg hier. Helen gähnte. „Der Tag war doch lang, ich bin recht müde und lege mich jetzt mal aufs Ohr, damit ich morgen fit bin für unsere Tour."

„Schon? Ich dachte, wir setzen uns noch ein wenig ans Feuer … Aber wie du meinst." Einar stand auf und kam um den Tisch herum auf sie zu.

Helen war ebenfalls aufgestanden und drehte sich zur Tür. Eine Hand schon auf der Klinke, sagte sie: „Vielleicht morgen, heute ist es Zeit für mich, gute Nacht, schlaf gut!", und huschte aus dem Zimmer, kurz bevor er sie erreichte.

Nesbyen, Montag, 27. Januar 2014

Durch die geschlossene Zimmertüre hörte Helen wie nebenan Geschirr auf den Tisch gestellt wurde und schaute auf ihre Uhr.

Offensichtlich war sie doch noch einmal eingeschlafen. Die Nacht war nicht gut gewesen. Viel zu viele Gedanken, was besser nicht gesagt hätte werden sollen oder vielleicht doch noch oder ganz bestimmt nicht. Und was er denken würde über das Gesagte und das Ungesagte und über sie und ihre Fragen und ihre plötzliche Flucht. Und dazwischen das Herzklopfen, wenn sie durch die einfache dünne Holzwand hörte, wie er sich nebenan in seinem Bett umdrehte. Und immer wieder die Sehnsucht, die vorbeikam und nicht wieder gehen wollte und die sie intensiv in die Stille und Dunkelheit hineinhorchen ließ, ob er schon schlief. Und die Bilder herauf beschwor, wie er wohl da liegen würde, wie gut sie in seinen Arm passen würde, wie es sich anfühlen würde, so nahe bei ihm … Sie konnte sich nicht mehr erinnern, wie es sich angefühlt hatte. Irgendwann gegen Morgen war sie endlich eingeschlafen.

Jetzt stand sie auf, zog sich an, ging ins Bad und dann zu Einar in die Küche. Durch die vereisten Scheiben der Terrassentür fiel die schrägstehende Wintersonne tief in den Raum hinein. Draußen war alles weiß.

„Guten Morgen! Hast du gut geschlafen?", fragte er und deckte weiter den Tisch.

„Ja, mit einigen Unterbrechungen, aber insgesamt ok, und du?"

„Wunderbar, hier oben schlafe ich immer gut. Dass du Kaffee magst, weiß ich schon, was möchtest du dazu?"

„Am liebsten Joghurt und Müsli."

„Ist im Angebot. Suchen Sie sich einen Platz, schöne Frau!"

Das tat Helen. Aber erst, nachdem sie ausgiebig aus dem Fenster geschaut hatte. Was sie sah, machte sie sprachlos. Eine weite, hügelige Landschaft, ganz von Schnee bedeckt, erstreckte sich bis zum Horizont, ein prächtig glitzernder, endloser, weißer Teppich, so strahlend hell in der Sonne, dass sie fast die Augen schließen musste vor den funkelnden Kristallen, die das Sonnenlicht brachen wie die Facetten eines Brillanten. Alles war von dieser glänzenden Pracht bedeckt, selbst die kleine Straße, die aus dem Tal hier hinauf führte, lag unter einer geschlossenen Schneedecke.

Verstreut standen einzelne Holzhütten unterschiedlicher Größe im Bild, insgesamt vielleicht zehn, manche winterfest verschlossen, andere mit offenen Fensterläden, rauchendem Schornstein und einem Auto vor der Tür.

Niedrige Birkenstämme ragten aus dem Weiß, mal einzeln stehend, mal in kleinen Gruppen. Einige größere Kiefern trugen noch ihre Nadeln und malten so tief dunkelgrüne Tupfen in den Schnee und vor den schier endlosen, blauweiß-melierten Himmel.

Über allem lag eine wunderbare Stille. Und ganz besonders still erschien ihr die weite, weiße Fläche des Sees unten im Tal, des Tunhovdfjorden. Diese Stille passte zu ihr, jetzt in diesem Moment. Sie war ganz ruhig, und das war nach dieser Nacht das Bemerkenswerteste überhaupt. Diese unglaubliche Landschaft aus Licht und Weite und Stille da draußen einatmen, diese Bilder tief in sich hinein lassen, so könnte sich Glück anfühlen …

Ohne dass sie ihn bemerkt hatte, stand Einar plötzlich hinter ihr und berührte sie vorsichtig an der Schulter. Helen zuckte zusammen.

„Schön, nicht? Ich habe nicht zu viel versprochen."

„Ja, das ist wirklich sehr schön hier", sagte Helen leise und entfernte sich einen Schritt von ihm. „Und ein wenig beängstigend. So grenzenlos … So weit sehen zu können, das hat man selten. Da kann man sich sicher auch verlaufen, in dieser Weite."

Einar schaute sie fragend an.

„Nun, ich meine, in Deutschland ist die Landschaft so aufgeräumt und strukturiert, es gibt Straßen und Zäune und Grundstücks- oder Felder-Grenzen. Man kann sich orientieren und sieht gleich, wo ein Wald anfängt und wo eine Wiese aufhört. Und hier, hier ist alles einfach nur weit und grenzenlos, Bäume stehen mal hier, mal da, die Hütten wie zufällig hinein gewürfelt, und nichts hält den Blick bis zum Horizont, das ist schon sehr …, sehr besonders."

„Warte, bis wir unterwegs sind, dann wirst du das Besondere noch ganz anders erleben! Wenn du magst, können wir ein Stück über den See laufen und dann da drüben hinauf. Von dort hat man bei diesem Wetter eine tolle Sicht auf die Hardangervidda und vielleicht sehen wir auch Rentiere."

„Klar, gerne, das klingt gut!", antwortete Helen, deutlich entschlossener als ihr zu Mute war und setzte sich an den Tisch. Irgendetwas machte diese Weite mit ihr, der Blick aus dem Fenster war wunderschön, aber auch beängstigend, und die Vorstellung, gleich da draußen unterwegs zu sein, war genauso: lustvoll und tief beunruhigend zugleich.

Nach dem Frühstück packten sie ihre Rucksäcke: heißer Tee, Trocken-früchte, Käse, Brot, Schokolade und natürlich durfte ein Schluck Aquavit nicht fehlen. In dem Abstellraum fanden sie passende Schuhe und Skier für Helen. Ob die von Edda stammten?

„Cross-Country nennt man diese Skier", sagte Einar.

Helen lernte, dass man im norwegischen Gelände mit einer Mischung aus Langlauf- und Abfahrts-Ski unterwegs war: ein schmaler Ski mit Langlauf-Bindung und Stahlkanten, der bei den Abfahrten im Gelände eine sichere Führung bot. Der Mittelteil der Skier wurde gewachst, um beim Aufstieg ein Rückwärts-Gleiten zu verhindern. Es gefiel ihr, Einar dabei zuzusehen, wie sorgsam er mit dem Material umging, das Wachs auf den passenden Stellen verteilte, seine Schuhe anzog, seine Jacke mit dem Fellbesatz an der Kapuze und seine Handschuhe, er gefiel ihr... Als er aufschaute, tat sie geschäftig mit ihrem Rucksack.

„Alles klar? Gehen wir?", fragte Einar und trat als Erster hinaus in den Schnee. Herrlich, diese klare Luft. Rund um die Terrasse lag der Schnee mindestens einen Meter hoch, und die aufgetürmte Schneemauer auf den beiden Seiten der Einfahrt war höher als ihr Kopf.

Helen war eine gute Skifahrerin, aber Einar schien wie mit diesen Brettern verwachsen. Egal wie steil, eng, buckelig oder eisig ein Anstieg war, er ging einfach immer weiter in seinem ruhigen, gleichmäßigen Tempo. Vor der Hytta war er einfach losgefahren, wenige Meter an der Straße entlang und dann links hinunter ins Gelände. Es gab keinen Weg, keine Spur, er fuhr los und Helen folgte ihm. In dem tiefen Schnee sank er teilweise ein bis zu den Knien, an anderen Stellen trug die Unterlage gut und es wirkte fast schwerelos, wie er über den flockigen, weißen Teppich glitt. Anfangs dachte sie noch, dass bald eine Loipe kommen werde und andere Skifahrer. Doch spätestens nach einer Stunde begriff sie, dass hier nicht die Alpen waren und ihre bisherigen Langlauf-Erfahrungen nur von begrenztem Nutzen. Was, wenn Einar sich verlaufen würde? Oder verletzen? Sie würde nie alleine zurück finden.

Hin und wieder blieb er stehen, machte sie auf Tierspuren im Schnee aufmerksam oder auf dezente Wegmarkierungen wie die kleine rote Schleife, die an einen Birkenzweig gebunden war. Oder er lachte sie einfach nur an, was Helen gefiel und sie verlegen machte.

Wie sie wohl von oben aussahen? Zwei winzige Punkte, die sich nahezu synchron bewegten in dieser endlosen weißen Weite. Die Stille umgab sie, und außer dem eigenen Atem und dem Gleiten der Skier war kein Geräusch zu hören. Ihr Atem bildete kleine Nebelwölkchen in der Luft und Helen verlor sich darin, deren Entstehen und Auflösen zu beobachten.

„Bist du schon mal über einen zugefrorenen See gelaufen?", fragte Einar, als sie am Seeufer ankamen.

„Nein", antwortete Helen, „das ist mein Erster."

„Dann folgt jetzt eine kleine Einweisung. Was wir tun, ist sicher. Es gibt allerdings zwei mögliche Gefahrenzonen: der Uferbereich, wo sich die Eisplatte als Ganzes bewegen und verwerfen kann, und der Zu- und Abfluss des Sees, der durch die stärkere Strömung als Letztes zufriert und oft nur eine dünne Eisschicht bildet. Wir suchen daher immer am Ufer schon benutzte Einstiege auf die Eisfläche und machen einen großen Bogen um den Zulauf des Sees. Ich gehe voran, du hältst mindestens zehn Meter Abstand. Falls ich einbreche, bist du sicher und kannst mir helfen. Aber keine Angst, das wird nicht passieren, um diese Jahreszeit ist das Eis mindestens dreißig Zentimeter dick. Noch Fragen?"

Helen schüttelte den Kopf. Nicht anfangen zu denken jetzt! Keine Fragen! Wie dick war das Eis, hatte er gesagt? Wie würde es brechen? Würde sich eine Spalte auftun? Würde man es knacken hören? Gab es irgendeine Chance, wieder da raus zu kommen, wenn man einbrach? Oder war man sofort tot? *Stopp!! Sofort Stopp!!* Helen zwang sich, hinter Einar in die Spur zu steigen und ihm langsam im gebotenen Abstand zu folgen. Das war seine längste Ansage überhaupt gewesen, es schien also wichtig zu sein.

Einar drehte sich zu ihr um: „Alles ok?"

„Ja, alles ok", antwortete Helen. „Was hattest du gesagt, wie tief der See ist?"

„Ich hatte nichts dazu gesagt." Einar lachte. „Machst du dir Sorgen? Musst du nicht, du siehst die Ski-Spuren auf der Oberfläche, alles Menschen, die überlebt haben. Vertraue mir! Es ist sicher, sonst würde ich mit dir nicht hier gehen."

Vertraue mir. Das sagte sich leicht. Was hier passierte, war völlig außer Kontrolle geraten. Da halfen auch keine Fragen oder Erklärungen. Wenn ihr vor zwei Wochen jemand gesagt hätte, sie werde mit Einar auf Skiern einen zugefrorenen See überqueren, hätte sie sehr an der geistigen Gesundheit dieser Person gezweifelt. Und jetzt tat sie genau das und die Sonne schien und der Schnee glitzerte und die Landschaft um sie herum war von einer märchenhaften Schönheit und das Ganze war so unwahrscheinlich, dass sie sich immer wieder fragte, wann sie aus diesem Traum erwachen würde. Er wollte ihr nicht sagen, wie tief der See unter ihren Skiern war. Und die dreißig Zentimeter Eis? Wer hatte das gemessen? Ihr Herz schlug bis zum Hals. Ihre Hände in den dicken Fellhandschuhen schwitzten. Konzentrieren, ruhig bleiben, keinen Fehler machen jetzt, keine unüberlegte Bewegung. Einfach ruhig weitergehen, immer weiter.

Nein, auch Einar würde nichts passieren, er glitt da vorne ganz ruhig und gleichmäßig vor sich hin. Es war sicher, sonst würde er nicht mit ihr hier entlang gehen. Sie konnte ihm vertrauen.

Konnte sie ihm wirklich vertrauen? Sie kannte ihn doch kaum, sie hatten vor 23 Jahren zusammen studiert, und vor acht Wochen war er ihr zufällig in Berlin über den Weg gelaufen – da konnte man wohl kaum von kennen sprechen.

Und das erste Mal, als sie sich auf ihn verlassen hatte, war sie verlassen – alleine am Flughafen in Oslo. Und das war gerade einmal zwei Tage her. Sie wusste so wenig von diesem Mann. Sie war völlig wahnsinnig, sich auf so etwas einzulassen.

Stopp!! Sofort Stopp!! Ruhig atmen, einen Fuß vorschieben und gleiten, dann den anderen vorschieben und gleiten und atmen und gleiten. Und nach oben schauen zum Himmel, die zarten Wolkenschleier betrachten, die an eine Feder erinnerten, und nach unten schauen in Einars Spur, in der die tief stehende Sonne phantastische Schatten warf, kilometerlange Hochhaus-Silhouetten im Miniatur-Format, eines am anderen, entstanden durch die winzigen Schneekrumen seitlich der Skispur. Welch ein Zauber! Atmen …, gleiten …, atmen …

Wieder drehte sich Einar zu ihr um. „Gleich sind wir drüben, dort können wir eine Pause machen."

Helen sagte nichts. Was hätte sie sagen sollen? Hier öffnete sich eine Türe, und sie wusste nicht, ob sie wirklich hinaus wollte. Wie kann man da etwas sagen.

Auf der anderen Seite des Sees angekommen lag ein großer Felsblock vor ihnen in der Sonne, fast wie ein Tisch. Brot und Käse schmeckten herrlich und der heiße Tee, mit einer Handvoll Schnee schnell auf Trinktemperatur gekühlt, wärmte wunderbar von innen.

„Du stehst gut auf den Skiern", sagte Einar, „das freut mich! Gefällt es dir?"

Helen sah ihn an. Zum ersten Mal hielt sie seinem Blick lange stand, lächelte. „Es ist, es ist so …, ich habe gar keine Worte dafür, so anders, so besonders, so ein Gefühl, als würde jemand meinen Brustkorb öffnen und ich hätte plötzlich doppelt so viel Platz zum Atmen."

Einar strahlte. „So ist der Anfang. Willkommen in der Weite!"

Er hatte nicht zu viel versprochen. Es war erst der Anfang. Der folgende Anstieg war lang und steil. Helen spürte die Anstrengung, ihr Atem ging tief und schnell. Eine Anhöhe folgte der nächsten, und jedes Mal, wenn sie dachte, jetzt sind wir oben, tat sich eine neue Steigung vor ihnen auf. Die kleinen Birken vom Seeufer hatten sie hinter sich gelassen, hier oben gab es noch einzelne niedrige Kiefern und ansonsten nur noch Schnee.

Aber das war nicht einfach Schnee, wie sie ihn kannte, das war Schnee in tausendundeinem Weiß und in einer Vielfalt von Formen, wie nur die Natur sie schaffen kann. Der Wechsel von Sonne, Wind, Frost und neuem Schneefall hatte den Schnee rechts und links von ihrem selbst gespurten Weg in eine riesige weiße Flächen-Skulptur verwandelt: Glitzernde Diamanten funkelten in der Sonne, aufgereiht entlang von tiefen Kratern mit scharfen Kantenabbrüchen. Verkarstete Altschnee-Krusten schimmerten dunkelgrau unter bläulichen Eiskristallen, daneben fluffig-weiche Pulverschnee-Haufen, die nur auf den nächsten Windstoß zu warten schienen, um in alle Richtungen davon zu fliegen …

Helen konnte sich nicht satt sehen an dieser Pracht und fühlte sich dem Gestalter dieser Landschaftsbilder innerlich sehr verbunden, hier war einer mit viel Liebe zum Detail am Werk.

Sie erreichten die Anhöhe, von der Einar gesprochen hatte, ein flacher, namenloser Berg mit einem weiträumigen Gipfelplateau. Von hier konnte man einen Rundum-Blick genießen: Die hohen, schneebedeckten Gipfel der Hardangervidda weit im Norden, die braun-grünen, baumbestandenen Täler im Süden und Westen und die weite, weiße Eisfläche des Tunhof-fjorden, den sie vor zwei Stunden überquert hatten, im Osten.

Die spielenden Kinder vom Hindemith-Platz fielen ihr ein, ihre Lebendigkeit und ihre überbordende Freude an dem tanzenden Blätterwald über dem U-Bahn-Schacht. Keine zwei Monate war das her, und jetzt stand sie hier und hätte hüpfen können vor Glück. Sie konnte sich nicht erinnern, wann sie zuletzt etwas so Schönes erlebt hatte. Ihr Körper fühlte sich gut an, bis in die Zehenspitzen stark und kraftvoll und lebenshungrig. Und neben diesem Mann zu stehen, den sie am liebsten auf der Stelle umarmt und geküsst hätte, und den sie nicht mehr weg denken wollte aus ihrer Nähe, fühlte sich gut an. Also, vielleicht nicht gleich geküsst, aber wenigstens umarmt.

Die altbekannte Beklemmung war auch da, die Zweifel, die Gedanken an mögliche Katastrophen – alle Plagegeister sofort einsatzbereit, das Wissen um die Endlichkeit dieses Augenblicks glasklar vor ihren Augen und doch: Da war etwas aufgebrochen, das Tauwetter hatte begonnen.

Gegen halb Fünf waren sie zurück in der Hytta, trunken von Luft und Weite, erschöpft, verschwitzt und so zufrieden, wie man es nur nach einem langen Tag mit viel Bewegung in Sonne und Wind sein kann. Und wieder hätte sie ihn umarmen können, als er dastand, die Skier auszog und sie anstrahlte. Sie hätte ihn sofort umarmen und nie wieder loslassen können.

„Sauna?", fragte Einar.

Die Frage traf Helen unvermittelt und alles, was sie an Weite in ihrer Brust gespürt hatte, schnurrte zusammen auf die Größe einer Erbse. Atmen, einfach nur atmen! Ihr würde etwas einfallen. Es ging nicht, es war eng, die Luft wollte nicht hinein.

„Äh, ja, also, eigentlich ist mir nicht wirklich kalt, also ich muss gar nicht unbedingt …" Furchtbar, ihr Gestammel. Er musste sie für völlig gestört halten – und das nach diesem wunderschönen Tag.

„Wir müssen nicht zusammen gehen, die Sauna ist eh recht klein. Mach gerne den Anfang und gib mir Bescheid, wenn du fertig bist", sagte Einar.

„Ok, dann starte ich mal", hörte sie sich sagen.

Der winzige Saunaraum war schnell aufgeheizt, Helen setzte sich auf die obere Bank, zum Ausstrecken war sie zu kurz. Erst einmal war sie hier sicher. Alleine. Sie fing an zu schwitzen. Sie sah Einar vor sich im Schnee, sein Lachen, seinen zärtlichen Blick, seine Augen. Sie hatte keinen Plan, wie sie den Abend überleben würde. Die Luft wurde immer heißer. Ihr würde etwas einfallen. Ihr musste etwas einfallen. Sie könnte ihm die Wahrheit sagen. Unsinn! Der Schweiß lief ihr die Stirn entlang und tropfte auf das Handtuch unter ihren Füßen.

Zur Not konnte sie immer noch, die Geschichte mit der Karibik … Es wurde jetzt doch sehr heiß, wie lange war sie schon hier drinnen?

Nein, sie wollte nicht lügen. Nicht mit einer Lüge beginnen, dafür war es viel zu schön mit ihm. Aber was dann? Vielleicht ablenken, irgendein gutes, spannendes Thema. Aber welches? Ihr fiel nichts ein. Dann doch einfach die Wahrheit. Nein, sie konnte unmöglich die Wahrheit sagen, nicht heute.

Nicht nach diesem wunderschönen Tag. Es war zu heiß, sie musste hier raus.

Nach der Dusche saß sie mit einer Tasse Tee auf dem Sofa vor dem Kamin, in dem Einar schon ein Feuer angezündet hatte. Es war gut, hier zu sein.

Anja - 18.50 Uhr
Und, ging was weiter? Umarmung?
Küsse? Mehr?

Helen - 19.05 Uhr
Du nervst

Anja - 19.06 Uhr
Da sind wir aber empfindlich heute
– scheint nicht so gut zu laufen, da
oben im Norden. Ich drücke weiter die
Daumen! Kuss A.

„Herrlich, dieser Schnee, immer wieder herrlich!" Einar kam von draußen herein, dampfend, ein weißes Handtuch um die Hüften gewickelt, seine Haut nass glänzend. „Geht's dir gut? Hast du alles, was du brauchst?"

Helen sah ihn an, sah die kleinen Wassertropfen auf seiner nackten Haut schimmern, einige davon rollten langsam an seiner Brust und seinen Oberarmen hinunter. Sein schlanker, muskulöser Körper, seine aufrechte Haltung. Nein, sie hatte nicht alles, was sie brauchte. Sie würde jetzt gerne von ihm in den Arm genommen werden, und sie würde gerne nicht solche Angst davor haben und sich nicht dauernd Gedanken darüber machen müssen, ob es passieren würde und was sie dann tun würde, wenn es passieren würde, und was er dann tun werden würde, wenn sie getan haben würde, was sie tun würde, wenn es passiert sein würde …

„Ja, danke", sagte sie, „ich bin bestens versorgt."

„Schön. Dann gehe ich mir mal was anziehen, und dann kümmern wir uns um das Abendessen."

Sie kochten zusammen Pasta al Limone, als Vorspeise gab es einen Salat mit Tomaten, Gurken und Pilzen und das gemeinsame Kochen fühlte sich an, als würden sie das seit Jahren machen. Eine unkomplizierte Verständigung darüber, wer was in welcher Reihenfolge tat, Hand in Hand arbeiten, achtsam, sorgfältig, vertraut, verspielt, so einfach konnte es sein und so wunderbar.

Helen erzählte Geschichten vom gemeinsamen Kochen mit Jan, als er noch so klein gewesen war, dass er einen Hocker brauchte, um im Topf rühren zu können und regelmäßig drauf bestanden hatte, dass genau dies seine Aufgabe sei und nichts anderes, und von ihren Ängsten, er könne abrutschen und sich fürchterlich verbrennen.

Einar hatte gefragt, wovor sie heute beim Kochen Angst habe, und über ihre Antwort ‚Vor zu scharfen Fragen‘ hatten sie gemeinsam gelacht, genauso wie über seinen grandiosen Versuch, in ihrem Sinne den Tisch zu decken: sorgfältig ausgewählte Einzelstücke aus den Untiefen der Küchenschränke.

Für sie hatte er einen pastellblauen Teller mit Rosenranken in weiß, gelb und rot ausgesucht, für sich einen dunkelgrünen Keramikteller mit schwarzem Elch vor schwarzen, riesigen Tannen. Helen hatte protestiert, das sei zu klischeehaft, und wollte ihre Rosen gegen ein schlichtes geometrisches Muster in rot tauschen. Dagegen hatte Einar ein Veto eingelegt und sie hatten sich schließlich auf einen traditionellen Teller mit blauem Ornament aus Herzen und Blumen, die zwei Vögel umrankten, geeinigt. Und so war es weiter gegangen mit Zuschreibungen und darauf folgender Ablehnung oder Zustimmung, Gabel für Gabel, Glas für Glas.

Was für ein Spaß, sein entsetztes Gesicht zu sehen, als sie ihm einen grauenhaften Zinnbecher mit Jagdmotiven als Wasserglas hinstellte, und ihre zunächst gespielte Entrüstung auf seinen Konter: ein Porzellanbecher mit einer Mimose und der Aufschrift: *Ikke rør meg!* Wie er sie damit aufgezogen hatte und sich lachend gebrüstet, normalerweise komme er bei Frauen schneller zum Ziel, und wie stolz sie auf ihre Antwort war, er solle doch mal überlegen, was er anders machen müsse, da das Standardprogramm ja offensichtlich bei ihr nicht funktioniere. Wie ihre Besorgnis nach ein, zwei Gläsern Wein ein wenig abgenommen hatte und wie dieses Gefühl gewachsen war, inmitten aller Fragen, dieses Gefühl, ein Schwanenjunges zu sein, dem die ersten weißen Federn wachsen.

Jetzt saßen sie gemeinsam auf dem Sofa und schauten ins Feuer. Heute glänzten seine Augen wieder, in diesem Licht tiefblau wie Kornblumen, nein, natürlich wie Vergiss-mein-nicht. Nie wieder würde sie diese Augen vergessen. Die Zeit könnte doch jetzt einfach stehen bleiben. Dieser Moment hier, nach diesem herrlichen Essen und in dieser nie gekannten Vertrautheit. So könnte es doch bleiben …

„Dass mein Großvater die Hytta gekauft und umgebaut hat, habe ich dir ja schon erzählt", sagte Einar, „dass ich hier geboren bin, noch nicht. Ich glaube, deswegen liebe ich diesen Ort so."

„Wie, hier geboren? Hier in der Hytta?", fragte Helen.

„Ja, in dem Zimmer, in dem ich schlafe. Meine Großmutter war Hebamme, und meine Eltern waren gemeinsam mit den Großeltern noch für ein Wochenende hier raus gefahren. Es gab einen sehr frühen Wintereinbruch, damals 1968, die Straße war in der Nacht zum 1. Oktober komplett zugeschneit, so dass meine Eltern nicht mehr ins Krankenhaus fahren konnten. Und ich kam wohl ziemlich eilig und fast drei Wochen zu früh und so hat meine Großmutter Jørün mir hier auf die Welt geholfen. Und weil ich mich so entschieden ins Leben gestrampelt habe, gaben meine Eltern mir den Namen Einar, was so viel wie *der Kämpfer* bedeutet".

Helen schaute ihn an. So lange am Stück hatte er – von den Hinweisen zur Seeüberquerung abgesehen – noch nie gesprochen. Sie liebte es, ihm zuzuhören. Wie schön wäre es, jetzt einfach die Hand ausstrecken und seinen Arm zu berühren.

Als könne er ihre Gedanken lesen, bewegte sich seine Hand langsam in ihre Richtung, hielt inne, als sie zurück schreckte, und fand einen unverfänglichen Platz auf der Sofalehne hinter ihrer Schulter.

„Wo bist du geboren?", fragte er.

„Im Krankenhaus in Bad Ems. Ganz unspektakulär und ohne Schnee. Mit 35 Jahren war meine Mutter damals für eine Erstgebärende relativ alt. Bei Thilo, meinem Bruder, war sie dann schon 39, ging aber alles gut."

„Und magst du deine Heimat? Hast du gerne in Bad Ems gelebt?"

Was für eine Frage. Heimat. Bad Ems war nicht ihre Heimat. Ja, sie hatte dort gewohnt, war dort zur Schule gegangen, aber Heimat? Vielleicht, als ihr Vater noch gelebt hatte.

Helen blickte ins Feuer. Ein aufrecht stehendes Holzscheit brach Funken sprühend zusammen und verlor sich in der tiefrot leuchtenden Glut.

„Hm ..., ich weiß nicht, die Lahn ist ein schöner Fluss und die Berge ringsum, also es liegt ganz nett ..., eigentlich habe ich gar nicht so viele Erinnerungen an die Zeit dort."

Sie trank einen Schluck Wein und stellte das Glas langsam auf dem kleinen Tisch neben dem Sofa ab.

„Mein Vater ist gestorben, als ich 16 war … Ich kam von einer Party nach Hause, und der Notarztwagen stand vor der Tür. Nachmittags hatte er noch die Matheaufgaben mit mir besprochen, er war Vermessungsingenieur, und in der Nacht war er tot. Herzinfarkt. Einfach so, mitten im Leben. Viel zu früh." Helen biss auf ihre Unterlippe. Zu spät. Die Tränen traten ganz langsam wie in Zeitlupe aus ihren Augenwinkeln hervor und nahmen den bekannten Weg über ihre Wangen. *Mist!* Es war fast dreißig Jahre her, und noch immer konnte sie nicht von ihrem Vater sprechen, ohne zu weinen. Mit ihm war ihre Kindheit gestorben, ihre Jugend, ihre Unbeschwertheit. Alles nach seinem Tod war ernst gewesen.

Einars Hand berührte sie sanft an der Schulter. „Das tut mir leid!"

„Ist schon ok …, vielleicht habe ich Vieles aus dieser Zeit vergessen, weil …, weil es irgendwie ums Überleben ging. Nicht finanziell. Da hatten wir keine Sorgen. Mein Vater war Beamter. Mutter bekam eine gute Witwen-Pension. Nein, es ging mehr ums emotionale Überleben, Mutter war ständig im Krankenhaus und Thilo war erst zwölf, und ich wusste gar nicht, was ich tun sollte. Ich war so allein. So verloren."

Die Tränen liefen jetzt schneller. Die Nase dazu. Helen zog ihre Beine hoch, umschloss ihre Knie mit den Armen und legte die Stirn darauf. So hatte sie oft in ihrem Zimmer gesessen in dieser Zeit. Ein kleines unberührbares Päckchen.

Außer Anja und Jan hatte sie das noch nie einem Menschen erzählt. Einars Hand lag noch immer auf ihrer Schulter, jetzt bewegten sich seine Finger zart zwischen ihren Schulterblättern. Manchmal hatte ihr Vater sie dort gestreichelt.

Sie hob den Kopf und schaute still in das langsam herunter brennende Feuer. Die Flammen züngelten an den schwarz gebrannten Holzstücken, nur wenige helle Ecken widerstanden noch der Verwandlung in Glut und Asche. Was vorher aufgetürmt und kunstvoll geschlichtet war, sank jetzt zusammen in ein Häufchen graues Nichts.

„Was denkst du?", fragte sie.

„Ich fühle deine Traurigkeit. Und wie gerne ich in deiner Nähe bin. Ich möchte mehr von dir erfahren. Ich bin sehr glücklich, dass du nach Norwegen gekommen bist, und der Tag heute mit dir im Schnee war wunderschön und einzigartig für mich. Das denke ich, und ich möchte, dass du das weißt."

Wieder spürte Helen die Tränen in ihren Augen und drehte sich zur Seite. Immer endete es in der Schwere. Sie hatte kein Talent für Gefühle.

Sie musste hier weg. Aber dann wäre seine Hand nicht mehr auf ihrem Rücken. Sie konnte nicht weg gehen von dieser Hand, nicht so lange sich seine Finger ganz langsam und sachte hin und her bewegten. Das war zu schön. Ihre Knie weiterhin umschlungen, die Nase ungeputzt, die Tränen getrocknet, so blieb sie einfach sitzen, ein kleines berührbares Päckchen.

Nesbyen, Dienstag, 28. Januar 2014

Sie hatten verabredet, vormittags noch eine kleine Tour zu gehen und gegen 14 Uhr zum Flughafen zu starten. Auch heute war das Wetter gut, der Schnee griffig, und von Langedrag aus sahen sie in der Ferne sogar eine Gruppe Rentiere auf der Suche nach Nahrung im Schnee scharren. Alles könnte so wunderbar sein. Nichts war wunderbar. In Helen nagte die Unruhe, und ihre Ich-male-mir-in-düsteren-Phantasien-das-schlimmste-denkbare-Ende-aus-Maschine lief auf Hochtouren.

Irgendwann gestern Abend war sie dann doch aufgestanden, hatte von Müdigkeit geredet und ihm eine gute Nacht gewünscht. Er war ebenfalls aufgestanden, hatte einen Schritt auf sie zu gemacht und nach ihrer Hand gegriffen. Sie war schneller gewesen, hatte ihn einfach stehen lassen und war zur Tür gegangen. Sie war davongelaufen, wie am Abend zuvor, einfach davongelaufen.

„Na, dann träum was Schönes!", hatte er gesagt und war in seinem Zimmer verschwunden. Fast enttäuscht hatte sie noch einen Moment im Gang gestanden und war dann zu Bett gegangen. Alleine. Gut so. Nein, nichts war gut. Alles musste sie so kompliziert machen. Was wäre so schlimm daran gewesen, seine Hand zu halten oder ihn zu umarmen? Ihn zu küssen? Das war doch genau das, was sie sich wünschte.

Die ganze Nacht hatte sie sich hin und her gedreht, im Stundentakt auf die Uhr geschaut und keine Ruhe gefunden. Wie gerne hätte sie etwas

Schönes geträumt, doch der Schlaf hatte keine Gnade mit ihr, er ließ sie zappeln bis zum frühen Morgen. Zu den nagenden Zweifeln gesellten sich mit der Dämmerung die guten Vorsätze:

Heute würde sie mutiger sein und zugewandter, heute ganz bestimmt.

Zum Frühstück hatte Einar sie herzlich begrüßt, seinem Versuch, sie zu umarmen, war sie geschickt ausgewichen und auch, als er beim Verlassen der Hytta nach ihrer Hand gegriffen hatte, zog sie diese zurück, um sich die Handschuhe über zu streifen. Er war stehen geblieben, hatte sie angeschaut und gefragt: „Du weichst mir aus, wo es geht, zuckst zusammen, wenn ich in deine Nähe komme oder versuche, dich zu berühren, bin ich dir so unangenehm?"

Hilfe … Helen wäre am liebsten auf der Stelle in den weißen Weiten der Landschaft verschwunden. „Nein …, also, nein, natürlich nicht …, du bist mir nicht unangenehm, Einar, im Gegenteil, es ist nur schwer zu erklären, weißt du …, ich …, das ist alles …"

„Schon gut, ich hätte nicht fragen sollen, ich will dich nicht bedrängen", hatte Einar gesagt und seine Skier angezogen.

Das war nun knapp zwei Stunden her und seitdem lief Helen hinter ihm in der Spur, hatte aber ganz anders als gestern kaum einen Blick für die Schönheit der Landschaft. Wahrscheinlich dachte er, sie sei total neurotisch. Er war schließlich Psychiater. Sie hatte es vermasselt. Es war zum verrückt werden. Sie war 43 Jahre alt und hatte nicht den Mut, diesen total netten, unterhaltsamen, offensichtlich an ihr interessierten Mann auch nur an der Hand zu halten – das war so dermaßen absurd.

Wie sollte sie ihm das erklären?

Erotisch fehlte in der Aufzählung. Attraktiv. Sinnlich. Sexy. Sie fand ihn so dermaßen erotisch, dass sie anfing zu schwitzen, wenn er in ihrer Nähe war. Sich bewegte. Oder sprach. Oder beides. Oder als er gestern nach der Sauna vor ihr gestanden war. Die Lust ihn anzufassen, ihn zu streicheln. Sie hatte lange gebraucht, um dieses Flirren in ihrem Bauch zu beruhigen.

Ein einziges Mal einfach den Moment erleben und genießen, anstatt dauernd weiter denken zu müssen, wozu es führen würde, wenn er ihre Hand hielte, was danach kommen würde und danach und danach und wann sie dann zugeben müsste, dass sie keine Ahnung hatte, was nun zu tun sei.

Nach endlosen Grübelschleifen ohne Stopp-Taste hatte sie sich drei Sätze zurecht gelegt. ‚*Bitte, Einar, nimm das hier nicht für alles. Lass mir ein wenig Zeit, ich bin schon so lange Single und so ungeübt in vielen Dingen. Bitte glaub mir, dass es nichts mit dir zu tun hat, ich muss da für mich einiges sortieren.*‘ So würde sie es sagen, auf jeden Fall würde sie es ihm so sagen. Spätestens nach dem Packen oder allerspätestens am Flughafen, beim Abschied. Vielleicht würde sie ihn dort sogar umarmen, da konnte ja nichts mehr passieren, da würde sie ja einsteigen und wäre in Sicherheit – erst einmal.

So wollte sie es sagen. Dafür wurde es jetzt Zeit, Helen saß auf dem Beifahrersitz, betrachtete die verschneite Tallandschaft, die vor dem Fenster vorbei zog, und kaute an ihren Sätzen wie an einem alten Lederlappen. Einar schwieg. Je öfter Helen versuchte, mit dem ersten ihrer Sätze zu beginnen, desto trockener wurde ihr Mund. Ihre Zunge klebte am Gaumen. Und so schwieg auch sie. Nesbyen …, Bromma …, Stavn …, die Orte zogen vor dem Fenster vorbei. Sie fuhren immer am Fluss entlang, dem Hallingdalselva, der sich ab Gulsvik zu einem Stausee verbreiterte und den sie in Brekkebygda Richtung Hønefoss und Flughafen verließen.

Ihr linke Hand zuckte, sie wollte weiter nach links, wollte auf Einars Bein liegen, seinen Oberschenkel berühren. Helen legte ihre rechte Hand auf die linke. Seit November war kein Tag vergangen, an dem sie nicht an ihn gedacht, Nachrichten mit ihm ausgetauscht und sich in irgendeiner Weise mit ihm verbunden gefühlt hatte. Es gab in ihrem Leben keinen Platz für einen Mann. Aber vielleicht galt das ja nicht für Norweger. Vielleicht war er ja so eine Art Wink des Schicksals, an das sie nicht glaubte. Warum sonst hätte sie ihn in Berlin treffen sollen nach all den Jahren? Das war kein Zufall, dafür war es viel zu unwahrscheinlich. Sie musste mit ihm sprechen, sie konnte so nicht in den Flieger steigen. Sie musste ihre Sätze sagen. Wenn es doch nur nicht so schwer wäre.

„Wir sind gleich da“, sagte Einar.

Jetzt war ihre letzte Chance. Er bog ab zum Flughafen, „*Avgang*“ stand auf den Schildern, denen er folgte. „Einar, ich muss …, ich meine …, ich möchte, dass du weißt …, also, was ich sagen will, ist …“

„Ist es wirklich so schwer?“ Einar hatte inzwischen geparkt und stieg aus, um ihr Gepäck auszuladen. „Was willst du mir sagen, was nicht über deine Lippen will, scheues Reh?", fragte er, als sie beide neben dem Auto standen.

„Ich …," Helen richtet sich auf, atmete tief durch und sah ihn an. „Ich will dir sagen, dass ich gerne mit dir hier war und dass ich gerne wieder komme und dass es mir total leid tut, dass ich mich manchmal so dermaßen blöd verhalte und dass das nichts mit dir zu tun hat." So, jetzt war es heraus, zumindest so ähnlich wie geplant.

Einar lachte. Er lachte einfach. Und er lachte so herzlich und ansteckend, dass sie nicht anders konnte, als einfach mitzulachen. Das ganze Drama ihrer endlosen Kopfgeburten lachte er einfach fort. Und so standen sie zum Abschied lachend beieinander.

Und als Einar ihre Hand nahm, zucke Helen nicht zusammen und zog ihre Hand nicht weg. Und als er ihre Hand langsam zu seinem Mund führte und jeden ihrer Fingerrücken mit einem Hauch von Kuss beschenkte, zuckte Helen nicht zusammen und zog ihre Hand nicht weg. Fast hätte sie ihm ihre andere Hand noch hingehalten, so wundervoll war diese Geste zum Abschied.

„Ich will dich wiedersehen, und ich will, dass wir telefonieren", sagte Einar.

„Ich will dich auch wiedersehen und ja, wir werden telefonieren", antwortete Helen, machte einen Schritt auf ihn zu, legte ihre Arme kurz um seinen Hals und gab ihm einen scheuen Kuss auf die Wange. „Ich vermisse dich jetzt schon.", sagte sie leise in sein Ohr, nahm ihren Koffer und lief los.

Was für eine Frau! Am liebsten hätte er sie sofort angerufen. Das ging jetzt nicht, Morten war ja noch da, aber später, sobald sein Bruder weg sein würde …

Vor wenigen Stunden hatte er Helen zum Flughafen gebracht und sie war eingestiegen in das Flugzeug, das sie zurück brachte in ihre Welt und in ihr Leben, aber etwas von ihr war auch geblieben, ihr flüchtiger Duft, der Anblick ihrer nicht zu bändigenden Haare, ihre Unterlippe, auf der sie verlegen kaute und die von der kalten Luft ein wenig spröde und rissig geworden war. Und ihr Versprechen, zu telefonieren und ihn wiederzusehen, aller Scheu zum Trotz.

Ihre Augen hatten ihn auch damals schon fasziniert, daran konnte er sich gut erinnern, die winzigen hellbraunen und silbernen Punkte machten das Moosgrün der Iris einzigartig lebendig und strahlend. Und diese eigenwilligen Haare, die so gar nicht zu ihrer Ordnung passten … Der Rest ihrer Begegnung zu Ulmer Zeiten war seltsam konturlos und blass, zu groß war damals seine Freude über den Studienplatz in Oslo und die Rückkehr nach Hause gewesen.

Die Frau, die er in den letzten Tagen erlebt hatte, würde er nicht mehr vergessen. Ihr Bild war überall, sie hatte ihn durchdrungen wie eine Wurzel den lockeren Boden im Frühjahr: ihr hingehauchter Kuss zum Abschied, ihr knochentrockener Humor, wenn sie sich sicher fühlte. Ihre Zweifel, ihre Verlegenheit und wie sie nach Worten suchte, wenn sie unsicher war oder nicht weiter wusste. Ihr herrliches, so ansteckendes Lachen. Wie sie sich immer wieder entzog und doch da blieb, wie ihre wunderbaren grünen Augen ihn anstrahlten und wie sie erschrocken den Blick abwandte, wenn er nur einen Millimeter zu nahe kam. Alles an ihr zog ihn an.

„Hei, Einar, was ist los mit dir? Sprichst du nicht mehr mit mir?", fragte Morten.

„Sorry, ich war gerade ganz in Gedanken, natürlich spreche ich mit dir, du bist doch mein Retter, danke nochmal für deinen Einsatz am Flughafen!"

„Gern geschehen, Bruder! Jetzt spann mich nicht länger auf die Folter und erzähl schon, wie war's?"

„Na, was glaubst du?"

„Was ich glaube?" Morten lachte und schenkte sich noch eine Tasse Tee ein. „Ich glaube eine Stunde im Schnee, siebenundvierzig Stunden im Bett, so in etwa?"

Einar schüttelte den Kopf. Glaubte Morten das wirklich?

„Knapp daneben, aber toll, dass du mir so eine Performance noch zutraust. Nein, das mit Helen ist speziell. Es war sehr schön mit ihr und gleichzeitig völlig verwirrend. Eigentlich müsste ich genervt sein von ihrer Kompliziertheit und Widersprüchlichkeit. Früher wäre ich es garantiert gewesen!"

„Was meinst du?"

„Na, ja, ich meine, in den letzten Jahren habe ich einiges gelernt in Sachen Widersprüche und Zweifel."

„Ich habe den Verdacht, du weichst mir aus. Was ist denn nun mit euch beiden?"

Einar goss sich ebenfalls noch einen Tee ein. Er stand auf, ging die wenigen Schritte vom Küchentisch zum Fenster und schaute hinaus in die Dunkelheit. Luna, seine norwegische Elchhündin, kam aus dem Wohnzimmer in die Küche getrottet und legte sich unter Einars Stuhl.

„Ich glaube schon, dass sie mich mag, aber sie ist scheuer als ein Reh. Du gehst einen Schritt auf sie zu und sie macht drei Schritte rückwärts. Gut, dass ich mich mit der Jagd auskenne."

„So weit ist es also schon, dass die Frauen vor dir flüchten? Das habe ich anders in Erinnerung." Morten grinste vielsagend.

„Das ist lange her, das war in einem anderen Leben." Auch Einar lächelte kurz und rieb sich mit Daumen und Zeigefinger am Ohr. „Nein, im Ernst, sie hat ein gutes Gefühl für die Skier und sie war sehr begeistert von der Landschaft. Ich bin zuversichtlich, dass sie wiederkommen wird."

„Und was ist mit ihrem Gefühl für dich?", fragte Morten.

Einar setzte sich wieder hin und griff zwischen den Stuhlbeinen nach Luna. Die Hündin winselte freudig und richtete ihren Oberkörper auf, näher hin zu Einars Hand. Er kraulte ihre Ohren und das kurze, weiche Fell dazwischen, dann ihr Kinn und ihren Hals, was sie mit einem Hochrecken des Kopfes noch näher in seine Richtung beantwortete. Ihr dichtes Winterfell war tiefschwarz und glänzte. Als Einar ein Pause machte, stupste sie seine Hand mit der Schnauze an: *Weitermachen!* Er fuhr noch einige Male über ihren Rücken und sagte dann leise: „Jetzt ist es genug, Mädchen, mach Platz!"

Luna schaute ihn an und ging unter dem Tisch hindurch zu Morten. Auch der ließ sich zu einer Streichelrunde bewegen.

„Hast du mit ihr gesprochen?", fragte Morten und spielte mit Lunas Ohren.

„Was meinst du?"

„Einar! Was soll ich meinen? Ob du mit ihr über deine Krankheit gesprochen hast, natürlich."

„Nein. Das hätte alles noch komplizierter gemacht. Ich glaube, dafür ist es noch zu früh."

„Zu früh? Eher zu spät, finde ich. Wie hast du ihr denn dein Nicht-Erscheinen am Flughafen erklärt? Hat sie dir etwa diese Patienten-Story abgenommen?"

„Ja, hat sie. So unwahrscheinlich ist das gar nicht."

„Wenn es dir wirklich ernst ist mit ihr, Einar, dann kannst du das nicht mit einer solchen Lüge beginnen. Du musst mit ihr reden! Sonst hat sie doch gar keine Chance eine Entscheidung zu treffen."

„Ich weiß. Ich werde auch mit ihr reden. Aber ich dachte, ich gebe uns eine bessere Chance, wenn sie mich erst einmal gesund und fit erlebt und nicht sofort unter *krank und bedroht* abspeichert."

„Ich finde das nicht in Ordnung. Du hättest ihr sagen müssen, dass du Freitag bis Sonntag im Krankenhaus warst. So ist dein Leben jetzt. Jede Erkältung, jeder Infekt setzt uns alle in Alarm: Kommt die Krankheit zurück oder ist es nur ein banaler Schnupfen? Wie soll Helen dich verstehen oder dein Verhalten, wenn sie das nicht weiß?"

Morten hatte Recht. Aber alles in ihm sträubte sich gegen die Vorstellung, Helen würde in ihm den Patienten sehen, wüsste um seine Ungewissheit, seine Angst, um das Warten auf Befunde, das Hoffen, die Erleichterung oder die Verzweiflung, die Einsamkeit und die Schwäche. Er wollte diese Bilder hinter sich lassen, sein krankes Leben vergessen. Er wollte gesund sein, lebendig und stark …

Sein Tee war kalt geworden, dunkle Schlieren schwammen auf der Oberfläche. Er könnte einen neuen kochen. Eigentlich würde er lieber ein Glas Wein trinken. Das Ticken der Wanduhr erfüllte den Raum. Luna hatte sich unter dem Tisch zusammengerollt und schlief. War die Uhr schon immer so laut oder kam ihm das nur jetzt so vor? Nachher würde er Helen anrufen.

„Ist es wegen Edda?", fragte Morten in die Stille.

„Ist *was* wegen Edda?"

„Hast du es ihr nicht gesagt, weil du Angst hast, sie könnte so darauf reagieren wie Edda?"

Edda. Eingebrannt war dieser Name in sein Leben und in das Gedächtnis seiner Familie. Nicht mehr in seine Gefühle, da hatte er gründliche Arbeit geleistet, hatte sein Innerstes umgegraben und alle Wurzeln und Keime, die an sie erinnerten, ausgerissen. Trotzdem schaffte es mitunter ein vergessener Spross ans Licht und dann war seine Botschaft unmissverständlich: es tat immer noch weh, auch nach drei Jahren.

Sein Leben, so wie es war, war nicht denkbar ohne Edda. Zwölf Jahre lang hatte sie dazu gehört, war immer da gewesen, beim Segeln, beim Ski fahren, mit den Freunden, mit der Familie, auf Reisen, im Alltag, *in guten wie in schlechten Tagen* – hatte er geglaubt …, zwölf gute Jahre, und als er sie am nötigsten gebraucht hatte, als er in der Klinik lag und unklar war, ob er die nächsten Tage überleben würde, ausgerechnet da hatte sie ihn verlassen.

„Nein, das ist es nicht. Helen ist nicht wie Edda. Edda ist taff, zielstrebig, eindeutig, ihre Welt ist klar unterteilt in Gut und Böse, da gibt es wenig Zwischentöne. So lange ich gesund war, war ich der Held und die erste Wahl. Doch als die Krankheit kam, war das alles vorbei. Ein Makel, aussortiert und weg, Ende."

Einar griff nach der Teetasse, trank einen Schluck und schüttelte sich. „Puh, widerlich! Soll ich einen neuen kochen? Oder magst du ein Glas Wein?"

Morten schüttelte den Kopf.

„Weißt du, was mich am allermeisten verletzt hat? Dass Edda nach zwölf gemeinsamen Jahren nicht den Mut hatte, mir das ins Gesicht zu sagen. Dass sie mir diesen grauenhaften Brief geschrieben hat, von wegen Kinder gehören zu ihrem Leben, und wenn das mit mir nicht mehr möglich ist, dann *muss* sie gehen …, so ein Schwachsinn."

Wie bitter das immer noch schmeckte, dieses Gefühl ausgesondert zu werden, nicht mehr gut genug zu sein für das richtige, das gute Leben.

„Aber wenn Helen anders ist, dann hättest du es ihr doch sagen können?"

„Du kannst ganz schön hartnäckig sein! Ja, Helen ist anders, sie denkt viel mehr nach, sie ist häufig unentschieden, wirkt oft besorgt und verunsichert. Und genau deswegen habe ich es ihr nicht gesagt. Ich glaube, die Entscheidung für mich oder für uns ist für sie ein Riesending. Sie kann nicht einfach sagen: ‚*mal schauen, wird schon, und wenn nicht, dann halt nicht*'. Sie überlegt alles ganz gründlich, will nichts falsch machen, und ich will nicht, dass sie sich aus Mitleid auf mich einlässt."

„Jetzt übertreibst du, Einar. Mitleiderregend siehst du nun wirklich nicht aus – zum Glück!"

„Vielleicht übertreibe ich, aber ich will, dass sie sich für mich entscheidet – oder auch gegen mich – in der Vorstellung, dass wir die nächsten 40 Jahre zusammen sein werden, und nicht in der Vorstellung, sie gibt für ein Jahr die barmherzige Samariterin und dann ist es eh vorbei."

„Hm, finde ich ganz schön egoistisch, wenn ich ehrlich bin, sie hat keine Chance auf eine klare Entscheidung, weil sie das Wesentliche nicht weiß."

„Willst du mir damit sagen, das Wesentliche an mir ist meine Krankheit?" Einar zog die Stirn in Falten und beugte sich vor in Richtung Tisch. „Ich bin sicher, wenn du das hinter dir hättest, was ich durchgemacht habe, würdest du nicht von Egoismus sprechen."

„Du weißt, dass ich das nicht so gemeint habe. Du bist alt genug, deine eigenen Entscheidungen zu treffen, Einar, aber ich bleibe dabei: Ich finde das so nicht in Ordnung! Du musst ihr reinen Wein einschenken und zwar jetzt und mehr habe ich dazu nicht zu sagen." Morten stand auf und zog seine Jacke an, die hinter ihm auf dem Stuhl hing. Luna wachte auf, streckte die Vorderbeine weit von sich, gähnte ausgiebig und kam dann unter dem Tisch hervor.

„Mach's gut, Luna, bis zum nächsten Mal", sagte Morten und streichelte den Hund zum Abschied noch einmal.

„Danke fürs Hunde-sitten und für deine klare Ansage! Ich werde darüber nachdenken", sagte Einar auf dem Weg zur Wohnungstür, umarmte seinen Bruder herzlich und sah ihm noch nach, wie er durch den kurzen Flur zur Haustür ging und diese hinter ihm ins Schloss fiel.

Einar ging zum Kühlschrank, goss sich ein Glas Weißwein ein und nahm noch im Stehen einen kräftigen Schluck. In der Küche war es zu eng, die Uhr zu laut. Er ging ins Wohnzimmer, wo Luna sich auf ihrem gelben Knautschlacksessel eingerollt hatte und kurz den Kopf hob, als er vorbei lief. Mit dem Glas in der Hand lief er vor der Terrassentüre auf und ab.

Er würde Helen anrufen, jetzt, sofort. Er wollte ihre Stimme hören, ihr Lachen. Wollte wissen, wie es war mit ihr zu telefonieren, einmal musste der erste Anruf ja stattfinden. Aber vielleicht würde er doch noch warten, besser erst, wenn sie zu Hause angekommen war. Er trank noch einen Schluck Wein. Sie sollte aber auch nicht darauf warten, dass er anrief, nein, auf keinen Fall sollte sie warten und sich Sorgen machen, ob er überhaupt anrufen würde. Sie sollte wissen, wie wichtig sie ihm war. Das passend ausdrücken, ihr sagen, welche Bedeutung sie inzwischen für sein Leben hatte, ohne sie immer wieder zu erschrecken und in die Flucht zu schlagen, das war eine echte Herausforderung.

„Aber wir bleiben dran, nicht wahr, Luna? Wenn wir mal eine Spur aufgenommen haben, dann bleiben wir dran!"

Ulm, Donnerstag, 30. Januar 2014

Jan - 7.20 Uhr
Hi, Mam, brauche deine Hilfe, bitte
melde dich sofort im Polizeirevier Mitte
unter 030-4664331700, danke, Jan

Helen war schlagartig hellwach: Polizeirevier Mitte? Was hatte das zu bedeuten? Sie setzte sich auf die Bettkante und wählte die angegebene Nummer. Von der diensthabenden Beamtin erfuhr sie, dass ihr Sohn gestern Abend bei einer Demonstration in Gewahrsam genommen worden sei, weil er gegen das Vermummungsverbot verstoßen und einen Beamten beleidigt habe. Außerdem habe er sich geweigert, seine Personalien anzugeben und habe Widerstand gegen seine Festnahme geleistet. Er habe das Recht mit einem Angehörigen oder einem Anwalt zu telefonieren. Er habe gesagt, er wolle seine Mutter sprechen, man werde sie daher jetzt mit ihm verbinden.

Demonstration? Vermummung? Widerstand? Das konnte nur eine Verwechslung sein. Jan würde so etwas nie tun.

„Mam? Hallo, Mam, hör zu: ich brauche einen Anwalt, einen Fachanwalt für Strafrecht, der morgen früh hier ist, wenn ich dem Richter vorgeführt werde. Kannst du dich darum kümmern, bitte?"

„Jan, bitte sag mir, dass das alles ein Irrtum ist!"

„Mam, spar uns das jetzt bitte, ich brauche einen Anwalt und meine Frage ist, ob du dich darum kümmern kannst? Kannst du einfach mal ja oder nein sagen?"

„Jan! Was wird dir denn überhaupt vorgeworfen? Ich bin sicher, dass du nichts davon getan hast, wir werden das klären, ich mache mich sofort auf den Weg nach Berlin!"

„Mam, bleib bitte, wo du bist, und besorge mir einfach einen Anwalt! Das ist nicht lustig hier und ich möchte nicht länger als nötig bleiben."

„Ich kümmere mich um einen Anwalt und bin in spätestens acht Stunden bei dir."

Helen stand auf, lief einige Runden planlos durchs Haus und landete dann in der Küche. Sie musste in die Praxis, es war schon nach acht, nein, zuerst einen Kaffee, dann eine Zugfahrkarte, dann einen Anwalt, nein, zuerst die Praxis absagen, dann Anwalt, dann Zug, dann Kaffee.

Die Praxis, oh, je! Sie konnte Evas Stimme schon hören, bevor sie zum Hörer griff: ‚Wie meinen Sie das, Frau Doktor, Sie kommen heute und morgen nicht? Die ersten Patienten sind doch schon da, sollen wir die wieder nach Hause schicken?' Vielleicht könnte ja ihr ehemaliger Chef spontan einspringen? Der war seit einigen Monaten im Ruhestand. Einen Versuch war es wert.

Gut, das wäre erledigt. Und nun? Sie kannte keinen Anwalt in Berlin, erst recht keinen Strafverteidiger – woher auch? Wen könnte sie fragen?
Anja! Natürlich, Anja kannte überall irgendwen.

Berlin, Donnerstag, 30. Januar 2014

Und Anja kannte tatsächlich einen Anwalt in Berlin. Und weil Anja eben Anja war, saß sie zwei Stunden später gemeinsam mit Helen im Zug und um 17.30 Uhr gemeinsam mit ihr in der Anwaltskanzlei von Dr. Thomas Rindorf in Berlin Mitte. Rindorf war der Bruder einer Kollegin von Anja, Helen hatte ihn gleich morgens telefonisch beauftragt. In der niedrigen, dunkelgrünen Ledersitzgruppe vor dem wuchtigen Mahagoni-Schreibtisch fühlte sie sich, als sei sie selbst die Angeklagte, klein und verloren.

„Nun, Frau Dr. Hermann, ich konnte inzwischen die Akten einsehen und Ihr Sohn hat mich autorisiert, mit Ihnen zu sprechen. Ihrem Sohn wird ein Verstoß gegen das Vermummungsverbot vorgeworfen sowie Beamtenbeleidigung und Widerstand gegen die Festnahme. Die Vermummung können wir vielleicht abbiegen. Ihr Sohn trug einen Fahrradhelm, darunter eine Sturmhaube. Es ist Januar, wir werden das also als jahreszeitlich angemessene Fahrradkleidung beschreiben. Schwierig ist, dass er im Rahmen einer Demonstration Ende letzten Jahres schon einmal in Gewahrsam genommen und erkennungsdienstlich behandelt wurde, weil er sich geweigert hatte, seine Personalien anzuge …"

„Jan wurde nicht festgenommen, das wüsste ich", unterbrach ihn Helen. Sie hatte sich im Sessel aufgesetzt, so gut das in diesen tiefen Polstern ging, und knetete ihre Hände.

„ … ich zitiere nur, was in seiner Akte steht", fuhr der Anwalt mit gerunzelter Stirn fort. „Auf jeden Fall hat er heute vor dem Telefonat mit Ihnen ja dann doch seine persönlichen Daten angegeben, und nachdem er nicht vorbestraft ist, hat er gute Chancen, dass der Richter ihn morgen nach Hause lässt."

„Aber, Herr Dr. Rindorf, das Ganze muss ein Irrtum sein, Sie hören sich an, als habe Jan tatsächlich etwas Illegales getan, und das kann ich ausschließen, ich bin seine Mutter. Er würde so etwas nie tun."

„Frau Dr. Hermann", der Anwalt hatte seine Gesichtszüge wieder perfekt unter Kontrolle, „ich bin seit mehr als 25 Jahren Strafverteidiger, und ich habe nicht mitgezählt, wie viele Mütter oder Väter schon vor mir saßen und genau das sagten. Für den Moment ist es völlig unerheblich, was er getan hat. Bis zum Beweis der Tat gilt die Unschuldsvermutung, und auf dieser Grundlage werden wir ihn morgen da rausholen."

„Ich kann das alles nicht fassen", sagte Helen. „Wir gehen ihn jetzt auf jeden Fall besuchen, dann wird sich das sicher alles aufklären."

„Ich fürchte, da werden Sie bis morgen warten müssen. Besuche sind im Polizeigewahrsam nicht möglich. Wir sehen uns dann morgen früh auf dem Präsidium", sagte Dr. Rindorf, stand auf und begleitete die beiden Frauen hinaus.

Später im Hotel war Helen den Tränen nahe: „Glaubst du, dass Jan vermummt auf eine Demonstration geht? Dass er Widerstand gegen seine Festnahme leistet? Falls ja, kannst du mir sagen, was ich falsch gemacht habe?"

„Es geht doch hier nicht um richtig oder falsch, Helen! Ich weiß ehrlich gesagt nicht, was ich glauben soll. Ich denke, man wird in Deutschland nicht völlig ohne Grund verhaftet …" Anja hatte sich auf ihrer Hälfte des Doppelbetts ausgestreckt und schaute die Decke an.

„Aber das muss ein Missverständnis sein oder eine Verwechslung, Jan würde doch nicht mutwillig gegen Gesetze verstoßen", sagte Helen.

Anja stand auf, ging zu dem kleinen Kühlschrank und goss ihnen einen Absacker aus der Minibar ein. „Hier, trink einen Schluck und dann lass uns versuchen, ein wenig zu schlafen, wir können heute nichts mehr tun."

„Danke, dass du mit mir hier bist!", sagte Helen und trank den Whisky in einem Zug leer.

Berlin, Freitag, 31. Januar 2014

Die richterliche Anhörung war kurz, die Strategie von Dr. Rindorf erfolgreich. Der Polizeigewahrsam wurde beendet, und wenig später war Helen gemeinsam mit Anja und Jan auf dem Weg in seine Wohnung.

Schon in der U-Bahn konnte sie kaum an sich halten: „Kannst du mir jetzt bitte mal sagen, was hier eigentlich vor sich geht? Warum bist du ,polizeibekannt'? Wieso weiß ich nichts davon, dass du im Dezember schon einmal in Gewahrsam genommen wurdest? Ist das wahr, was der Richter gesagt hat? Was hast du dir dabei gedacht? Sprich mit mir!"

Anja bremste sie so gut es ging: „Helen, warte doch wenigstens, bis wir zu Hause sind, das ist doch wirklich kein Thema für die U-Bahn."

Jan schwieg. Er schwieg auch noch, als sie in seiner Wohnung an dem kleinen Küchentisch saßen und Anja für alle einen Tee gekocht hatte.

Helen ließ nicht locker: „Ich habe nicht die Absicht, von diesem Stuhl aufzustehen, bevor ich von dir eine Erklärung für dein Verhalten bekommen habe. Sieh mich an, wenn ich mit dir spreche!"

„Jetzt klingst du schon fast wie Oma", war das erste, was Jan von sich gab. Er zog sein Handy aus der Tasche und vertiefte sich seine Textnachrichten.

Helen ballte die Hände zu Fäusten. Ruhig atmen und sitzen bleiben, nicht aufstehen jetzt, nicht in Bewegung kommen, ruhig bleiben.

„Mag sein, aber ich weiß nicht, ob ich mich so beherrschen kann wie Oma. Du bist mir ein paar Antworten schuldig, und ich werde nicht tatenlos zusehen, wie du deine Zukunft ruinierst!" Sie biss die Zähne zusammen und verschränkte ihre Finger ineinander.

„Ich ruiniere gar nichts, im Gegenteil, ich kämpfe für meine Zukunft", erwiderte Jan und sah sie herausfordernd an.

„Ah, ja, interessant. Ärger mit der Polizei provozieren, eine Vorstrafe riskieren und möglicherweise von der Uni fliegen nennst du also *für deine Zukunft kämpfen?*"

Jan verdrehte die Augen. „Mam, du hast doch echt überhaupt keine Ahnung, was abläuft in der Welt. Du sitzt zufrieden und maßlos privilegiert in deiner schwäbischen Provinz und hältst dich für engagiert, weil du ab und zu die Zeitung liest und Obama gut findest. Tut mir leid, aber das reicht nicht!" Er hatte sein Handy zur Seite gelegt und trank einen Schluck Tee.

„Wie redest du denn mit mir, Jan? Schlag mal einen anderen Ton an, bitte! Du bist wirklich nicht in der Situation, mir irgendwelche Vorhaltungen zu machen, ich darf dich daran erinnern, dass du vor zwei Stunden noch in einer Zelle gesessen bist."

Helens Stimme klang schrill und angespannt, aber das war ihr gerade völlig egal.

„Du kapierst es einfach nicht, Mutter! Solche Aktionen wie gestern sind notwendig, damit die Menschen verstehen, was hier abläuft. Wer das Geld hat. Wohin das Geld fließt und wer davon profitiert. Immerhin hat die TAZ ausführlich über unsere Demo berichtet, und bei den nächsten Aktionen werden es auch andere Zeitungen bringen."

„Bei den nächsten Aktionen? Geht's noch? Es wird keine nächsten Aktionen geben! Du kommst mit nach Hause! Du glaubst doch nicht im Ernst, dass ich dich nach all dem weiter alleine hier lasse. Ich war von Anfang an gegen dieses Berlin und jetzt siehst du ja, wohin es dich gebracht hat: in den Knast." Ihr Kopf glühte und sie öffnete den oberen Knopf ihrer Bluse. Heiß war es hier drinnen.

Jan grinste. Wie konnte er sich unterstehen, in dieser Lage auch noch zu grinsen? War dieser junge Mann wirklich ihr Sohn? Sie war so wütend, dass sie an sich halten musste, ihm keine Ohrfeige zu geben ..., sie knetete weiter ihre Finger stattdessen.

Nichts hielt sie mehr auf dem Stuhl, still sitzen war tödlich. Hier stehen auch. Die Küche war viel zu klein, um sich zu bewegen, zumal noch zwei andere Personen am Tisch saßen. Um sich schlagen, das Geschirr vom Tisch fegen, Jan schütteln, um ihn zur Vernunft zu bringen ..., alles unmöglich. Sie zwang sich zurück auf ihren Stuhl. *Atmen!* Atmen nicht vergessen ...

„Mam, du vergisst in deinem Ansturm mütterlicher Gefühle eine Kleinigkeit: ich bin 22 Jahre alt, vor dem Gesetz also seit vier Jahren volljährig, und die Frage, ob du mich alleine irgendwo sein lässt, stellt sich nicht. Ich bin da, wo ich sein will, und das ist hier in Berlin."

„Ach, ja, jetzt sind wir also erwachsen. Wenn du in der Klemme steckst, dann bin ich gut genug, um anzutanzen und dich da raus zu holen ..."

„Ich habe dich nicht gebeten, her zu kommen!"

„ ... unterbrich mich gefälligst nicht! ... und kaum hast du wieder eine

Handbreit Wasser unterm Kiel, kommst du mir mit Selbstbestimmung. Mir wird ganz schlecht bei dem Gedanken, was alles hätte passieren …"

„Hört sofort auf! Alle beide! Das ist ja nicht zu ertragen", unterbrach Anja ihr Wortgefecht. Sie war aufgestanden und sah die beiden abwechselnd an. „Ihr haltet jetzt beide die Klappe und atmet mal tief durch. Und du, Jan, ziehst deine Jacke an und gehst mit mir eine Runde vor die Tür! Und du, Helen, legst dich eine Stunde aufs Ohr! Mir scheint, du bist noch voll übernächtigt von Norwegen, dem Frühstart gestern Morgen und der schlaflosen Nacht. Und nein, wir diskutieren das jetzt nicht, wir machen das genau so!"

Und genau so hatten sie es gemacht. Natürlich hatte Helen nicht schlafen können, sie hatte das Sofa mit einem feuchten Tuch sauber gewischt und sich hingelegt, hatte aber nach zwanzig Minuten ruhelosen hin und her Drehens aufgegeben und einen Spaziergang um den Block gemacht.

Die Bewegung tat gut, die kalte Luft ebenso. So zornig …, so dermaßen zornig …, Holz hacken wäre jetzt das richtige oder Kick-Boxen …, beides schwierig so aus dem Stand und mitten in der Stadt. Dann wenigstens schneller gehen, außer Atem kommen, sich anstrengen, keuchen. Dem Zorn davon laufen, ihn stehen lassen, wieder zur Ruhe finden. Leicht gesagt. Sie blieb stehen und stampfte mit dem Fuß auf. Und noch einmal. Das tat gut. Rumpelstilzchen. Nein, sie würde sich nicht in der Mitte entzwei reißen. Lächerlich.

Sie würde einsehen, dass sie nichts tun konnte. Sie musste es einsehen. Sie konnte sich aufregen bis zum Platzen, aber sie konnte Jans Verhalten nicht verändern, unerträglich der Gedanke. Sie konnte nichts tun außer da sein und ihn unterstützen, wenn er darum bat und es zuließ. Und ihm vertrauen. Wie gut, dass Anja mitgekommen war! Vielleicht würde er mit ihr sprechen. Sie hatte einen guten Draht zu Jan, schon immer. Sie war die Einzige gewesen, die in seine Nähe durfte, wenn er als Dreijähriger seine gefürchteten Schreianfälle hatte, und sie war es auch, zu der er mit seinem ersten Liebeskummer gegangen war.

Der Abschied von Jan fiel ihr schwer. Natürlich tat es ihr leid, dass sie ihn so angeschrien hatte. Auch er schien sich nicht wohl zu fühlen in seiner

Haut, und so schlichen sie eine Weile wortlos umeinander herum, bis es Zeit war, sich zu verabschieden.

„Glaubt ja nicht, dass ich euch so aus der Nummer raus lasse", sagte Anja in ihrem Oberschwester-Martha-Ton, der auch nicht den geringsten Widerspruch duldete, „ich warte unten und ihr verabschiedet euch jetzt anständig voneinander!" Sie umarmte Jan, nahm ihre Tasche und ging.

Helen schluckte und sah ihren Sohn an. Jan stand vor ihr, gut einen Kopf größer als sie, beide Hände tief in den Taschen seiner Jeans vergraben, und die betonte Lässigkeit, die er vorhin noch mit seiner Handy-Spielerei unterstrichen hatte, wich langsam dem vertrauten, aufmerksam-kritischen Blick, mit dem er sie ansah, seit er angefangen hatte, selbstständig zu denken.

„Mam", sagte er und nahm seine Hände aus den Taschen, „danke, dass du da warst!"

„Für dich immer", sagte Helen und ging einen Schritt auf ihn zu. Wenn sie klein sind und von der Schaukel fallen und haben eine Schramme oder eine Platzwunde, dann denkst du, das ist schlimm und alles wird besser, wenn sie erst einmal sicher laufen oder Rad fahren können. Nichts wird besser, das hatte sie inzwischen begriffen, die Sorge nicht und erst recht nicht die Angst.

„Du kannst mir vertrauen, glaub mir", sagte Jan und kam ebenfalls einen Schritt näher.

„Ich weiß." Jetzt war sie wieder dran, und Helen machte einen Schritt und öffnete die Arme.

„Komm her, mein Großer!"

Jan ging auf sie zu und sie nahm ihn in die Arme. Wenn es darauf ankam, waren sie ein gutes Team.

Ulm, Samstag, 8. Februar 2014

„Wie lange haben wir uns nicht gesehen?", fragte Helen.

„Zwei Jahre mindestens", antwortete Thilo, „vielleicht sogar drei?"

Das Schlimme war, sie konnte sich tatsächlich nicht daran erinnern, wann sie ihn das letzte Mal gesehen hatte.

Geschwister. Gibt es eine Regel, wie oft man sich sieht oder spricht? Wie viel man voneinander weiß oder voreinander verbirgt? Wenn Helen an ihren Bruder Thilo dachte, war sie ratlos. Es gab eine Zeit, da waren sie so eng miteinander gewesen, hatten ihre eigene Geheimsprache entwickelt, zusammen an der Lahn gespielt, waren durch die Wälder gestreift als Indianer oder als die *echte* Bande von Robin Hood. Und irgendwann war das alles vorbei. Es war nach dem Tod ihres Vaters gewesen. Oder doch erst später? Helen wusste nicht genau, wann Thilo und sie sich verloren hatten, aber sie wusste, dass es so war. Er war ihr Bruder, und sie wusste außer seiner Adresse und Telefonnummer und dem Uhrwerk-artigen Rhythmus, in dem er Mutter besuchte, nichts von seinem Leben. Kariertes Hemd, meist rotblau, Levis Jeans mit braunem Ledergürtel, daran die Handy-Tasche – ja, ihr Bruder hatte noch immer eine kleine Ledertasche an seinem Gürtel, in der sich sein Handy befand – braune Halbschuhe dazu, Kurzhaarschnitt Typ Elektroingenieur, all das seit Jahren unverändert. Alles Äußerlichkeiten, eigentlich unwichtig. Was Thilo wichtig war? Sie hatte nicht die geringste Ahnung.

Zu Jans 18. Geburtstag war er nicht gekommen, ihre letzte Begegnung musste also bei Elvira gewesen sein, aber sie wusste nicht mehr, zu welchem Anlass. Außer der gemeinsamen Sorge um ihre Mutter gab es nichts, was sie mit Thilo verband. Nichts mehr. Eine graue Leere und vage Vermutungen, da wo früher Lachen und Toben gewesen war. Auch als das Lachen vorbei war, in den Monaten nach Vaters Tod, hatten sie stundenlang zusammen in Thilos Zimmer gesessen und Musik gehört, meist Jazz, ruhige, langsame, oft melancholische Stücke, manchmal auch total schrillen, schrägen Freejazz, Chaos pur …, Thilo hatte damals schon diese Musik-Vorliebe. Sie wusste nicht, wie er darauf gekommen war.

Sie hatte manchmal geweint, Thilo nie, zumindest nicht, wenn sie dabei war. Damals waren sie so eng gewesen, sie hatte ihn nur anschauen müssen und gewusst, ob er an die Schule dachte oder an das Abendessen, das sie später zubereiten würden, oder an den Hund, den er sich so sehr gewünscht und nie bekommen hatte.

Jetzt schaute sie ihn an und spürte nichts. Er war ihr so fremd, wie jemand fremd sein kann, mit dem man fünfzehn Jahre lang fast täglich gemeinsam gefrühstückt hat. Er war ihr Bruder – wo war das Band?

„Egal, wie lange es her ist, jetzt bist du hier, das zählt! Ich freue mich! Wie geht es dir? Was machst du – außer dich vorbildlich um Mutter kümmern?"

Als Thilo angerufen und gefragt hatte, ob er am Wochenende vorbeikommen könne, war Helen völlig verblüfft gewesen. Er hatte sie noch nie in Ulm besucht. Wenn überhaupt waren sie sich in Bad Ems bei Elvira begegnet oder sie hatte auf der Fahrt dorthin in Karlsruhe bei ihm vorbeigeschaut. Keine Idee, was der Anlass seines Besuchs sein könnte. Und schade, über den Anlass seines Besuchs überhaupt nachzudenken – er war ihr Bruder! Wenn das nicht als Anlass reichte.

„Es geht mir gut. Die Arbeit läuft, wir haben ein neues Projekt in Stuttgart, da bin ich manchmal für ein paar Tage unter der Woche und ansonsten wird die Firma immer größer. Und bei dir? Wie läuft deine Praxis? Mutter sagte, du hast dich selbstständig gemacht?"

Helen schluckte. So lange hatten sie sich nicht gesprochen? Unfassbar! Sie erzählte, dass die Praxis gut liefe, von Anfang an, inzwischen drei Jahre und dass sie im Neu Ulmer Krankenhaus operiere, hauptsächlich Schultern, was auch an der Uni schon ihr Spezialgebiet gewesen war.

„Das klingt gut. Ich würde mich auch von dir operieren lassen, wenn ich ein Problem hätte. Du machst das bestimmt sehr sorgfältig. Wenn ich daran denke, wie du früher beim Kochen die Zutaten angerichtet hast …"

„Lustig, dass dir das jetzt einfällt. Ich habe tatsächlich überlegt, ob wir zur Feier des Tages eine Kleinigkeit zusammen kochen, so wie früher?"

„Gerne! Was hast du an Zutaten im Haus?"

Helen stand auf, ging zum Kühlschrank und legte nach einander eine Tüte Feldsalat, eine Schale Pilze, einen Bund frische Salbeiblätter, eine Zitrone, eine Packung Gnocchi und ein Stück Parmesan auf die Anrichte.

Thilo war ebenfalls aufgestanden und schaute ihr über die Schulter. „Das sieht gut aus, Gnocchi habe ich schon ewig nicht mehr gegessen. Ich vermute mal, du hast auch den passenden Wein dazu?"

Das fühlte sich vertraut an, fast wie früher. „Ja, steht schon kalt. Zum Salbei habe ich einen Silvaner ausgesucht, aus Franken, bin gespannt, wie er dir schmeckt."

„Es kocht sich ja viel besser mit einem kleinen Probierschluck", antwortete Thilo, nahm die Flasche aus dem Kühlschrank und goss ihnen je einen Schluck ein.

„Auf die Familienbande", sagte er und hob sein Glas.

„Auf kleine Brüder und große Schwestern", antwortete Helen und stieß mit ihm an. Sie bereitete den Salat und die Pilze zu, er die Gnocchi.

Während er den Käse rieb, schenkte er sich einen Wein nach und fragte nach seinem Patenkind:

„Was macht Jan? Hat er sich gut eingelebt in Berlin?"

Helen zuckte zusammen. Falsche Frage. Nicht jetzt. Oder doch? Wieso eigentlich nicht? Wozu hat man Familie? Und schließlich war Thilo Jans Patenonkel.

„Wenn du mir schwörst, dass du nicht mit Mutter darüber sprichst, antworte ich ehrlich auf deine Frage. Ansonsten sage ich ‚alles in Ordnung'."

Thilo schaute sie erstaunt an: „Mit Muttern über das sprechen, was du mir von Jan erzählst? Wie kommst du denn auf so eine Idee?"

„Na, ja, du fährst alle 14 Tage übers Wochenende zu ihr und das seit vielen Jahren. Was weiß ich, was du mit ihr besprichst oder auch nicht. Ich weiß nur, dass sie sehr neugierig und interessiert ist." Thilo goss sich ein weiteres Glas Wein ein und pflückte die Salbeiblätter in die Pfanne zu der langsam zerfließenden Butter.

„Ich werde ihr nichts von dem erzählen, was wir sprechen, ich werde ihr nicht einmal sagen, dass ich hier bei dir war. Großes Indianer-Ehrenwort! Schieß los, was ist mit Jan?"

Helen schnitt die Pilze klein und mischte sie unter den Salat. „Letztes Wochenende war ich mit Anja in Berlin, um ihn aus dem Gefängnis zu holen. Er war in Polizeigewahrsam, weil er sich auf einer Demo vermummt und Widerstand gegen die Auflösung geleistet hatte. Dann hat er sich auch noch geweigert, seine Personalien anzugeben. Ich könnte jetzt noch platzen, wenn ich denke, wie er sich aufgeführt hat."

„Moment mal, sprechen wir von der gleichen Person? Mein smarter, braver Neffe, der immer fleißig Saxophon übt? Verhaftet? Ich glaub's nicht!"

„Ja, von genau dem sprechen wir, und ich habe es auch nicht geglaubt. Aber das eigentlich Schlimme ist, dass er keinerlei Unrechtsbewusstsein hat, sondern überzeugt ist, dass reden nicht mehr helfe und dass Aktionen notwendig seien. Er war mir so fremd in dieser Situation und ist es immer noch, total verschlossen, ich erreiche ihn nicht. Er macht einen auf erwachsen und hat auch mit Anja nur wenig gesprochen. Die hat ja eigentlich immer einen ganz guten Draht zu ihm. Ich mache mir solche Sorgen."

„Bei dem Anlass kann ich deine Besorgnis ausnahmsweise mal gut verstehen. Magst du auch noch einen Schluck Wein?"

„Ich habe noch, danke!"

Thilo goss sich den Rest der Flasche ein. „Gute Wahl, dein fränkischer Silvaner!"

„Ich dachte eigentlich, wir trinken den zum Essen. Einen anderen habe ich jetzt nicht kalt gestellt. Magst du dann später noch einen Schluck Rotwein? Passt zwar nicht so gut, geht aber auch."

Helen stellte große Pasta-Teller auf den Tisch, passende kleine Salatschälchen dazu und faltete die grün-weißen Servietten mit Kräuter-Aufdruck in Form eines Fächers. *So war es gut.*

Thilo schwenkte die Gnocchi noch kurz in der Salbeibutter, gab den geriebenen Parmesan dazu, legte eine Serviette unter und stellte sie in der Pfanne auf den Tisch. Helen runzelte die Stirn.

Jan. Sie hatte seit dem Wochenende nicht mehr mit ihm gesprochen. Zwei Mal hatte sie angerufen, und er war nicht ans Telefon gegangen. Ihre Textnachrichten ließ er unbeantwortet.

„Was wirst du jetzt tun mit Jan?", fragte Thilo und probierte die ersten Gnocchi.

„Ich habe nicht die geringste Ahnung. Anfangs habe ich getobt, dann habe ich gesagt, er muss mitkommen nach Hause. Er hat nur gelacht und gesagt, dass sein Zuhause in Berlin sei. Ich kann definitiv nichts machen. Ich komme mir so hilflos vor, du kannst dir das gar nicht vorstellen. Das Einzige, was ich tun kann und auch getan habe, ist ihm einen guten Anwalt besorgen und bezahlen. Und darauf vertrauen, dass er irgendwie selbst zur Vernunft kommt oder doch auf irgendjemand Vernünftiges hört."

„Das mit dem Anwalt ist gut. Das Essen übrigens auch. Ich bin sicher, wenn sich der erste Stress gelegt hat, wird er auch wieder mit dir reden, ich habe ihn nicht als den großen beleidigten Schweiger in Erinnerung."

Es tat gut, das zu hören, aber wann hatte Thilo ihren Sohn zum letzten Mal gesehen? Was konnte er über Jans Schweige- oder Redegewohnheiten wissen? Wenn sie nicht daneben lag, war es Weihnachten vor sechs Jahren gewesen, also schon eine Weile her.

„Wie war das noch mal mit dem Rotwein, Schwesterchen?", fragte Thilo.

Helen hatte ihren Salat gegessen und wandte sich den Gnocchi zu. Das Essen auf Thilos Teller war nahezu unberührt.

„Links unten im Regal in der Speisekammer, der Spätburgunder, kommt auch aus Franken, der sollte passen."

Thilo holte den Wein, öffnete die Flasche und wollte sein Glas an der Spüle kurz ausschwenken. Helen war schneller und hatte zwei Rotweingläser auf den Tisch gestellt.

„Ach, ja, ich vergas, die Etikette. Na, dann lass uns doch auf Jan anstoßen und darauf, dass er gut aus dieser Geschichte wieder raus kommt!", sagte Thilo und hob sein Glas. „Bei Anwalt bezahlen fällt mir eine Sache ein, die ich gerne mit dir besprechen würde, Helen."

Ah, jetzt kommt's! Jetzt wird er damit rausrücken, warum er eigentlich hier ist. Eigentlich war sie noch bei Jan. Nur auf ein gutes Ende anstoßen, war zu wenig, ein guter Rat oder eine Idee wäre gut … Sie trank einen Schluck Wein. *Zuhören.* Was sagte Thilo da?

„ … nun, ich brauche keinen Anwalt, aber ich könnte vorübergehend eine gewisse finanzielle Unterstützung gebrauchen. Und ich dachte, bevor ich das jetzt groß mit einer Bank abwickle, frage ich erst einmal bei dir nach, ob du mir eventuell bis zum nächsten Sommer mit ein paar Euro aushelfen kannst?"

Euro? Es ging Thilo also um Geld. Ihr ging es um Jan, das war mit Geld nicht zu lösen. Die bezahlte Anwalts-Rechnung brachte ihren Sohn nicht zurück.

„Grundsätzlich schon, aber ein wenig genauer wieviel und wofür und bis wann wäre schon hilfreich", antwortete Helen. Thilo in Geldnöten? Das passte so gar nicht zu ihrem Bild von ihm. Genauso wenig wie die Geschwindigkeit, mit der er den Wein in sich hinein goss.

„Nichts Großes, keine Sorge. Weißt du, es gibt da eine phantastische Gelegenheit aus einem Nachlass eine originale Sammlung von Jazz-Platten aus den 60er Jahren zu kaufen. Da sind echte Perlen dabei und absolute Raritäten, zum Beispiel Lou Smith von 1958. Problem ist, es gibt mehrere Interessenten und der Nachlassverwalter will das Geld sofort."

Thilo schaute sie erwartungsvoll an. Gegessen hatte er noch immer nichts.

„Von wie viel Geld sprechen wir?", fragte Helen und kaute auf ihrer Unterlippe.

Thilo schenkte sich ein weiteres Glas Wein ein. „Ich sagte ja schon, es ist ein phantastisches Angebot, und es sind Scheiben dabei, die ich wirklich schon sehr lange haben möchte. Für Stücke in dieser Qualität sind 50.000 Euro eine echte Gelegenheit. Für dich dürfte das doch eine machbare Summe sein, oder? Wegen der anderen Interessenten brauche ich das Geld schnell, am besten schon morgen. Morgen Abend gibt es den Zuschlag, und wenn ich dann nicht zahlen kann, ist ein anderer am Zug."

Helen zog die Stirn in Falten. „Wie stellst du dir das vor, Thilo? Denkst du, ich habe 50.000 Euro unter dem Kopfkissen liegen und hole die mal eben runter? Ich habe vor drei Jahren einen Kassensitz übernommen und die Praxis finanziert. Einen solchen Betrag muss ich auch leihen, um dir aushelfen zu können. Gibt es keine andere Möglichkeit? Ich helfe dir ja gerne, aber bis morgen sehe ich da echt keine Chance." Wer war dieser Mann, der da mit ihr am Tisch saß? Ein trinkender Fremder in Geldnöten. Wo war ihr Bruder?

Thilo sank kurz im Stuhl zusammen wie ein Patient, dem ein Krebsgeschwür offenbart wurde, dann richtete er sich auf und sah sie an. „Komm, Helen, erzähl mir nicht, dass du kein Geld flüssig hast! Du bist seit zwanzig Jahren Ärztin. Wie viel könntest du denn bis morgen beschaffen?"

Thilos Gesicht war gerötet, feine Schweißperlen standen auf seiner Stirn, seine Augen glänzten eher glasig als freudig, seine Zunge fuhr unruhig über die Lippen und wieder griff er zum Glas und nahm einen großen Schluck Rotwein.

Nichts an ihm kam ihr bekannt vor. Die Küche wurde enger und kleiner, die Luft knapper. Das Fenster. Sie würde das Fenster öffnen. Unsinn. Es war Anfang Februar, unter Null Grad draußen. Helen griff an ihren Hals und zog den Rollkragen ihres Pullovers von sich. Platz machen. *Atmen.*

„Ich werde darüber nachdenken", sagte sie. „Für heute reicht es mir. Ich gehe noch eine Runde mit Frodo vor die Tür. Dein Bett habe ich dir ja schon gezeigt, ansonsten nimm dir, was du brauchst."

Helen stand auf und rief nach Frodo. Nein, sie würde jetzt nicht den Tisch ab- und die Spülmaschine einräumen. Sie musste hier raus. Auf der Stelle. Sonst würde sie ersticken, an ungesagten Worten, nagendem Zweifel und brennender Leere.

Der Tisch war abgeräumt, als sie zurück kam. Die Worte waren noch immer ungesagt.

Einar - 22.45 Uhr
Abends vermisse ich dich am meisten.
Wäre schön, jetzt mit dir am Feuer zu
sitzen.

> Helen - 22.46 Uhr
> Ja, das wäre schön … Mein Bruder
> ist gerade zu Besuch, es geht
> ihm nicht gut, aber ich weiß nicht,
> warum. Er erzählt irgend etwas von
> Geld, das er kurzfristig brauche,
> aber ich glaube ihm kein Wort,
> stochere total im Nebel.

Einar - 22.49 Uhr
Der Psychiater rät: Hör auf das, was er
nicht sagt!

> Helen - 22.50 Uhr
> Werde ich probieren, schlaf gut!

Einar - 22.55 Uhr
Du auch und träum ein wenig vom
Schnee und der Weite!

Immer noch ganz in Gedanken stand Helen im Bad. Geld leihen für eine Schallplattensammlung, das passte nicht zu Thilo. Und nicht zu ihrem Gefühl von Unruhe und Sorge. Sie nahm die Zahnbürste und die Tube und hielt Sekunden später verstört inne, sie hatte ihre Tagescreme auf die Zahnbürste gestrichen.

Ulm, Sonntag, 9. Februar 2014

„Wie ist es, ständig in diesem Nebel zu leben?", fragte Thilo, als sie am späten Vormittag an der Donau entlang gingen. Frodo lief um sie herum, manchmal so weit voraus, dass er in den tief hängenden Nebelschwaden verschwand. Helen schaute dem Hund nach und spürte den Ärger über Thilos Frage wie eine zu fette Soße in ihrem Magen liegen.

„Ich weiß nicht, was ich schlimmer finde, den Donau-Nebel oder die Nebelkerzen, die du seit deiner Ankunft gestern versprühst. Ich habe keine Idee, was du von mir möchtest, Thilo. Du fährst keine 170 km, um mir von einer günstigen Jazz-Platten-Kauf-Gelegenheit zu erzählen, für die dir noch ein paar Euro fehlen. Irgendetwas ist faul. Und wenn du deswegen hier bist, dann musst du jetzt den Mund aufmachen." *Es reichte jetzt.* Nicht noch einmal das Gleiche wie gestern Abend oder heute beim Frühstück, wo Thilo zwar kaum etwas gegessen, aber viele Worte über tolle Projekte bei der Arbeit gemacht hatte.

Thilo schwieg. Sie gingen sie eine Weile nebeneinander am Fluss entlang. Die Nebel zogen über die Wasseroberfläche, an manchen Stellen so dicht, dass das gegenüberliegende Ufer nicht zu erkennen war.

„Das ist nicht so leicht wie du denkst", sagte er irgendwann leise.

Mag sein. Frodo kam mit einem Holzstück im Maul angelaufen und legte es auffordernd vor Helen ab. Sie griff danach und warf es in weitem Bogen auf den Weg vor ihnen, der Hund rannte hinterher. Thilo ging neben ihr wie ein alter Mann, mit hängenden Schultern und leicht schlurfenden Schritten, den Blick auf seine Schuhspitzen gerichtet. Seine Sprachlosigkeit war ansteckend. Helen fiel nichts ein, was sie hätte sagen können. Frodo brachte das Holzstück schwanzwedelnd zurück, legte es vor ihr ab und bellte freudig. Inmitten der bleiernen Schwere, die sich zwischen ihrem Bruder und ihr ausgebreitet hatte, wirkte die gute Laune des Hundes fast unanständig. Sie ließ das Holz liegen und ging weiter.

Nach einer gefühlten Ewigkeit sagt Thilo: „Ich bin in Schwierigkeiten, Helen, Goldberg hat mir fristlos gekündigt."

„Gekündigt? Wie das denn? Du arbeitest seit zwanzig Jahren dort, du bist doch praktisch unkündbar."

„Ich hatte eine Gehaltspfändung."

„Eine Gehaltspfändung?"

„Ja, und es war nicht die Erste. Deswegen hat er mir auch gekündigt. Er sagte, beim ersten Mal habe er noch geglaubt, dass ich die Sache wieder in den Griff bekomme, jetzt nicht mehr."

„Welche Sache? Was meint er damit?" *Thilo nervte.* Besser gesagt, seine Art zu reden nervte. Von einem Ingenieur erwartete sie Klartext.

Frodo kam mit einem neuen Holz an, legte es vor Helens Füße und wedelte freudig mit dem Schwanz. Helen ignorierte seine Spielaufforderung.

„Ich …, ich habe Schulden", sagte er schließlich mit tonloser Stimme und schaut weiter auf seine Schuhe.

„Mensch, Thilo! Ich habe auch Schulden, jeder hat Schulden."

„Du verstehst nicht, Helen!" Er wurde lauter. „Ich habe viele Schulden, sehr viele …, und wenn nicht ein Wunder passiert, weiß ich nicht, wie ich das Geld jemals zurück zahlen soll …"

Thilo war stehen geblieben. Helen sah ihn an, seine zusammengepressten Lippen, den fast flehentlichen Ausdruck in seinen Augen, wie ein Häftling in der Todeszelle, der die Antwort auf sein Gnadengesuch auspackt. Das passte alles nicht zusammen. Thilo war die personifizierte Bedürfnislosigkeit. Karierte Hemden, ein uralter Golf, die Armbanduhr von Vater, Urlaub – wenn überhaupt – pauschal in Griechenland oder auf Mallorca. Das Ganze war ein Rätsel.

Thilo schaute wieder zu Boden, schwieg und ging weiter.

„Von wieviel Geld reden wir?", fragte Helen.

„Von 300.000 Euro."

„Drei-hundert-tausend Euro?? Habe ich mich gerade verhört, oder hast du dreihunderttausend Euro gesagt? Wofür bitte hast du dreihunderttausend Euro ausgegeben? Hast du dir eine Villa auf Mallorca gekauft?" Sie war im falschen Film. Wer war dieser Mensch neben ihr?

„Ich habe das Geld nicht mehr, es ist weg."

„Wie, es ist weg? Es muss doch irgendeinen einen Gegenwert geben?"

„Es gibt keinen Gegenwert. Ich sagte doch schon, das Geld ist weg."

„Aber wie können denn dreihunderttausend Euro einfach weg sein? Hast du Aktien gekauft und verloren?"

Thilo schwieg. Sein Schweigen wurde für Helen mit jedem Schritt unerträglicher. „Thilo, jetzt sag doch bitte, was los ist, und lass mich hier nicht so im Nebel stochern!" *Granitbohrer haben es leichter.* Helen hatte keine Idee, wie sie ihn zum Reden bewegen könnte, am liebsten würde sie ihn an den Armen packen und schütteln. Die Donau floss langsam und ruhig neben ihnen her, die kahlen Bäume am Ufer spiegelten sich im Wasser.

„Ich habe das Geld verspielt." Leise, kaum hörbar hatte Thilo diesen Satz gesagt.

Und als hätte er mit diesem Satz eine Schleuse geöffnet, als würden lange zurückgehaltene Wassermassen plötzlich freigelassen, sprudelte es aus ihm heraus: „Du kannst dir nicht vorstellen, was für ein Gefühl das ist. Du stehst am Tisch, hast deinen Einsatz gemacht und die Kugel rollt …, die letzten Sekunden, bevor sie auf eine Zahl fällt …, du weißt genau, du willst das nicht, du solltest nicht hier sein, du kannst es auch gar nicht, weil du kein Geld mehr hast, du darfst es nicht, weil du dich damit ruinierst, und doch bist du wieder da und starrst auf diese kleine, weiße Kugel. Die Spannung steigt ins Unerträgliche, du hoffst, du fieberst, und wenn die Kugel gefallen ist, dann bist du der König – oder ein Nichts. Und egal wie es ausgegangen ist, du tust es wieder und wieder, du musst es tun, du hast keine Wahl.

Du denkst, du hast es in der Hand. Du gewinnst immer wieder und das ist so leicht und so prickelnd. Und du sagst dir, dass du ja abgesehen von diesem kleinen Geheimnis ein grundsolides Leben führst, ein geradezu langweiliges Leben, dem ein wenig Farbe gut steht.

Du fühlst dich so gut, wenn du gewinnst. Und du redest es dir schön, wenn du verlierst, und du bist sicher, du wirst das Geld wieder rein holen, beim nächsten Mal.

Am Anfang hast du kaum Gelegenheit zu spielen, nur in Bad Ems, an den Besuchs-Wochenenden, und selbst da kannst du nicht stundenlang verschwunden sein. Du hast alles im Griff, über Jahre, bis zu dem Tag, an dem du zum ersten Mal nach Baden-Baden fährst und dann nach Stuttgart, beides nicht weit, das ist der Anfang vom Ende. Du probierst alles. Setzt dir Limits. Verbietest dir, aus dem Haus zu gehen. Etwas in dir ist immer stärker, und wieder ist es passiert, und wieder verlierst du mehr Geld als du hast, und du beginnst, dir das Geld zu leihen. Zunächst ist die Bank geduldig, jetzt will sie ihr Geld zurück."

Mit allem hätte sie gerechnet, Aktienverluste, ein verlorener Prozess, ein uneheliches Kind, was auch immer, aber Thilo ein Spieler – das wollte nicht in ihren Kopf. Dieser kontrollierte, vernünftige Mensch am Roulette-Tisch? Unvorstellbar!

„Ich bin am Ende. Wirst du mir helfen, Helen?", fragte er in die Stille.

„Ja, ich werde dir helfen, aber ich weiß noch nicht wie."

„Es ist so …, Ich …, ich schäme mich so."

Helen blieb stehen und nahm ihren kleinen Bruder in die Arme. Eigentlich überragte er sie um einen halben Kopf, aber in seiner zusammengesunkenen Verzagtheit lehnt er seine Stirn an ihre Schläfe. Die Nähe war ungewohnt, Robin Hoods Gesellen umarmen sich nicht. Die Nähe tat gut, verband lose Enden.

Auf dem Rückweg hatte sich der Nebel ein wenig gelichtet, immerhin sah man Frodo jetzt seine Kreise ziehen.

Helen - 13.46 Uhr
Würdest du einem Spielsüchtigen
unter genau festgelegten, kontrollierten Rückzahlungs-Bedingungen
Geld leihen?

Einar - 13.48 Uhr
Würdest du einem Alkoholiker unter
genau festgelegten, kontrollierten
Bedingungen Alkohol einschenken und
ihn damit alleine lassen?

Sie saßen wieder in der Küche, diesmal ohne Wein, stattdessen hatte Thilo einen Stift in der Hand und notierte: *Arbeitsagentur, Schuldnerberatung, Suchtberatung, Gamblers Anonymous, Termin Chef.* Bis hierher hatte Helen die Liste diktiert. Er selbst fügte noch ,*Mutter*' und ,*Jan*' hinzu.

„Gleich morgen! Du wirst gleich morgen bei den ersten beiden anrufen, die anderen im Laufe der Woche. Versprichst du mir das?"

„Ja, ich werde es versuchen. Aber …, könntest du vielleicht mit Mutter reden?"

Thilo lächelte, als er sich verabschiedete. Ein wenig gequält, aber er lächelte. „Ich hätte nie gedacht, dass ich das mal einem Menschen erzählen könnte, danke!"

„Gut, dass du dich getraut hast! Ich rufe dich morgen Abend an, um zu hören, was deine Telefonate ergeben haben. Und was deine Frage nach dem Nebel angeht: mit der Zeit gewöhnt man sich daran, aber es ist unglaublich schön, wenn das Frühjahr kommt!"

Memmingen, Mittwoch, 12. Februar 2014

Noch ein kurzer Blick über die Schulter: Nein, sie kannte hier wirklich niemanden. Ganz leise und schnell hinein, unauffällig schauen, selbstverständlich tun. Die Tür fiel hinter ihr zu, kein Weg zurück.

Lingerie stand über der Tür, *Atelier für feine Wäsche* darunter. Bis Memmingen war sie gefahren, um sicher zu gehen, dass weder eine Patientin noch eine ihrer Helferinnen zufällig hier sein würden. Das zumindest hatte funktioniert – sie war die einzige Kundin im Laden. Tief und ruhig atmen. Den Satz sagen, innerlich, leise. So oft, bis er ohne äh's und hm's gesagt werden konnte.

Gefahr von rechts. Die Verkäuferin, etwa in Helens Alter, schlank, dunkelhaarig, trug eine tief ausgeschnittene, dunkelblaue Seidenbluse zum

123

schmalen, schwarzen Rock. Sie lächelte freundlich und kam auf Helen zu.

„Grüß Gott, was kann ich für Sie tun?"

Der Satz. Jetzt sollte er kommen. Fehlerfrei. Er kam nicht. Schweigen stattdessen. Helen vergewisserte sich, ob sie den Autoschlüssel auch wirklich in ihre Handtasche gesteckt hatte. Ja, da war er, zum Glück.

„Möchten Sie sich ein wenig umschauen?"

„Ja, danke." Helen atmete aus. Immerhin, etwas Zeit gewonnen. Der Satz, jetzt ... Es würde nicht gehen. Also umschauen. Und atmen. Der Weg zur Tür war frei, sie konnte jederzeit wieder gehen.

Der Laden war nicht groß. An der Wand rechts hing, in drei Etagen übereinander, farblich passend sortiert, eine große Auswahl an BHs, manche einzeln, manche im Set mit Slips verschiedener Formen: Tangas, Strings, Pantys, Hipster, Jazzpants ... Helen hatte im Internet nach aktuell gängigen Formen geschaut, der Wiedererkennungswert der Namen und Modelle war hoch. In der Mitte des Raumes stand ein großer Tisch mit Strapsen und Strümpfen, dominiert von drei Beinpaaren, die verschiedene Modelle zur Schau trugen. An der linken Wand hingen Corsagen und Negligés, vorwiegend in Schwarz und Rot, dahinter zarte Morgenmäntel, die meisten in Pastellfarben. An der Rückwand des Raumes befanden sich zwei Umkleidekabinen.

Einfach das Richtige auswählen. Nein, bloß weg hier! Es ging nicht, sie konnte das nicht. Ihr Satz, jetzt, jetzt müsste er kommen ... Helen öffnete den Mund ...

„Legen Sie doch gerne Ihre Jacke hier ab und Ihre Tasche, dann können Sie sich in Ruhe umschauen", sagte die Verkäuferin. „Möchten Sie vielleicht ein Glas Sekt?"

Das fehlte noch, ein Glas Sekt ... Helen war noch nie in einem Geschäft gewesen, in dem man ihr Sekt angeboten hatte. Aber wenn heute ohnehin alles anders war ... „Ja, danke, aber nur ein kleiner Schluck, ich muss noch fahren."

Helen legte Jacke und Tasche auf den angebotenen Stuhl. Die Verkäuferin verschwand in einer Tür neben den Umkleidekabinen und kam mit einem gefüllten Glas in der Hand zurück.

„Bitte sehr und zum Wohl!"

„Danke." Die Flüssigkeit perlte in dem langstieligen Glas. Helen nahm einen Schluck. Mit dem Sekt in der Hand und dem ersten, feinherben

Prickeln auf der Zunge wurde es etwas leichter.

„Suchen Sie etwas Bestimmtes?"

Jetzt oder nie. „Ja, äh, ich suche, also ich meine … Ich hätte gerne einen BH mit passendem Slip dazu, etwas Schönes, für eine besondere Gelegenheit, Größe 70A und 38, bitte." Es war draußen, ihr Satz war gesagt! Darauf noch einen kleinen Schluck. Der Sekt perlte angenehm kühl auf ihrer Zunge.

„Ich verstehe, gerne. Bevorzugen Sie eine bestimmte Marke?"

„Marke? Äh … nein. Keine bestimmte Marke."

„Und haben Sie schon eine Vorstellung zur Farbe?"

„Farbe … tja, … Was würden Sie mir denn empfehlen?" Helen hielt sich am Stil des Sektglases fest, atmen, ruhig atmen und sprechen.

Die Verkäuferin musterte Helen mit geübtem Blick. „Nun, oft wählt man ja für besondere Gelegenheiten Schwarz, aber jetzt im Winter, wenn die Haut eher blass ist, und bei Ihrem Teint, da würde ich fast zu etwas Hellerem raten, Elfenbein vielleicht oder ein Nude-Ton. Ein ganz helles Rosé könnte auch gehen. Sie sind ja ein sehr sportlicher Typ, von der Form her würde da etwas Verspielteres einen interessanten Kontrast bilden. Wenn Sie die eine Kabine nehmen möchten, dann bringe ich Ihnen mal eine erste Auswahl."

Kabine, ja, nur weg hier. Helen ging nach hinten, schob den beigen Vorhang zur Seite und betrat den kleinen Raum. Die Wand vor ihr war bis zur Decke verspiegelt, auf der linken Seite stand eine kleine Anrichte mit einer Tissue-Box, rechts ein Hocker, darüber einige Haken an der Wand. An einem davon hing eine Einweg-Haube aus dünnem Vlies. Da stand sie nun, und ihr Spiegelbild in Jeans und Pullover blickte sie kritisch an, eigentlich hätte sie sich für diesen Anlass auch mal was Schickeres anziehen können. Noch ein kleiner Schluck Sekt. Atmen, ruhig bleiben, eigentlich lief doch alles bestens.

Für die Verkäuferin schien ihr Gestammel nicht außergewöhnlich zu sein, zumindest wirkte sie gleichbleibend freundlich und routiniert. So, als sei es das normalste auf der Welt, wenn eine 43-jährige Frau, die vor 22 Jahren zum ersten und letzten Mal in ihrem Leben Sex gehabt hatte, in eine Lingerie ging und dort in Vorbereitung auf die zwar völlig unwahrscheinliche, aber nicht hundertprozentig auszuschließende Wiederholung dieses Lebensereignisses ein besonderes Wäsche-Set kaufte. Vielleicht war das ja normal. Für andere Frauen. Anja hätte sicher gewusst, was und wie man hier einkaufte. Aber Anja war nicht hier, sie war hier, ganz alleine.

Die Verkäuferin legte vier Wäschegarnituren auf die kleine Anrichte: eine in Cremeweiß, zwei in Nude und eine in Rosé. „Das hier wären meine ersten Empfehlungen, alles Farbtöne, die wunderbar mit ihrem Teint harmonieren", sagte sie mit Blick auf Helens Gesicht im Spiegel, verließ die Kabine und zog den Vorhang hinter sich zu.

Womit anfangen? Helen zog langsam Jeans und Pullover aus. Im Spiegel sah sie ihre langen Beine, den sportlich gestreiften Hüftslip und das dunkelblaue Baumwoll-Bustier, das schon einige Waschgänge hinter sich hatte – *elegant geht anders*. Sie griff nach dem Glas, das neben der Wäsche auf der Anrichte stand und trank den letzten Schluck Sekt. Die Nude-farbenen Sets legte Helen zur Seite, wenn die Farbe schon ‚nackt' hieß, konnte man sich das doch gleich sparen.

„Ich fange mal mit der cremefarbenen an", sagte sie mehr zu sich selbst.

„Eine hervorragende Wahl", hörte sie die Stimme der Verkäuferin draußen. „Die Spitze des BHs wird in Italien gefertigt, nach dem Vorbild alter florentinischer Muster, *Frastaglio* heißt diese Technik. Die zarte Panty dazu passt sicher sehr gut zu Ihren schmalen Hüften."

Helen zog die Panty über ihren Slip an, dann den BH. Die Farbe war perfekt. Und auch die Form. Ein Schmeichler. Die fast durchsichtige Spitze spielte mit ihren kleinen Brüsten und zauberte ein wunderschön gerahmtes Dekolleté.

„Darf ich?", fragte die Verkäuferin durch den geschlossenen Vorhang.

Was war denn jetzt noch? Dass es passte, konnte sie doch selbst sehen. „Äh, ja, bitte".

Die Verkäuferin schob den Vorhang ein wenig zur Seite und trat auf Helen zu. „Wirklich ganz bezaubernd! Darf ich hier mal anfassen?"

Helen konnte kaum nicken, wollte sie das wirklich? Da spürte sie die zarten Hände der Verkäuferin, die mit geübter Präzision ihre Brüste umfasste und sie behutsam ein wenig nach innen schob. Die Berührung elektrisierte sie, so lange hatte niemand ihre Brüste berührt und jetzt ausgerechnet diese fremde Frau. Aber irgendwie fühlte es sich auch gut an, und ihr Dekolleté wirkte so noch schöner.

„Das sitzt perfekt. Wie fühlen Sie sich damit? Gefällt Ihnen der Stil?"
Die Verkäuferin blieb in dem noch halb geöffneten Vorhang stehen und
schaute Helen an.

Viel zu viele Fragen. Leider war der Sekt alle. Wie fühlt man sich als 43-jäh-
rige Quasi-Jungfrau? Besch … eiden, um es kurz zu machen. Ihr Spiegelbild
schaute fremd aus in diesem Kostüm, das nie jemand an ihr sehen würde,
in dieser filigranen Verkleidung, die aus der sportlichen Ärztin in Jeans eine
feinfühlige, zarte Frau machte. Sie war hierher gekommen, um ein Stück Normalität zu kaufen, doch Normalität ließ sich nicht kaufen. Sie konnte nicht
einfach so tun, als wisse sie, was zu tun sei. Als könne sie bei den *erfahrenen
Mädels* mitspielen. Es würde auffallen, es war zu fremd. Ihr Körper war mus-
kulös, schlank, gut proportioniert, er hatte immer funktioniert – aber niemand
hatte ihn in all den Jahren anschauen, im Arm halten oder streicheln mögen.

Ganz stimmte das nicht. Aber die, die gewollt hätten, von denen hatte
sie nicht gestreichelt werden wollen. Die Einsamkeit dieses Körpers war
so traurig wie ein aus dem Nest gefallener Vogel, und sie stand so unmittelbar, mit einer solchen Wucht hier mit ihr in dieser engen Kabine wie
ein plötzliches Sommergewitter. Helen trat vorsichtig einen Schritt zur
Seite, weg von dem Spiegelbild.

„Entschuldigen Sie." Helen drehte sich um und zog hastig den Vorhang
zu. Sie zitterte. Die Tränen kamen ohne Vorwarnung und waren nicht zu
stoppen.

Sie musst hier raus. Raus aus dieser Wäsche und aus diesem Laden.
Einzelne Tränen liefen über ihre Wangen, über ihren Hals nach unten
und benetzten die kunsthandwerkliche Spitze, die Helen eilig von ihren
Brüsten streifte.

Dessous ausziehen, Alltagswäsche an, Jeans, Pulli, Schuhe und nichts wie
raus hier. Sie brauchte ein Taschentuch. In der Handtasche hatte sie eins. Wo
war ihre Handtasche? Und die Jacke? Draußen auf dem Stuhl. Mit Tränen
im Gesicht huschte sie an der Verkäuferin vorbei, die mit großen Augen
fragte: „Ist Ihnen nicht gut? Kann ich Ihnen ein Glas Wasser bringen?"

Helen konnte keinen Ton herausbringen, kein Wort der Erklärung oder
der Entschuldigung. Die Jacke greifen und die Tasche, nur raus hier, raus
an die frische Luft.

Atmen.

Die kühle Februarluft tat ihr gut, erfrischte ihren Körper und fast war es, als zöge die Traurigkeit sich fröstelnd zurück. Helen suchte langsam ihren Weg durch die geschäftigen Menschen in der Fußgängerzone. So war das also mit ihr, keine Normalität, nicht an dieser Stelle. Sie hielt ihren Blick gesenkt und fand den Eingang zur nahegelegenen Tiefgarage und ihren Wagen.

Im Innenspiegel betrachtete sie ihre geröteten Augen und Wangen. Äußerlich wieder ganz ruhig, spürte sie die Nachbeben des Moments wie Wellen im Wasser nach einem Steinwurf.

So hatte sie seit Jahren nicht geweint.

Ulm, Donnerstag, 13. Februar 2014

Seit zehn Minuten schlich Helen jetzt schon um das Telefon, gefühlt waren es mindestens zwanzig. Es wurde nicht besser, also los jetzt! Sie wählte die vertraute vierstellige Festnetznummer mit Bad Emser Vorwahl. Nach dem zehnten Läuten meldete sich die vertraute Stimme: „Hermann.“

Helen hörte den beschleunigten Atem ihrer Mutter und sah sie vor sich mit ihrem Rollator an dem niedrigen Tischchen im Flur stehen, den Hörer des grauen Wählscheibentelefons in der Hand.

„Hallo Mutter, guten Abend.“

„Oh, guten Abend, Helen, was verschafft mir die seltene Ehre?“

„Ich wollte dir Bescheid sagen, dass ich …, also, dass ich am Wochenende nicht wie üblich Freitagabend, sondern erst am Samstagmorgen nach Bad Ems komme.“

„Warum denn das? Das stört ja den gesamten Ablauf! Du kommst ohnehin so selten. Wann sollen wir denn unsere Erledigungen machen?“

„Das schaffen wir schon, ich fahre früh los und bin spätestens um elf bei dir.“

„Das scheint ja schon entschieden. Nun gut, wenn du meinst“, sagte ihre Mutter.

„Ja. Bis Samstag und einen schönen Abend noch!“ Helen legte auf und atmete aus. Der erste Schritt war getan.

Erstaunlich, wie leicht das gewesen war, nachdem sie den Entschluss getroffen hatte.

Helen - 17.45 Uhr
Lieber Einar, ich war mutig, du
darfst mir gratulieren

Einar - 17.47 Uhr
???

Und weil es so leicht gewesen war, griff sie noch einmal zum Telefon und wählte die Nummer der Memminger Lingerie.

„*Atelier für feine Wäsche*, Berger, Grüß Gott, was kann ich für Sie tun?", fragte eine freundliche Frauenstimme.

„Grüß Gott, Frau Berger, Hermann hier. Ich …, ja, ich war gestern Nachmittag bei Ihnen und habe ein cremefarbenes Wäscheset anprobiert, vielleicht erinnern Sie sich, das mit der italienischen Spitze. Ich musste dann plötzlich weg …, ja …, es ging mir nicht gut … Und jetzt wollte ich fragen, ob Sie mir das Set eventuell auch zuschicken könnten, wenn ich Ihnen das Geld überweise?"

„Üblicherweise machen wir keinen Versand. Wegen der Passform, wissen Sie, aber in Ihrem Fall, Sie haben es ja probiert und das Set ist wirklich wie für Sie gemacht …, da kann ich gerne mal eine Ausnahme machen. Ich hoffe, es geht Ihnen wieder besser. Wenn Sie mir Ihre Adresse durchgeben, bringe ich das Päckchen gleich morgen auf den Weg."

Helen gab ihr die Anschrift, die Verkäuferin wiederholte sie sorgfältig.

„Besten Dank, dann ist alles ja in Ordnung." Helen legte auf. Nichts war in Ordnung, aber ein Anfang war gemacht. Dieses Päckchen aus Memmingen verursachte ein leises, ungeduldiges Kribbeln in ihrem Bauch, das könnte ein guter Anfang sein.

Bad Ems, Samstag, 15. Februar 2014

Um zehn vor Elf fuhr sie auf den Parkplatz vor Elviras Wohnung, von ihrer Mutter war nichts zu sehen. Helen stieg aus, ging eine kurze Runde mit Frodo, holte dann ihre Tasche aus dem Auto, ging zum Haus und klingelte. Der Türöffner summte prompt, Mutter musste im Flur gewartet haben, so schnell konnte sie unmöglich von ihrem Sessel aufgestanden sein.

Helen nahm die Treppe. Auf dem Weg nach oben gesellten sich der Zweifel und die Verzagtheit zu ihr. *Du wirst das nicht durchhalten, sie ist stärker als du. Was, wenn sie einen Herzanfall bekommt? Thilo kann es ihr doch selbst sagen. Sie wird dir ohnehin nicht zuhören, zumindest nicht so, dass hinterher irgendetwas anders wäre ...*

Wie gut sie diese beiden Gesellen kannte. Könnten glatt von ihr sein, die Sprüche, aber heute würde sie sich nicht von ihnen beeindrucken lassen.

Elvira stand in der Wohnungstür und schaute, wie Helen die letzten Stufen nahm.

„Hallo, Mutter!"

„Hallo, Helen! Hallo, Frodo! Kommt rein!" Hatte Mutter den Hund gerade mit Namen angesprochen? Wenn das kein Auftakt war!

„Ich habe einen Kaffee gemacht, möchtest du eine Tasse?"

„Ja, sehr gerne! Es war wenig Verkehr, aber es ist doch immer ein weiter Weg hierher." Helen stellte ihre Tasche ab und setzte sich an den Küchentisch.

„Möchtest du auch etwas essen?"

„Nein, danke. Was liegt an für das Wochenende, Mutter?" Helen trank einen Schluck Kaffee, er war heiß und genau von der richtigen Stärke.

„Einkaufen hat Erwin schon erledigt, mein Nachbar. Wenn Zeit ist, könntest du ein paar Sachen bügeln und vielleicht aus dem Keller noch meinen Übergangsmantel und die leichteren Halbschuhe heraufholen."

„Klar, das mache ich. Der Kaffee schmeckt gut! Und sonst hast du nichts auf der Liste?"

„Nein, alles andere hat Zeit."

„Dann nutzen wir doch das schöne Wetter und machen einen Spaziergang", sagte Helen und richtete sich im Stuhl auf in Erwartung diverser Gegenargumente.

„Einverstanden, lass uns gehen."

Wie, einfach so einverstanden, ohne Diskussion? Fast so erstaunlich wie die Tatsache, dass Mutter noch kein Wort über die veränderte Wochenend-Choreographie verloren hatte, keine Anspielung, kein Vorwurf, nichts. Nahezu ein Komplett-Ausfall des Standardprogramms, bemerkenswert.

Mutter erhob sich mit einiger Anstrengung von ihrem Stuhl. Sie griff nach dem Rollator und richtete sich während der ersten Schritte in Richtung Wohnungstür mühsam auf. Helen folgte ihr. Das Quietschen der Rollator-Räder erinnerte sie an das suchende Fiepen eines Vogelkükens.

Das Quietschen wurde lauter. Mutter schien es nicht zu stören. Vielleicht hörte sie es gar nicht.

Wenn jetzt Frühjahr wäre, könnte man es für Geräusche aus einem Vogelnest halten. Es war Winter. *Für die Jahreszeit zu warm*, hatte der Wetterbericht gesagt, hier in Bad Ems schien sogar die Sonne. Es fühlte sich fast friedlich an, neben ihrer Mutter an der Lahn entlang zu gehen. Sie würde kein Fass aufmachen, sie hatte keine Lust mehr auf die ewigen Auseinandersetzungen. Muttern heute offensichtlich auch nicht. Aber sie würde sagen, was zu sagen war, deswegen war sie hier.

Kahle Bäume und Äste zu beiden Seiten des geschwungenen Weges. Es gab nichts Ehrlicheres als einen frostigen, strahlenden Wintertag. Kein liebliches Frühlingsgrün, kein Vogelgezwitscher und Hummelgesumme, keine Blätter, die den Durchblick behindern, keine Schnörkel, keine Ausflüchte. Stattdessen klare Konturen, nackte Baumgeripppe vor blauem Himmel, auf dem Boden vermoderte Blätter und braunfleckige Reste der von Picknickdecken, Fußballspielern und Sommertrockenheit zerstörten Wiesen. Kurstädtische Prachtreste ungeschminkt. Stunde der Wahrheit, kein Verstecken mehr, 15. Februar 2014.

„Mutter, ich möchte gerne zwei Punkte mit dir besprechen, einer betrifft Thilo und der andere mich." Ihr Satz war gesagt, jetzt gab es auch hier kein Zurück mehr.

„Thilo? Was ist mit Thilo, was er nicht selbst mit mir besprechen kann?" *Sehr gut!* Auf exakt diese Antwort war sie vorbereitet.

Gerade wollte Helen antworten, da hörte sie Fahrradreifen auf dem Kiesweg hinter sich. Ein kleiner Junge sauste haarscharf an ihnen vorbei und trat mit aller Kraft in die Pedale. Die Kurve voraus war zu eng für sein Bremsgeschick und schon hörte sie seinen Aufschrei und sah ihn fliegen.

„Um Gottes Willen", rief Mutter und hielt sich erschrocken eine Hand vor den Mund.

Helen eilte zu ihm. Er war vielleicht sechs, lag bäuchlings auf dem Kiesweg, sein Rad, eher zwei Nummern zu groß, lag auf ihm.

Bis sie den Jungen erreichte, hatte er sein Bein unter dem Rad herausgezogen, sich umgedreht, auf den Weg gesetzt und betrachtete seine aufgeschürfte Hose, darunter sein blutendes Knie.

„Hallo, darf ich mal schauen, wo es dir weh tut? Ich heiße Helen und bin Ärztin." Der Junge nickte. Sie untersuchte kurz sein Bein, hundertfach geübte, vergewissernde Griffe, alles ok, nichts gebrochen, auch das Fußgelenk war frei beweglich. Aus ihrem Rucksack zog sie ein Taschentuch für seine Tränen und ein Pflaster für sein Knie. Inzwischen war auch ihre Mutter bei ihnen angekommen.

„Du bist doch der Max von nebenan, oder?", fragte Mutter und der Junge nickte erneut, noch immer leise schniefend.

Helen stellte sein Fahrrad auf, außer ein paar Kratzern sah es gut aus.

„Hast du immer Pflaster dabei?", fragte der Junge leise und sah Helen mit großen Augen an.

„Klar, du siehst ja, kann man gebrauchen. Geht's wieder?"

Helen half Max beim aufstehen und Hände abputzen, zog ihm die Hose noch ein wenig zurecht und schaute ihn prüfend an.

„Ja, geht wieder, danke!", sagte er und schluckte tapfer.

„Schaffst du das alleine nach Hause?", fragte Helen.

„Klar, ich bin doch schon groß", kam es nicht ganz überzeugend zurück.

„Vielleicht ist es trotzdem besser, zu schieben, nach so einem Schreck", sagte Helen.

„Und beim nächsten Mal nicht so zu rasen", ergänzte Elvira.

„Vielleicht schiebe ich wirklich lieber ein Stück", sagte Max und humpelte langsam mit seinem Rad in die Richtung, aus der er gekommen war. Helen sah ihm nach und dachte an Jan, der in diesem Alter auch ständig seinen Schutzengel herausgefordert hatte.

„Das hast du gut gemacht", sagte Elvira, „man konnte richtig zusehen, wie er sich unter deinen Händen entspannt hat."

Helen traute ihren Ohren nicht.

„Wir waren bei Thilo stehen geblieben", sagte Elvira im Weitergehen, „was ist mit ihm?"

„Er hat mich gebeten, mit dir zu sprechen, damit du …, sein Verhalten besser verstehen kannst."

Elvira blieb wieder stehen: „Kannst du bitte aufhören, derart in Rätseln zu sprechen und zur Sache kommen?"

„Ja, Mutter. Thilo hat mich vor einer Woche in Ulm besucht …"

„Was sagst du? Wieso weiß ich davon nichts?"

„Kannst du mich bitte ausreden lassen, Mutter! Sonst wird es schwer, zur Sache zu kommen."

„Ja, natürlich, entschuldige."

Sie gingen weiter. Die Sonne schien ihnen wärmend auf den Rücken. Helen hatte eine Decke mitgenommen, vielleicht könnten sie sich auf eine windgeschützte Bank setzen.

„Also …, Thilo …, ist krank, er … muss in eine längere Behandlung, darum wird er an den kommenden Wochenenden nicht wie gewohnt bei dir sein können."

Elvira blieb erneut stehen, holte tief Luft, sah aus, als setzte sie zum Sprechen an, schwieg dann doch und sah Helen auffordernd an.

„Es ist keine körperliche Krankheit, Thilo leidet an einer Spielsucht, was zu finanziellen Schwierigkeiten und Ärger in seiner Firma geführt hat."

Jetzt konnte Elvira nicht mehr an sich halten: „Spielsucht? Was bedeutet das? Und was genau meinst du mit Ärger in der Firma?"

„Spielsucht bedeutet, dass er nicht aufhören kann zu spielen. Er hat viel Geld dabei verloren und zuletzt auch seinen Arbeitsplatz."

„Seinen Arbeitsplatz verloren? Das kann doch nicht sein! Was hat er gespielt?", fragte Elvira leise.

„Roulette."

„Roulette? Du willst sagen, er hat in der Spielbank gespielt? Wenn er bei mir war? Mein Sohn bei diesen Banditen da vorne?"

Sie hatten den Kurpark inzwischen so weit durchquert, dass es zum Eingang der Spielbank keine hundert Meter mehr waren. Das weiß-gelbe Gebäude aus der Bad Emser Blütezeit im 19. Jahrhundert erhob sich unschuldig vor ihnen in der Sonne.

„Ja, er hat auch hier gespielt."

Entlang des Weges vor ihnen umrahmten jetzt schulterhohe Buchenhecken rechteckige Nischen, in denen jeweils eine Bank stand.

„Ich glaube, ich muss mich einen Moment setzen", sagte Elvira.

‚Gestiftet von der Kreissparkasse Bad Ems' bezeugte ein kleines Messingschild an der Rückenlehne der Bank. Helen breitete die mitgebrachte Decke aus und half ihrer Mutter beim Hinsetzen.

„Das ist viel auf einmal für eine Frau in meinem Alter", Elvira seufzte, „sagtest du schon, wie lange die Behandlung dauern wird?"

„Wenn er bis zum Ende durchhält, sechs Monate."

„Ein halbes Jahr? So lange soll ich meinen Jungen nicht sehen?"

„Ja. Zu Beginn der Behandlung besteht eine Kontaktsperre, das heißt, er wird auch nicht mit dir telefonieren können."

„Das überlebe ich nicht!"

„Doch Mutter, du wirst das überleben."

Vor ihnen floss träge die Lahn durch den Kurpark. Das leuchtende Hohenzollerngelb der nahegelegenen Spielbank, deren bodentiefe Fenster von weißen Säulen gerahmt waren, bildete einen herben Kontrast zu dem graubraunen Wasser und den winterlich kahlen Bäumen. Wahrscheinlich war es leicht, den glitzernden Verheißungen im Inneren dieses Gebäudes zu erliegen. Vermögen ohne Anstrengung, Reichtum quasi über Nacht, da war Thilo ein und aus gegangen. Viel zu oft, ohne dass sich die Verheißung erfüllt hätte. Noch immer war es Helen ein Rätsel, wie er seine Erkrankung so viele Jahre vor ihnen hatte verbergen können.

„Was habe ich falsch gemacht? Wieso habe ich nicht gemerkt, was mit ihm los war? Er war doch vor drei Wochen noch hier bei mir", fragte Elvira. Sie griff in ihre Manteltasche, holte ein weißes Taschentuch mit rosa Häkelspitze hervor und wischte sich eine Träne ab. „Wenn ich denke, wie verzweifelt er gewesen sein muss mit seinen Sorgen und wie einsam."

„Niemand hat etwas falsch gemacht, Mutter." Helen legte ihr die Hand sachte auf den Unterarm. „Ist dir warm genug oder möchtest du lieber zurück gehen?"

„Ich sitze gerne noch einen Moment in der Sonne."

„Die Heimlichkeit und das Verstecken gehören dazu. Du solltest dir keine Vorwürfe machen."

„Das musst du schon mir überlassen, Helen." Mutter hielt das Stofftaschentuch in ihren Händen und drehte eine seiner Ecken zwischen Daumen und Zeigefinger. „Ich mache mir schon lange Vorwürfe. Ich war euch keine gute Mutter. Das ist leider so und nicht mehr zu ändern. Trotzdem wünschte ich, es wäre anders gekommen."

Zwei Mütter mit Kinderwagen gingen an ihnen vorbei in Richtung Spielbank. In einigem Abstand folgten ein Junge und ein Mädchen, beide etwa fünf Jahre alt. Sie rannten, um die beiden Frauen einzuholen.

„Mama", rief der Junge, „Mama, bleib stehen, ich hab was für dich!" In der Hand hielt er einen Stein, den er seiner Mutter stolz zeigte, als er sie erreicht hatte: „Schau, habe ich am Ufer gefunden, der glänzt ganz doll. Ist für dich!"

Die Frau bückte sich zu ihrem Sohn hinunter, nahm den Stein und umarmte den Jungen herzlich: „Vielen Dank, Paul, das ist sehr lieb von dir, was für ein schöner Stein!"

Mutter hätte zu ihr wahrscheinlich gesagt: Musst du allen Dreck anfassen, der auf dem Boden rumliegt? Helen schaute aufs Wasser.

Mutter spielte noch immer mit dem Taschentuch. Leise sagte sie: „Ich will mich nicht herausreden, aber vielleicht kann ich dir ein paar Dinge erklären. Du weißt, ich habe erst mit dreißig Jahren geheiratet und 1965 galt man da schon fast als alte Jungfer."

Helen schaute ihre Mutter interessiert an. „Ich weiß, du hast uns immer erzählt, dass du unabhängig sein wolltest und dein Leben genießen, bevor du einen Mann und eine Familie hast."

„Ja, aber das ist nur ein Teil der Wahrheit." Mutter saß vornübergebeugt neben ihr, die preußisch-aufrechte Haltung, die sie normalerweise in jeder Lebenslage bewahrte, schien ihr gerade abhanden gekommen zu sein. „Der andere Teil hieß Joachim und war mein Verlobter. Er fuhr eine Vespa und starb auf dem Weg zu mir in einer Kurve. Er war zu schnell, das nächste Krankenhaus zu weit. Er wurde nur 25 Jahre alt." Mutter sprach so leise, dass Helen sich näher zu ihr hinüberbeugte.

„Ich war vierundzwanzig und wollte nur noch sterben. Der Tunnel, durch den ich ging, war sehr lang und sehr dunkel, es war eine schwere Zeit."

Der Liebste stirbt auf dem Weg zu ihr. Was für ein Schmerz. Nicht auszudenken, wenn Einar etwas zustoßen würde …

Mutters Stimme war immer noch sehr leise: „Ich bin fast ein Jahr nicht vor die Tür gegangen, lag viel im Bett. Ich konnte nicht lesen, ich wollte niemanden sehen, meine Arbeit war mir egal, meine Freundinnen genauso, ich wollte nichts essen und nichts hören, schon gar nicht, wenn mir jemand sagte, ich müsse aufstehen und wieder am Leben teilnehmen. Es war ein Zustand wie der einer Schmetterlingspuppe, nur dass ich das Gefühl hatte, die Entwicklung geht zurück in Richtung Raupe oder besser noch, gleich in Richtung Tod. Ich habe mir Vorwürfe gemacht, warum ich an diesem Abend mit ihm verabredet war, mir ausgemalt, er könnte noch leben, wenn ich zu ihm gefahren wäre. Ich habe zu allem nein gesagt, was hätte helfen können. Bis euer Vater kam. Er hat mir das Leben gerettet, neuen Lebensmut geschenkt. Meine Schwester hatte ihn beim Tanzen kennen gelernt, er kam ein paar Mal zu Besuch und irgendwann kam er dann nur noch zu mir. Drei Jahre später haben wir geheiratet und den Rest der Geschichte kennst du." Mutter hatte das Taschentuch inzwischen in die rechte Faust geknüllt und hielt es fest umschlossen.

Helen schaute ihre Mutter an. Ihre schneeweißen Haare, die vertrauten Falten, die das Leben in ihr Gesicht eingegraben hatte, die schlanken Hände, die jetzt beide zu Fäusten geballt in ihrem Schoß lagen und das Taschentuch umklammerten wie einen Rettungsring – all das war ihr vertraut seit dem ersten Tag ihres Lebens und gleichzeitig war ihr, als sehe sie ihre Mutter heute zum ersten Mal.

„Warum hast du uns nie davon erzählt?"

„Ich habe lange versucht es zu vergessen. Ich wollte nicht, dass euer Vater sich fühlt, als sei er die zweite Wahl gewesen, das war er nicht. Wir hatten es gut zusammen – bis er so plötzlich verstorben ist."

Zum zweiten Mal den geliebten Mann verlieren, mitten in der Nacht, ohne jede Vorahnung und Vorbereitung. Herzinfarkt. Ende. Alles vorbei, was als sicher galt.

Eine tiefe Traurigkeit griff nach Helens Schultern und zog sie nach unten, und eine leise Ahnung streifte sie, eine Ahnung, warum Mutters Leben den Weg in den Schmerz und das Leiden genommen hatte, warum ihre monotone Antwort auf die vielen bunten Fragen des Lebens nach Vaters Tod immer nur ‚Disziplin, Pünktlichkeit und Ordnung' gewesen war.

„Mir ist kalt", sagte Elvira, „lass uns zurück gehen."

„Ja, Mutter."

Helen half ihr beim Aufstehen, packte die Decke zusammen und ging langsam neben ihr her in Richtung nach Hause. Das Quietschen des Rollators war jetzt nicht mehr zu überhören.

„Nichts funktioniert mehr", sagte Elvira sichtlich genervt und nach einer Pause: „Ich bete für Thilo. Er war noch so jung, als euer Vater starb."

Zwölf. Thilo war zwölf gewesen und sie sechzehn. Sie war von einer ihrer ersten Partys nach Hause gekommen, hatte gehofft, sich leise in die Wohnung schleichen zu können, denn natürlich war es nicht 23 Uhr wie verabredet, sondern drei Uhr früh. Dem Notarztwagen mit blinkendem

Blaulicht unten vor der Haustüre hatte sie noch keine besondere Bedeutung beigemessen, im Haus wohnten sechs Parteien.

Die offenstehende Wohnungstür war schon denkwürdiger, zumal damit klar war, dass die Eltern nicht schliefen wie erhofft. Alles danach war eindeutig gewesen, glasklar, ohne jede Chance einer positiven Umdeutung. Das Stimmengewirr im Schlafzimmer, Mutters Schluchzen, eine fremde Männerstimme, die sagte: ‚Tut mir leid, Frau Hermann, wir haben alles versucht. Mein Beileid!' Die Sanitäter und der Notarzt, die wenig später mit ihrer schweren Ausrüstung die Wohnung verließen. Die grauenhafte Stille danach. Am stillsten war Thilo gewesen. Er stand einfach nur da.

Mutter schwieg und schien sich auf den Weg zu konzentrieren. Wie zart sie wirkte mit ihren knapp 80 Jahren, wie zerbrechlich, und wie entschieden und zäh sie gleichzeitig einen Fuß vor den anderen setzte, fast eine Stunde waren sie unterwegs. Helen zögerte. Nein, das würde sie nicht tun. Oder doch. So lange hatte sie ihre Mutter nicht berührt. Jetzt war der Moment. Sachte legte sie ihren Arm um die schmalen, gebeugten Schultern: „Du hast getan, was du konntest, Mutter! Thilo und ich sind dadurch früh selbstständig geworden und haben gelernt, für uns selbst zu sorgen. Das ist sehr wichtig im Leben."

Elvira sagte nichts. Im Weitergehen ließ Helen ihren Arm wieder sinken. Die Wintersonne schien noch immer, einzelne Schleierwolken bedeckten den Himmel. Sie waren alleine im Park. Nur ihre Mutter und sie, niemand sonst.

„Ich lege mich ein wenig hin, Helen, es hat mich doch sehr angestrengt."
„Ist gut, Mutter, ich hole inzwischen deine Sachen aus dem Keller". Helen war froh um die Sortierpause. Sollte sie es ihr wirklich sagen? Ja, nicht kneifen jetzt! Der ganze Tag bisher glich einem Wunder, so nah war sie ihrer Mutter seit Jahren nicht gewesen und offenbar ging es Elvira genauso, weshalb sonst hatte sie die Geschichte ihres Verlobten erzählt.

Helen setzte sich ins Wohnzimmer und versuchte zu lesen. Ihr Blick hatte keine Ruhe, wollte nicht auf der Buchseite bleiben, schweifte stattdessen zum Fenster, weiter zum Esstisch mit dem Stillleben dahinter, zum

Sideboard mit den Vasen und der Porzellansammlung. Erstarrte Lava ...

Sie stand auf, ging zum Sideboard hinüber und nahm eine der Harlekinfiguren in die Hand. Ein aus roten, blauen und gelben Rauten zusammengesetztes Kostüm mit weiten Pluderhosen und einer vorne geknöpften, langen Jacke definierte seinen Körper. Die Figur machte eine grazile Verbeugung vor einer imaginären Schönheit, dabei lag die linke Hand auf ihrem Herzen, die Rechte war sehnsüchtig ausgestreckt. Ihre Augenpartie war von einer schwarzen, venezianischen Maske umrahmt.

„Du wirst deine Angebetete bekommen", sagte Helen mit einem verschmitzten Lächeln und stellte den Harlekin in ein leeres Fach in dem Bücherregal gegenüber. Von der Fensterbank holte sie eine zweite Figur, eine tanzende Ballerina, ganz in Weiß mit kurzem Tutu, beide Arme anmutig über den Kopf erhoben, den Oberkörper weit nach hinten geneigt, andächtig in ihre Pose versunken, die Augen geschlossen. Sie stellte die Tänzerin zu dem Harlekin, schob die beiden Figuren eine ganze Weile hin und her, betrachtete sie von allen Seiten, ging ein paar Schritte zurück, um die Wirkung aus der Ferne zu prüfen, kam wieder näher, verschob ihn, verschob sie, verschob beide, bis sie genau den passenden Abstand und Winkel in der Verlängerung seiner suchenden Hand gefunden hatte. Helen lächelte zufrieden.

„Wie spät ist es, Helen?", fragte Elvira, als sie ins Wohnzimmer kam.

„Kurz nach vier, Mutter."

„Was? Schon so spät? Dann habe ich ja über zwei Stunden geschlafen, das ist mir ja schon lange nicht mehr passiert!"

„Das wundert mich nicht, Mutter. Wir sind weit gelaufen und hatten anstrengende Themen."

„In der Tat", sagte Elvira und blieb noch in der Tür stehen. „Ich habe noch einmal über Thilo nachgedacht. Ich werde alles, was ich sonst im Alltag mit ihm bespreche, in ein kleines Heft notieren, dann kann ich nachblättern, was davon noch erzählt werden muss, wenn ich ihn wiedersehe. Was hältst du davon?"

„Ich halte das für eine gute Idee, Mutter."

„Gut. Dann mache ich mich jetzt ein wenig frisch, und dann können wir über dein Anliegen sprechen."

Entweder waren die umgestellten Figuren Elvira nicht aufgefallen oder sie hatte absichtlich nichts gesagt – beides war ihrer Mutter zuzutrauen.

Am liebsten wäre Helen aufgestanden und ein wenig auf und ab gegangen, gegen die Unruhe angelaufen, die sie in Erwartung des Gesprächs erfasste, aber da kam Elvira schon zurück und setzte sich in Vaters Sessel. Noch ein Novum.

„Du schaust so erstaunt. Wenn ich alleine bin, sitze ich oft in Vaters Sessel. Und jetzt bin ich gespannt, was du mir sagen willst."

Helen stand nun doch auf und ging ein paar Schritte. „Ich muss ein wenig umherlaufen, manchmal brauche ich das beim Denken. Ich möchte dir etwas erzählen und dich um etwas bitten, Mutter."

„Na, dann los."

„Ich …, ich habe einen Mann kennengelernt oder besser gesagt, ich habe einen Mann wieder getroffen, mit dem ich zusammen studiert habe und in den ich damals sehr verliebt war. Er heißt Einar, Einar Svendson."

Helen blieb vor der Terrassentüre stehen und schaute hinaus, als würde sie darauf warten, dass die passenden Worte auf der Lahn zu ihr geschwommen kommen.

„Wir waren, also, wir waren nicht lange zusammen, weil er dann wieder nach Norwegen zurück ging, er ist Norweger, weißt du. Und auch, weil ich mich um Jan und mein Examen und um alles Mögliche gekümmert habe, egal."

Helen schaute auf und traf den aufmerksamen Blick ihrer Mutter, die aufrecht im Sessel saß und Helens Wanderung mit den Augen verfolgte.

„Ja, also, jetzt sieht es so aus, als könnte es, eine zweite Chance für uns geben." Helen hatte das Zimmer inzwischen einige Male durchquert. Die Bewegung tat gut, sie lief und redete sich in Fahrt, viel besser als stillsitzen. „Ich habe ihn besucht und bin dabei, herauszufinden, ob ich …, ob ich die Chance diesmal nutzen will und kann. Einar will, das macht er sehr deutlich."

Mutter schaute sie noch immer an. Das sah aus wie Anteilnahme in ihrem Blick oder wie ein ehrliches Interesse, sie lächelte fast.

Bis hierher war es einfach gewesen, der eigentliche Punkt kam jetzt. Sie würde gegen ihren Schwur verstoßen, gegen den feierlichen Eid, den sie mit zwanzig Jahren geleistet hatte.

Damals in der WG-Küche, mit Anja als Zeugin, hatte sie gelobt, sie würde nie mehr ihrer Mutter gegenüber eine Schwäche zeigen. Das war, nachdem Elvira das Ulmer Jugendamt informiert hatte und sie als ‚ledige, mittellose Schwangere' dort vorgeladen worden war.

Jetzt wollte sie wissen, wie es war, das Visier hoch zu nehmen, wissen, ob der vermeintliche Gegner noch ein tatsächlicher Gegner war.

„Ich will das alles nicht vor dir verheimlichen, Mutter. Ich will …, ich will dir gerne von meinem Glück und vielleicht auch von meiner Enttäuschung erzählen können. Und ich möchte nicht von dir hören, dass du das ja alles schon vorher gewusst oder schon immer gesagt hast – egal wie es ausgeht. Das ist meine Bitte."

Elvira schwieg. Sie saß da und knetete ihre Hände, drehte an den beiden Eheringen, die sie seit Vaters Tod an der rechten Hand trug und versank mit jedem Atemzug ein wenig mehr in den Tiefen des Sessels.

Helen wartete. Hatte sie zu viel gesagt? War sie zu vage geblieben? Mutters Schweigen war quälend. Helen ging weiter im Zimmer auf und ab, hatte keinen Blick mehr für *ihren Blick* aus der Terrassentüre über die Lahn hinweg, sie sah nur immer wieder zu ihrer Mutter und wartete auf eine Reaktion.

„Habe ich mich verständlich ausgedrückt?", fragte sie schließlich. Was für eine blöde Frage, aber sie hielt das Schweigen nicht länger aus. Frodo spürte ihre Unruhe, stand von seinem Platz unter dem Tisch auf und kam zu ihr. Sie streichelte ihn kurz und schickte ihn zurück auf seine Decke. Elvira schwieg noch immer, hob jetzt aber langsam wieder ihren Kopf und schaute sie an. Ihre Blicke begegneten sich und Helen sah, dass ihre Mutter Tränen in den Augen hatte.

„Mein Mädchen!", sagte Elvira leise und streckte ihre Hand aus. Helen ging zu ihr. Sie setzte sich auf den Fußschemel vor dem Sessel, so wie sie es früher bei ihrem Vater getan hatte, und ergriff Elviras Hand. So saßen sie schweigend eine Weile beieinander.

„Es scheint ernst zu sein, so wie du die Figuren aufgestellt hast", sagte Elvira und deutete mit dem Kopf in Richtung Regal.

Helen nickte. „Ja, ich glaube, es ist ernst."

„Das freut mich für dich! Ich sage jetzt nicht, pass auf dich auf. Ich weiß, du tust das. Um dich habe ich mir nie Sorgen machen müssen, Helen. Ich wusste immer, du kommst alleine klar. Und ich werde versuchen, deine Bitte zu erfüllen."

Helen schluckte.

Draußen war es dunkel geworden. Mutter bat Helen, das Licht anzuschalten. Statt der großen Deckenlampe knipste Helen zwei kleine Wandlichter neben dem Esstisch an, die den Raum in ein warmes, indirektes Licht tauchten.

Mutter holte hörbar tief Luft: „Wenn wir schon sprechen, Helen, erlaube mir eine Frage: ist dieser Einar Jans Vater?"

Die Frage stand groß im Raum. Sie hatte es ihr nie gesagt und Jan offensichtlich auch nicht, eigentlich völlig verrückt.

„Nein, Mutter, als ich Einar kennenlernte, war Jan schon auf der Welt. Jans Vater heißt Thorsten. Er ist Architekt und wohnt in Stuttgart."

„Und warum hast du dich von ihm getrennt?"

„Wir waren nie zusammen, er hatte schon eine Freundin, als ich ihn kennenlernte. Darum habe ich ihm von der Schwangerschaft auch nichts gesagt." Helen ignorierte das Stirnrunzeln ihrer Mutter.

„Die WG mit Anja zusammen, das hat gut funktioniert, da musste sich nicht noch ein Mann einmischen. Und nach deiner Anzeige beim Jugendamt und dem ganzen damit verbundenen Stress dachte ich erst recht, ich mache das alles alleine." Helen ließ Mutters Hand los und stand auf.

Elvira schaute zu ihr auf: „Meine Sorge zu dieser Zeit hast du nie verstanden, oder? Du warst ein Kind, Helen, gerade mal zwanzig, als Jan geboren wurde. Du hast dich allem gegenüber komplett verschlossen, was ich zu dir gesagt habe. Ich habe dich in der ganzen Schwangerschaft ein einziges Mal gesehen und danach zwei Jahre nicht. Zwei Jahre! Jan konnte laufen und fing an zu sprechen, als du das erste Mal mit ihm nach Bad Ems gekommen bist. Was hätte ich denn tun sollen? Ich bin fast gestorben vor Sorge."

Diesen Text kannte sie schon. War wie Reste essen. War eigentlich ein Sonntags-Frühstücks-Text. ‚*Wenn ihr zu mir gezogen wäret und ich Jan aufgezogen hätte …*‘, fehlte jetzt noch. Helen setzte sich auf das Sofa und schaute zu Frodo, der unter dem Tisch lag. Der Hund stand auf, kam zu ihr und legte seinen Kopf auf ihr Knie.

Helen streichelte ihn zärtlich. „Ich weiß es nicht, Mutter, um etwas zu tun, war es da wohl schon zu spät. Nach Vaters Tod ging es vier Jahre lang nur um dich und deine Krankheiten, ich wollte einfach nicht, dass Jan in diesem Umfeld aufwächst." Der übliche Return, es war Zeit, das Visier wieder zu schließen.

Mutter richtete sich auf, erhob sich mühsam aus dem Sessel und sah auf Helen und Frodo hinab. Sie schüttelte den Kopf und atmete seufzend aus. „Dazu sage ich jetzt besser nichts. Ich werde uns mal ein Abendessen zubereiten." Sie griff nach ihrem Rollator und ging in Richtung Küche.

In der Tür blieb sie stehen, drehte sich um und sagte: „Könntest du die Figuren bitte wieder an ihren Platz stellen, danke!"

Einar - 23.10 Uhr
Na, schon im Bett? Bist du ok? Und was genau meintest du mit ‚öfter mal tun, was mir wichtig erscheint'?

Helen - 23.15 Uhr
Zum Beispiel eine Guerrilla-Deko-Aktion mit den Porzellanfiguren meiner Mutter veranstalten :-)

Einar - 23.16 Uhr
??? ... Klartext, bitte!

Helen - 23.18 Uhr
Ich habe heute Grenzen ausgelotet – die meiner Mutter und meine eigenen ... Und ich habe ihr von dir erzählt :-)

Einar - 23.19 Uhr
Sie wird begeistert gewesen sein, nehme ich an. Wann möchte sie mich kennen lernen?

Helen - 23.22 Uhr
Davon wurde seltsamerweise nicht gesprochen.

Ulm, Rosenmontag, 21. Februar 2014

Anja zitterte noch immer am ganzen Leib. Sie leerte das zweite Glas Grappa, wickelte sich in die Sofadecke ein und wieder aus, lief im Zimmer auf und ab, setzte sich wieder hin, weinte, fluchte und lachte unter Tränen, doch das Zittern hörte nicht auf. „Wenn Malte nicht gekommen wäre ... Ich darf echt nicht daran denken, was passiert wäre, wenn Malte nicht gekommen wäre. Wie konnte ich nur? Dieser Scheißkerl!" Anja vergrub ihr Gesicht in den Händen.

Helen goss ihr ein großes Glas Wasser ein, setzte sich neben sie, hielt es dort nicht aus, ohne selbst mit zu zittern, stand wieder auf und machte schließlich ein Feuer im Kamin, um irgendetwas zu tun. Eigentlich Unsinn, so spät am Abend, aber manchmal half Wärme ja gegen Zittern. Obwohl, in diesem Fall ...

„Was soll ich jetzt tun, Helen? Kann ich über Nacht bei dir bleiben?"

„Natürlich kannst du hierbleiben! So lange du willst. Und morgen früh begleite ich dich zur Polizei. Wegen der Fasnacht mache ich die Praxis erst am Nachmittag auf."

„Meinst du wirklich, ich soll zur Polizei gehen?"

„Natürlich gehst du zur Polizei und erstattest Anzeige, der Typ hat dich bedroht und angegriffen!"

„Ja, aber ich weiß doch nicht mal seinen richtigen Namen und seine Fotos bei *Flirtline* sind auch falsch, ich habe mich schon gewundert, als er vor der Tür stand und so anders aussah als auf den Bildern. Hätte ich ihn bloß nicht rein gelassen!"

„Immerhin hast du seine Mobilnummer, und vielleicht gibt es Fingerabdrücke auf dem Glas, das er benutzt hat. Und Malte und du, ihr könnt ihn beide beschreiben."

„Ich habe solche Angst, Helen! Er hat gedroht, dass er wiederkommt, wenn ich ihn anzeige." Anja schluchzte. Frodo stand von seiner Decke neben dem Kamin auf, kam zum Sofa und legte seinen Kopf auf ihr Knie. Selbst diese Geste höchster Zuneigung konnte ihre Tränen nicht stoppen.

„Der will dich nur einschüchtern, ich glaube nicht, dass er wiederkommt."

„Dein Wort in Gottes Ohr!" Anja trank das Wasser in großen Schlucken, ihr Zittern ließ langsam nach. „Ja, sag es nur, ich bin selber schuld, warum lasse ich einen fremden Mann in meine Wohnung? Das denkst du doch, und das wird auch die Polizei denken."

„Anja, red' nicht so einen Unsinn!"

Helen sah sie mit dem fremden Mann in ihrem Wohnzimmer sitzen, trinken, lachen, sah die Irritation in Anjas Gesicht, als seine Vorschläge eindeutiger wurden, zudringlicher, sah ihre Besorgnis, als er ihr ‚*Nein*' nicht akzeptierte, die aufsteigende Panik, als er nach ihr griff und sie an sich presste und versuchte, ihr den Pullover auszuziehen, sah seine Hand auf Anjas Mund und ihre entsetzten Augen und sie spürte, wie die Sekunden sich dehnten, endlos dehnten, bis das Geräusch von Maltes Schlüssel in der Wohnungstür den Mann kurz irritierte. Helen hörte Anjas Schreie, hörte die bedrohliche Stimme des Mannes, der sie zum Schweigen bringen wollte, und endlich Maltes erlösende Frage: *„Mama? Mama, was ist hier los?'*

Helen wollte nicht sehen, was hätte sein können, wenn Malte später gekommen wäre oder gar nicht …

Viel lieber sah sie Anja hier auf ihrem Sofa sitzen, Frodos Kopf noch immer auf ihrem Knie, erbärmlich verheult, verschwitzt und irgendwie zutiefst erschrocken, aber in Sicherheit und mit zwei blauen Augen davongekommen.

„Weißt du, Helen, das Schlimmste ist, dass ich jetzt Angst habe. Ich war immer so klar, was die Männer angeht. Ich habe sie angesprochen, gesagt, wenn mir einer gefällt. Ich fürchte, ich werde mich nie wieder trauen."

„Anja, hör auf! Es ist noch keine zwei Stunden her, dass ein Verrückter über dich hergefallen ist. Das ist echt nicht der Moment, um über deine Kennlern-Aktivitäten nachzudenken."

„Doch, genau das ist der Moment, mir einzugestehen, dass ich gescheitert bin. Dass die weibliche Selbstbestimmung – was die aktive Wahl der Sexualpartner angeht – eine Illusion ist, die von jedem Schwachkopf schlicht mittels seiner körperlichen Überlegenheit und höheren Gewaltbereitschaft widerlegt werden kann. Sehr banal, diese Erkenntnis und sehr schmerzhaft … Da sind wahrscheinlich außer mir noch einige andere Frauen im Laufe der Jahrhunderte drauf gekommen …", Anja verzog das Gesicht, fast sah es aus, als würde sie lachen, „ …es ist so absurd."

Helen setzte sich zu ihr. Jetzt war es besser auszuhalten mit Anja auf dem Sofa, sie in den Arm nehmen, ihr die Haare aus dem Gesicht streichen, ein Taschentuch anbieten für die verlaufene Wimperntusche und die Tränen, ein Wasser nachschenken.

„Hey, Süße, du wirst doch so einem Typen nicht die Macht geben, über dein weiteres Leben zu bestimmen! Das ist heute nicht der Tag für solche Entscheidungen!" Helen drückte Anja an sich und spürte, wie diese sich in ihrem Arm ein wenig aufrichtete. „Und was deine Erkenntnis angeht, ja, Männer sind uns meistens körperlich überlegen. Aber deswegen ist die Frage nicht, ob du deine Aktivitäten einstellst, sondern, wie du sie weniger riskant gestalten kannst. Und darüber reden wir dann mal in Ruhe – frühestens nächste Woche."

„Meinst du das ernst?", fragte Anja, nahm das angebotene Tuch und wischte sich die Tränen aus dem Gesicht.

„Ja, das meine ich ernst. Ich glaube, es ist gut, wenn man weiß, was man will und wenn man das auch sagt. Ich bin gerade dabei zu lernen, dass das vieles im Leben ungemein erleichtert. Und dabei sollte man sich von so einem Deppen nicht entmutigen lassen."

„Dass du mal so etwas zu mir sagst ..." Anja schaute sie lange an. Dann putzte sie sich die Nase und trank noch einen Schluck Wasser. „Was ich *jetzt* will, weiß ich: erst mal unter die Dusche und dann ins Bett, für heute reicht es mir. Danke, dass ich hierbleiben kann!"

Anja sagte mit einer herzlichen Umarmung gute Nacht. Frodo sah ihr nach, wie sie das Wohnzimmer verließ und nach oben ging und trottete zurück zu seiner Decke. Helen blieb noch einen Moment am Feuer sitzen, das gleichmäßig herunterbrannte. Irgendwie war alles aus den Fugen geraten ..., aber irgendwie waren auch neue Fugen entstanden. Und irgendwie schienen die Kopfgeburten und Plagegeister, die sie so oft heimsuchten im Moment ruhiger zu sein. Ihr Handy piepste.

> Thilo - 21.52 Uhr
> Habe gestern noch mal mit dem
> Psychiater gesprochen, der Aufnahme-
> Termin für die stationäre Langzeit-
> Behandlung ist schon am 28.2.14,
> schätze, ich werde das wohl machen
> (müssen). LG T

> Helen - 21.56 Uhr
> Ja, solltest du unbedingt machen!
> Super, dass es so schnell geht,
> lass uns morgen gerne telefonie-
> ren. LG H

Seit sie mit Einar im Schnee unterwegs gewesen war, hatten sie jeden Tag miteinander telefoniert. Mit Einars Stimme war sie auf dem Heimweg von der Praxis oder beim Frodo-Spaziergang an der Donau oder beim Einkaufen oder sie lag am Abend auf dem Sofa oder im Bett. Einar ging mit ihr am Ohr in Oslo zur Arbeit, saß auf dem Familienboot im Hafen oder am Wochenende in der Hytta. Es tat so gut, ihn zu hören, sein Interesse und seine Nähe zu spüren, den Alltag mit ihm zu teilen. Das Einkaufen wurde fröhlicher, die Donaurunden unterhaltsamer, selbst der Nebel war nicht mehr so grau.

Einar - 22.34 Uhr
Magst du telefonieren?

       Helen - 22.35 Uhr
       Lieber Morgen, für heute habe ich
       genug von Männern

Einar - 22.36 Uhr
Wie meinen???

       Helen - 22.42 Uhr
       Anja ist hier, sie hatte Stress mit
       so einem *Flirtline*-Typen in ihrer
       Wohnung. Zum Glück kam ihr Sohn
       dazwischen. Morgen gehen wir zur
       Polizei.

Einar - 22.43 Uhr
Und da werde ich jetzt in Sippenhaft
genommen?

       Helen - 22.44 Uhr
       Klar. Kennst du Einen, kennst du
       Alle.

Einar - 22.46 Uhr
Wie bitte??

       Helen - 22.47 Uhr
       Ist ein Sprichwort

Einar - 22.48 Uhr
Kein gutes! Ich werde dich vom
Gegenteil zu überzeugen!

       Helen - 22.50 Uhr
       Morgen wieder. Für heute reicht es
       mir und ich will nicht, dass du noch
       mehr Männerschelte abbekommst
       … Schlaf gut!

Einar - 22.52 Uhr
Du Unbarmherzige! Ich werde sterben
vor Einsamkeit in dieser kalten,
dunklen Winternacht – nur die Aussicht,
dich morgen zu sprechen lässt mich
überleben :-) Schlaf auch gut!

Nesbyen, Freitag, 28. Februar 2014

Luna hatte kurz nach ihrem Aufbruch von der Hytta die Spur eines Fuchses aufgenommen, der sie über eine Stunde durch das freie Feld gefolgt waren, bis sie sich in einem dichten Birkengehölz verlor. Einar steuerte den nahegelegenen Hochsitz an. Es war früher Nachmittag, sie hatten Zeit, sie konnten warten. Er legte für Luna eine Decke in den Schnee und schlang ihre Leine um eine Leitersprosse.

„Platz, Mädchen, und leise sein!" Dann stieg er die Leiter hinauf und öffnete die Türe. Sein Großvater hatte den Ansitz gebaut, als Kind war er oft mit ihm hier oben gesessen, damals hatte der Wind noch durch alle Ritzen geblasen, und es war eisig kalt gewesen. Jetzt war der Boden und der untere Teil der Holzwände verkleidet mit Teppichbodenresten und alten Läufern, so dass der Wind draußen blieb.

Einar nahm seinen Rucksack ab, öffnete die hölzernen Fensterläden und schloss die Türe hinter sich. Er stellte seine Waffe in die Ecke und goss sich einen Tee ein. Er liebte die Perspektive von hier oben. Knapp drei Meter über der Erde reichten aus, sich ein wenig erhaben zu fühlen und einen ganz anderen Blick auf die Landschaft zu erleben. Die Birken wirkten geduckter, die Spuren im Schnee eindeutiger, die wenigen, verstreuten Hütten sahen eher nach Kinder-Spielzeug als nach menschlichen Behausungen aus und der hügelige Horizont erschien mehr auf Augenhöhe.

Heute war die Luft klar und der Blick weit, nach Süden über die Hügelkette bis ins flachere Land, nach Norden bis zu den Bergen der Hardangervidda hinten am Horizont.

Drei Hütten lagen in seinem Blickfeld, zwei davon winterfest verschlossen, eine mit offenen Fensterläden und rauchendem Schornstein in etwa zwei Kilometern Entfernung.

Er setzte sich auf die einfache Holzbank, die mit einem Schaffell bedeckt war, trank einen Schluck Tee und dachte an Helen. Gestern nach seiner Ankunft in der Hytta war er erschöpft auf dem Sofa eingeschlafen und dann war es zu spät gewesen zum Telefonieren. Jetzt war sie sicher noch in der Praxis, am Abend würde er sie anrufen, wie jeden Tag. Der Tee roch nach roten Beeren. Wie Helen roch konnte er kaum sagen, sie hatte sich seinen versuchten Annäherungen so schnell entzogen, dass er ihren

Geruch nicht beschreiben konnte. Sie fehlte ihm. Er wollte sie hier in seiner Nähe haben. Nicht nur zum Reden.

Einar war nicht sicher, ob er wirklich so dringend mit ihr reden musste, wie sein Bruder meinte. Im Moment ging es ihm doch gut. Er konnte arbeiten, Freunde treffen, auf die Jagd gehen und einfach weiter hoffen und an ein gutes Karma glauben. Vielleicht würde die Krankheit ja nie wieder kommen, und dann hätte er Helen umsonst beunruhigt.

Eine Fliege krabbelte benommen über die Fensterbank und hielt an einem sonnigen Fleck inne, um in der eisigen Februarluft ein wenig Wärme zu tanken. Der Wind spielte mit den Klappläden. Der Schnee glitzerte in der Sonne und verhüllte wie ein gigantischer Weichzeichner alles Scharfkantige und Eckige der Landschaft, zauberte stattdessen weiche Rundungen und sanfte Hänge ins Bild.

Luna winselte ganz leise von unten und erinnerte ihn daran, weswegen sie hier waren. Er hatte die Mauser M12 mitgenommen, eine leichte Vielzweckbüchse, um einen Fuchs zu schießen. Die Ranz hatte begonnen und die Fuchsrüden streiften auf der Suche nach paarungswilligen Fähen auch tagsüber durch die Gegend, hormongetrieben vergaßen sie ihre sonst außerordentliche Vorsicht.

Einar nahm sein Fernglas und ließ den Blick über die Landschaft gleiten. Er suchte gezielt in der Nähe von Büschen und Hecken, die dem roten Pelz eine gute Deckung gaben, insbesondere in der Umgebung des Birkengehölzes, in dem sich seine Spur verloren hatte. Von der nächstgelegenen Hütte hörte er das Geräusch einer Motorsäge, durch die Optik konnte er sehen, dass sein Nachbar Hagen dort einen Kiefernstamm in Meterstücke zersägte, damit würde er bald fertig sein, bei diesem Lärm würde kein Fuchs auftauchen.

Luna am Fuße der schrägen Leiter konnte er durch das offene Fenster sehen. Sie stand lautlos auf, schaut in Richtung der Birken, spitzte die Ohren, hob einen Vorderfuß. Dort war offensichtlich etwas, das sie interessierte.

Die Sonne stand Februar-schräg am Nachmittagshimmel, der Wind kam günstig von vorne und wenige Minuten, nachdem Hagen seine Sägearbeiten beendet hatte, sah Einar unten in dem Dickicht der Birkenhecke zwei Augen im Sonnenlicht glänzen. Er tauschte lautlos das Fernglas gegen seine Büchse und richtete das Visier ein.

Die Augen in der Hecke bewegten sich von rechts nach links und wieder zurück, dann kamen sie langsam hervor. Vorsichtig schob sich das Tier aus seiner Deckung, Luna stand angespannt am Fuße des Ansitzes und witterte in seine Richtung. Durch das Zielfernrohr sah Einar die Schnurrhaare auf beiden Seiten seiner spitzen Nase, das weiße Fell entlang der Mundpartie ging in einen großen weißen Brustfleck über, und als der Rüde die Deckung vollends verlassen hatte, zeigte sich sein buschig dichtes Winterfell in voller Schönheit. Er hob die Schnauze und schnupperte intensiv nach dem Geruch einer Fähe, dann lief er los.

Einar folgte seinem Lauf durch das Visier. Ihm war kalt. Er schloss den Kragen seiner Jacke und zog seinen Schal fester um den Hals.

Der Fuchsrüde drehte nach links, hielt inne und witterte, er stand jetzt perfekt vor seiner Büchse. Einar legte an, zielte, atmete …, nun müsste er schießen, sein Finger am Abzug zitterte …, er atmete ein wenig aus, bereit zum Schuss, sein Finger bewegte sich nicht, hielt wie erstarrt am Abzug fest. Es ging nicht, er konnte nicht schießen, nicht jetzt …

Der Fuchs lief weiter am Rande des Gehölzes entlang und entfernte sich in Richtung offenes Gelände. Luna schaute zu Einar auf und wurde erkennbar unruhig auf ihrem Platz.

„Ruhig, mein Mädchen", sagte Einar leise, „der kommt zurück, der dreht nur eine Runde."

Er legte das Gewehr zur Seite und folgte dem Fuchs mit seinem Fernglas. Der Rüde schnürte eine kleine Anhöhe empor, hielt immer wieder suchend inne und setzte seinen Weg dann fort, offensichtlich ohne eine passende Witterung gefunden zu haben. Als das Tier den höchsten Punkt des Geländes erreicht hatte und sich anschickte, sein Blickfeld zu verlassen, zog Einar seinen hölzernen Fuchs-Locker aus der Jackentasche und pfiff einige Male auf dem Maus-Pfeifchen. „Na, Meister Reinecke, hast du nicht auch Hunger da draußen im Schnee?"

Der Fuchs blieb stehen und spitzte die Ohren. Einar pfiff weiter und der piepsige Mäuseton erfüllte die Luft. Wie vorhergesagt drehte der Rüde bei und zog in großem Bogen über die Anhöhe zurück in Richtung der vermuteten Maus. Er war jetzt etwa zweihundert Meter entfernt und Einar brachte erneut seine Büchse in Anschlag.

Auf der Suche nach einer Frau sterben …, kein schöner Tod. Er wollte nicht sterben, bevor er Helen nähergekommen war. Er wollte leben. Einfach leben, nicht dauernd aufpassen, zu Kontrolluntersuchungen müssen, warten, bangen, hoffen, er wollte nicht abhängig sein vom Ergebnis dieser oder jener Blutwerte, nicht fürchten müssen, wieviel Zeit noch bleibt.

Ihm war eiskalt. Er zog seine Mütze tiefer in die Stirn und rieb sich die Hände. Als er den Finger wieder am Abzug hatte, spürte er, wie seine Hand zitterte und nicht nur seine Hand, sein Arm, sein ganzer Körper zitterte und seine Zähne fingen an zu klappern. Zum Glück hatte die Waffe ein hohes Abzugsgewicht.

Er legte das Gewehr zur Seite, nahm seine Thermoskanne und goss sich den nächsten heißen Tee ein, hielt den dampfenden Becher in den Händen, spürte erst jetzt, wie kalt auch seine Füße und Beine waren. Er fror wie schon lange nicht mehr und der Tee änderte wenig daran, auch der dritte Becher nicht, den er so heiß wie nur möglich trank.

Der Fuchs ... Er war wegen des Fuchses hier. Erneut nahm Einar das Gewehr zur Hand und das Tier ins Visier, es war noch nähergekommen, jetzt vielleicht 150 Meter entfernt und stand suchend neben einer kleinen Kiefer. Wieder ein paar Maustöne, Einar zitterte inzwischen so stark, dass ihm der Locker fast aus der Hand gefallen wäre. Der Fuchs spitzte die Ohren und setzte seinen Weg fort, Luna hatte ihn aufmerksam beobachtet und duckte sich tief auf ihre Decke. Den Finger am Abzug beobachtete Einar durch das Zielfernrohr, wie der Rüde näherkam. Etwa 120 Meter noch, eine gute Entfernung, er müsste jetzt schießen.

Oder auch nicht. Er wollte nicht, dass dieses Tier starb ... ,*Ich bin Leben, das leben will, inmitten von Leben, das leben will*', die radikale Gültigkeit dieses Satzes von Albert Schweizer für *alle* Lebewesen war ihm noch nie so klar gewesen. Auch für diesen arglosen Rüden auf der Suche nach Nahrung und Paarung. Und er war hier, um ihn zu erlegen. An diesem sonnigen Februartag. Mit welchem Recht? Mit welchem Sinn? Wieso diese Fragen? Er war Jäger. Ein Jäger stellt solche Fragen nicht. Es musste diese eisige Kälte sein. Er zog die Fellkapuze seines Anoraks über seine Mütze und packte sein Gewehr ein.

Der Fuchs sollte seine Fähe finden, so wie er Helen gefunden hatte. Er würde nicht sterben, er würde leben, mit ihr. Er würde es ihr sagen, ihre Liebe würde ihn schützen, die Leukämie würde nicht zurückkommen. Er hatte kein Fieber, es war nur kalt hier auf dem Hochsitz. Das war normal. Im Februar war es kalt. Das war kein Anzeichen von Krankheit, er würde noch einen Tee trinken und dann mit Luna nach Hause laufen und sich in der Sauna aufwärmen und später würde er Helen anrufen, und wenn sie nicht bald nach Norwegen kommen wollte, würde er nach Ulm fahren und dort mit ihr sprechen, er hatte genug Zeit vertan, es ging um ihr Leben, ihr gemeinsames.

Auch der letzte Becher Tee wärmte ihn nicht.

Einar stand auf, packte die Thermoskanne ein und nahm seinen Rucksack und das Gewehr. Seine Knie zitterten jetzt ebenso stark wie seine Hände. Langsam und vorsichtig wie ein alter Mann stieg er die Leiter hinab. Der Fuchs, alarmiert von dem unerwarteten Geräusch, drehte um, floh in weiten Sprüngen durch den tiefen Schnee und verschwand auf der anderen Seite des Hügels. Luna stand auf, sah ihm nach und winselte ungeduldig. Einar schaute nach dem Hund und verfehlte dabei eine Leitersprosse. Erschrocken hielt er sich mit beiden Händen fest und konnte ein Abrutschen gerade noch verhindern. Sein Herz klopfte bis zum Hals, noch langsamer legte er die letzten vier Stufen zurück.

Seine Hände zitterten so stark, dass er Luna kaum losbinden konnte. Auch das Anziehen der Skier dauerte ewig, sein Schuh wollte einfach nicht in die Bindung passen, und er hielt sich an der Leiter des Hochsitzes fest, während er es weiter probierte. Endlich stand er auf den Skiern und war so erschöpft, dass er sich am liebsten zu Luna in den Schnee gesetzt hätte.

„Wir gehen nach Hause, Mädchen", sagte er und schlang sich die lange Leine über Kopf und Schulter, „und ich fürchte, du musst ein wenig mithelfen. Ich weiß nicht, was mit mir los ist."

Luna verstand und lief vor ihm, die Leine auf Zug. Zum Glück waren es nur vier Kilometer bis zur Hytta. Nach dem ersten Kilometer ließ das Zittern langsam nach und machte einer aufsteigenden Hitze Platz. Einar nahm die Kapuze ab und lockerte seinen Schal, hätte am liebsten auch Mütze und Handschuhe ausgezogen, aber seine Erfahrung und ein diffuses Misstrauen gegenüber der plötzlichen Wärme hielten ihn davon ab.

Sie liefen in ihrer eigenen Spur zurück und Luna zog ihn mehr die Steigungen hoch, als dass er sie aus eigener Kraft bewältigen konnte. In der Ebene hatte er Mühe einen Rhythmus zu finden und mehr als einmal wäre er fast gestürzt.

„Luna, Mädchen, ich fürchte, ich schaffe das nicht bis nach Hause", sagte er mehr zu sich selbst, doch dann riss ihn das erneute Geräusch der Motorsäge aus seinen Gedanken. *Hagen!* Hagens Hütte lag näher, etwa noch einen Kilometer entfernt.

„Lauf zu Hagen, Luna!" Hagen war die Rettung, dort würde er ein wenig ausruhen können …, wenn es nur nicht so heiß wäre … Einar blieb erneut stehen, öffnete seine Jacke und nahm den Schal ab.

Luna bellte ihn an.

„Ist ja gut, ich weiß schon, Mädchen, nicht ohne den Schal." Mühsam und wie in Zeitlupe setzte er sich wieder in Bewegung. Warum war er nur so erschöpft, sie waren doch keine drei Stunden unterwegs gewesen und die meiste Zeit davon hatte er auf dem Hochsitz verbracht.

Gewehr und Rucksack drückten auf seiner Schulter, und die Müdigkeit war so groß, dass er anfing, seine Schritte zu zählen. Der bleiernen Schwere winzige Erfolgsmeldungen entgegensetzen, schon zehn Schritte, jetzt fünfzehn, nicht stehen bleiben …, immer weiter gehen, fünfundzwanzig, nicht hinsetzen, einfach gleiten, einen Ski nach vorne schieben und den anderen hinterher, immer weiter …

Hagens Hütte kam nicht wirklich näher, dafür kam die Dämmerung heute umso schneller. Luna zog aus Leibeskräften, warum war dieser Weg nur so steil, eine letzte Kuppe noch dann ging es bergab.

„Laaaangsam, Luna! Langsam!" Jetzt nicht stürzen auf den letzten Metern. Hagens Hütte war von hier aus schon fast greifbar, Licht brannte in den Fenstern, die Motorsäge war verstummt. Luna fing an zu bellen und hörte nicht mehr auf, bis sie die verbleibenden 300 Meter zurückgelegt hatten.

Hagen erwartete sie im Hof. Groß und breitbeinig stand er da, in Fellstiefeln und dunklem Daunenanorak, leicht vorn über gebeugt, die weißen Haare unter einer Mütze verborgen.

„Hei! Was ist denn los, Luna? Du machst ja ein Getöse als hättet ihr einen Elch erlegt und das mitten in der Schonzeit."

Luna bellte weiter, auch nach Einars Aufforderung: „Luna, still jetzt!", beruhigte sie sich nur kurz. „Hei, Hagen! Ich …, ich brauche eine kleine Pause …, bevor wir beide weiter nach Hause gehen."

Die Lichter in den Fenstern schienen zu tanzen und Hagens Antwort hörte sich seltsam fern und dumpf an: „Klar, Einar, komm rein, dafür sind Nachbarn da!"

Die Skier. Er musste die Skier ausziehen, bevor er ins Haus gehen konnte. Einar bückte sich, um die Bindung zu öffnen, die tanzenden Lichter wurden heller, drehten sich. Er stürzte in den Schnee und blieb einfach liegen. Wie im Nebel nahm Einar wahr, dass Hagen seine Skier löste, ihm auf die Beine half und ihn in seine Hütte führte. Er half ihm auch in den großen Sessel und goss ihm einen Tee ein.

Luna lag zu Einars Füßen. Ihm war unerträglich heiß. Er spürte Hagens Hand auf seiner Stirn und hörte ihn sagen: „Du glühst! Ich habe kein Thermometer, aber ich bin sicher, du hast Fieber, dein Kopf ist so rot wie dein Anorak."

„Sorry für die Umstände, Hagen!"

„Red' keinen Unsinn, Junge! Aber jetzt mal im Ernst, du kannst so nicht alleine in deine Hütte. Ich rufe deinen Bruder an, ob der kommen kann und dich abholen, sonst bringe ich dich später mit dem Motorschlitten rüber."

Einar protestierte nicht. Er fühlte sich hundeelend, Morten da zu haben, würde gut sein. Er würde allerdings mindestens zwei Stunden brauchen, selbst wenn er sofort losfahren würde. Ein bisschen schlafen, nur eine kleine Weile die Augen zu halten, das würde gut tun, dann würde es vielleicht wieder gehen …, er würde Helen noch anrufen …, er war so müde, sein Kopf sank nach vorne, sein Kinn fiel auf die Brust …, wie gut, dass er es zu Hagen geschafft hatte und nicht mehr draußen im Schnee war …, wie gut, dass er nicht mehr so jämmerlich fror, nur kurz die Augen schließen …, der Fuchs …, er war doch auf der Suche nach einem Fuchs gewesen …, ob der inzwischen seine Fähe gefunden hatte …

Ulm, Samstag, 1. März 2014

Helen schaute auf ihr Handy. Noch immer keine Nachricht. Also weiter staubsaugen. Fünf Mal hatte sie Einar inzwischen auf die Mailbox gesprochen und um Rückruf gebeten, beim letzten Versuch um *dringenden Rückruf*, keine Reaktion. Sie hatte den Tisch abgewischt, die Regale abgestaubt, die Betten frisch bezogen – eigentlich könnten Claudia und Anja das auch selbst machen, hier war doch kein Hotel, aber still sitzen ging gar nicht, also machte sie weiter. Als nächstes die Waschmaschine.

Seit Donnerstagabend hatte sie nichts mehr von Einar gehört. Sie wusste, er war nach Nesbyen gefahren und wollte freitags auf die Jagd gehen, deswegen war auch Luna dabei. Sie hatte heute Morgen schon versucht, Mortens Telefonnummer heraus zu finden, hatte aber nach einer Stunde frustriert aufgegeben. In Oslo war kein Morten Svendsen zu finden, und sie wusste ja nicht einmal, ob Einars Bruder überhaupt in Oslo wohnte.

Warum meldete Einar sich nicht? Mit ihm zu telefonieren gehörte inzwischen zu ihrem Tag wie die Donau zu Ulm. Also warten. Nachschauen. Keine Nachricht.

Claudia war mit Tim in Oberstdorf zum Skifahren, Anja hatte Wochenenddienst. Keine Ablenkung im Haus.

Frodo hob gelegentlich den Kopf, wenn sie an seiner Decke vorbei tigerte. Aufräumen half. Die Zeitschriften sortieren, Rechnungen abheften, Blumen gießen, Karibik-Prospekte entsorgen, die Wäsche aufhängen.

Vielleicht war ihr Handy defekt? Eine Nachricht an Anja schicken, den Kühlschrank durchsehen, die abgelaufene Sahne entsorgen, Anjas Antwort lesen. Am Handy lag es also nicht. Die Besteck-Schubladen auswischen – nein, das war wirklich zu öde, lieber eine Runde raus gehen mit Frodo. Oder doch noch einmal anrufen. Wieder nur die Mailbox. Zäh wie Kleister zog sich dieser Tag hin.

Frühlingssonnenstrahlen unterwegs, viel mehr als sie vertragen konnte in dieser Stimmung, nicht mal auf den Ulmer Nebel war Verlass, geschweige denn auf Einar. Aufhören zu warten, wie ging das? Wenn sie es herausgefunden hatte, würde sie eine Anleitung dafür schreiben, könnte auch andere Frauen interessieren.

Zurück zu Hause war sie sicher, dass ihm etwas zugestoßen war. Es musste etwas passiert sein, sonst hätte er sich schon längst gemeldet. Er hatte sich immer gemeldet, seit sie sich in Oslo am Flughafen von ihm verabschiedet hatte. Jeden Tag. Bis vorgestern. Einunddreißig mal war sie mit seiner Stimme aufgewacht und genauso oft auch eingeschlafen, nur am Donnerstagabend nicht. Und gestern Morgen nicht. Und gestern Abend nicht. Wenn sie nur wüsste, was mit ihm los war, wenn er wenigstens eine Nachricht geschrieben hätte …

In der Nacht war sie von Albträumen geplagt. Sie sah Einar vergeblich gegen einen Schneesturm ankämpfen, sah seinen leblosen Körper, begraben unter eisigen Schneeverwehungen. Sie sah ihn vom Hochsitz stürzen und mit gebrochenem Bein und fehlendem Handy-Empfang auf Hilfe warten, sah sein Blut, dass den Schnee rot färbte ...

Ulm, Sonntag, 2. März 2014

Der erste Griff nach dem Aufwachen galt ihrem Handy. Noch immer keine Nachricht von Einar, dafür eine von Jan:

> Jan - 0.52 Uhr
> Hi, Mam, wollte dir nur Bescheid sagen,
> dass mein nächstes Vorspiel Ende Mai
> sein wird, falls du kommen möchtest,
> lg Jan

Seit sechzig Stunden keine Nachricht, da war ja seine Verspätung in Oslo nur ein kleiner Vorgeschmack gewesen. Wahrscheinlich war dieses Mal König Harald selbst akut gefährdet, und er hatte ihn persönlich begleiten müssen in die amerikanische Spezialklinik, die als einzige für die Behandlung in Frage kam, und natürlich gab es nirgendwo ein Handy-Netz. Klar.

Damit war jetzt Schluss! Sie hatte im Studium Monate ihres Lebens in Sehnsucht und Trauer verbracht, wegen genau diesem Mann, das würde sie kein zweites Mal tun. Selbst die Steine am Wegrand waren ihr fröhlich erschienen damals, verglichen mit dem Zustand ihrer Seele. Rabenschwarze Dunkelheit, Nächte ohne Schlaf, Tage ohne Lichtblick. Noch einmal würde sie das nicht zulassen. Er konnte ihr gestohlen bleiben, der königliche Leibarzt!

Die Sehnsucht war so groß wie ein Elch. Wie groß war ein Elch? Sie hatte noch nie einen gesehen. Sehr groß wahrscheinlich. Und wenn das nicht groß genug war, dann war sie eben so groß wie ein Elefant. Seit drei Tagen lief sie mit dieser Sehnsucht durchs Haus, gefühlte hundert Kilometer, eigentlich müsste man ihre Spuren auf dem hellen Teppichboden sehen, eingegraben in den Flor, ihre immer gleichen Sehnsuchtsrunden. Stattdessen sah sie nur die schemenhaften Reste des Himbeerflecks vom November. In Wahrheit war es völlig gleichgültig, ob Elch- oder Elefantengröße, es war nicht auszuhalten. Die Sehnsucht nicht und nicht das

155

Ungewisse, das hingehalten sein und das nichts tun können. Sie könnte die Polizei in Nesbyen anrufen und eine Vermisstenanzeige aufgeben – um sich absolut lächerlich zu machen, wenn die Streife ihn dann bei bester Gesundheit mit einer anderen Frau in der Hytta vorfinden würde, nein danke!

Sie könnte in der Tagesklinik anrufen, in der er arbeitete, und einen Notfall simulieren, um zu erfahren, ob man dort etwas von seinem Verbleib wusste – es war Sonntag, die Tagesklinik geschlossen und sie konnte kein Norwegisch, soviel dazu.

Es gab nichts mehr zum Aufräumen, Frodo lag müde auf seiner Decke, nachdem sie 15 Kilometer mit ihm gelaufen war, und von Einar gab es auch nichts Neues. Was hatte sie denn früher den ganzen Tag über getan? Dass ein einfacher Sonntag so endlos lang sein konnte …

Sie könnte Jan anrufen. Da war nur die Mailbox. Nein, keine Nachricht, es gab nichts zu sagen. Sie könnte Musik hören. Ja, das würde sie auf andere Gedanken bringen, Musik half in jeder Lebenslage. Der Playlist-Algorithmus wählte Jan Garbarek. Ausgerechnet! An jedem anderen Tag absolute Gute-Laune-Lieblings-Musik. Aber heute? Jan Garbarek war Norweger. Stopp-Taste! Einar hatte sich noch immer nicht gemeldet.

Ihr war schlecht. Seit gestern Morgen hatte sie kaum etwas gegessen. Es ging einfach nicht, sie brachte nichts runter, ihre Kehle war wie zugeschnürt. Sie würde vielleicht doch bei der Polizei anrufen. Besser, sich lächerlich machen als weiter sinn- und tatenlos abwarten.

Inzwischen waren es 68 Stunden ohne eine Nachricht. Ihm war etwas zugestoßen, sonst konnte das nicht sein. Hoffentlich nicht, alles andere ließe sich klären. Er musste am Leben sein! Es fing doch gerade erst an …

Um 16.43 Uhr klingelte ihr Handy. Eine unbekannte Nummer, die mit 0047 begann – Norwegen! Auf alles gefasst nahm sie den Anruf entgegen: „Helen Hermann."

„Hei, Helen, dies ist Morten, Einars Bruder."

Morten, endlich … Sie musste sich setzen.

„Hei, Morten, das ist ja eine Überraschung!", etwas Blöderes konnte man wohl kaum sagen. Egal. Was war mit Einar?

„Ja, in der Tat. Das ist schon das zweite Mal, dass ich mir melde, wenn du wohl auf Einar wartest. Ich hoffe, das wird nicht Gewohnheit."

Das hoffte sie allerdings auch!

„Helen, mein Bruder ist in Krankenhaus seit Freitag. Wir denken, es würde gut sein, wenn du kommst. Kann das gehen?"

„Was ist passiert? Wie geht es ihm?" Sie hatte doch nicht gewollt, dass ihm etwas zustößt. Sie wollte doch nur, dass das Warten aufhört.

„Es ist ein lange Geschichte, besser, er erzählt dir selbst, wenn er kann. Er hat hohe Fieber, er spricht immer deine Name. Kannst du hier sein morgen?"

Morgen? Wie sollte das gehen? Morgen war Montag und die Praxis voller Patienten.

„Ja, ich schaue nach einem Flug und rufe dich zurück. In welchem Krankenhaus ist Einar? Wie komme ich dort hin oder kann mich jemand abholen?"

„Natürlich hole ich dir ab. Fein, dass du kommen kannst!"

Der Flug, den sie buchen konnte, ging um 16.30 Uhr ab München. Sie würde bis 13 Uhr Patienten sehen, irgendetwas musste sie tun, sonst würde sie verrückt werden, so langsam wie die Zeit verging.

Helen rief ihren alten Chef an, inzwischen ein rüstiger Ruheständler, ob er sie kommende Woche in der Praxis vertreten könne, und schickte eine Nachricht an Jan:

> Helen - 17.35 Uhr
> Hallo, Jan, danke für die Einladung,
> ich komme gerne. Ist sonst alles in
> Ordnung bei dir?

> Jan - 17.40 Uhr
> Klar Mam, alles groovt. Bei dir auch
> alles ok?

> Helen - 17.41 Uhr
> Ja. Ich fliege morgen für ein paar
> Tage nach Norwegen, bin über Handy
> erreichbar

> Jan - 17.42 Uhr
> Hey, cool, finde ich super! Wie hieß
> er noch gleich? Einar? Viel Spaß
> auf alle Fälle! LG Jan

> Helen - 17.45 Uhr
> Danke! Drück mir die Daumen,
> LG Mam!

Jan - 17.46 Uhr
Hey, bleib entspannt, dann wird das
schon :-)

Oslo, Montag, 3. März 2014

Die Unruhe war nicht auszuhalten. Irgendetwas musste sie tun … Zum zweiten Mal sortierte Helen jetzt EC-Karten, Briefmarken, Fahrscheine, Visitenkarten, Notizzettel, kleine Bildchen, die Jan ihr vor Jahren gemalt hatte, und die Einkaufszettel der letzten Wochen in ihrem Geldbeutel hin und her. Sobald der Arzt aus Einars Zimmer kam, würde sie ihn sehen können. Heute Mittag hatte er endlich geschrieben:

Einar - 13.47 Uhr
Freue mich sehr, dass du kommst, und
zähle die Stunden, Einar

Morten hatte sie am Flughafen abgeholt und unterwegs erzählt, dass Einars Zustand sich seit gestern etwas verbessert habe und dass sein Fieber gesunken sei. Dabei hatte er so blass und traurig ausgesehen. Es rührte sie, wie sehr er an seinem großen Bruder hing. Auch jetzt war er wieder mit in die Klinik gegangen und wartete unten in der Cafeteria auf sie.

Wie lange dauerte denn diese Visite? Sie saß schon mindestens eine halbe Stunde hier, noch einmal würde sie ihr Portemonnaie nicht durchschauen. Endlich öffnete sich die Türe und eine junge Ärztin verließ das Zimmer, gefolgt von einer älteren Krankenschwester, die einen Verbandswagen hinter sich her zog.

Helen stand auf. In den letzten vierundzwanzig Stunden hatte sie sich den genauen Ablauf dieses Moments oft genug vorgestellt, die Gefahr, dass er zum Desaster werden würde, war also relativ groß. Was er sagen, wie er aussehen würde, was sie antworten, wo sie sich hinsetzen würde …, alles genau durchdacht. Nur die Frage der Begrüßung war noch unentschieden. Ganz locker bleiben jetzt, atmen, lächeln, einfach hinein gehen und Hallo sagen.

Helen ging die wenigen Schritte zur Tür, klopfte an und trat ein, ohne eine Antwort abzuwarten. Das Krankenzimmer war hell und in einem zarten Mint-Pastell-Ton angestrichen. Es roch nach Sterilium und nach desinfizierten Kunststoff-Oberflächen. Sein Bett stand mit dem Kopfende links an der Wand, rechts ein kleiner Tisch mit zwei Stühlen, gegenüber der Tür ein großes Fenster mit Blick in die abendliche Dunkelheit, gerahmt von zwei frühlingsgrünen Vorhängen. Sie hätte Blumen mitbringen sollen. Es gab keine Blumen hier.

Einar strahlte, als er sie sah – zumindest versuchte er es. Er sah jämmerlich aus. Sein Gesicht war grau, feine Schweißperlen standen auf seiner Stirn, und er schien um Jahre gealtert. Links von seinem Bett stand ein Monitor, über dessen Display eine schnelle EKG-Kurve lief. Daneben hing eine Infusion, die langsam in eine Vene in seinem linken Arm tropfte. Zwanzig Jahre Erfahrung als Ärztin ließen Helen in Sekundenbruchteilen erfassen, dass hier kein lebensbedrohlicher Zustand vorlag, trotzdem griff die Angst nach ihr. *Atmen*. Ging nicht. *Atmen*!

„Einar", mit Mühe brachte sie seinen Namen heraus. Ganz locker bleiben, nicht weinen. Am liebsten hätte sie ihn umarmt, sie tat es nicht, er könnte dabei zerbrechen, so schwach wirkte er in dem weißen Hemd in diesen weißen Laken.

Sie trug einen der Stühle an sein Bett, setzte sich zu ihm, nahm seine kalte Hand und versuchte ein Lächeln. In ihrem Drehbuch hätte er jetzt gesagt ‚*Weine nicht, Liebes, alles wird gut!*'

In Wirklichkeit sagte er nichts, schaute sie nur an, während die Tränen still über ihr Gesicht liefen. Seine Augen, kein leuchtendes Sommerhimmel-blau heute, eher ein schwaches Winterwolken-und-Schnee-liegt-in-der-Luft-graublau, all das unaussprechlich.

Als nächstes hätte er gesagt, ‚*Wie schön, dass du da bist, ich fühle mich schon gleich besser*'. In Wirklichkeit sagte er immer noch nichts, drückte nur ihre Hand und sah sie an. Um sich im Bett aufzurichten war er offensichtlich zu schwach.

Schweigend saßen sie da. Kein Wie-war-dein-Flug und Was-hat-die-Ärztin-gesagt-Palaver, einfach nur Stille stattdessen. Und wie schon auf der Fahrt nach Nesbyen vor einigen Wochen war diese Stille auch heute eine zutrauliche, eine warme, geborgene Stille, die ihr gut tat. Das Atmen wurde leichter.

Sie streichelte seine Hand, dann seinen Unterarm, der weniger kalt war, hielt inne an der Grenze, die der Stoff des Klinik-Hemdes zog, knapp unterhalb des Ellbogens.

„Egal was kommt, wir werden wieder zusammen nach Nesbyen fahren und mit den Skiern unterwegs sein", hörte sie sich sagen und sah ihn vor sich, im tiefen Schnee den Berg hinauf spuren, und in der Ferne am Horizont bewegten sich einige Rentiere im tiefen Schnee.

„Ja, das werden wir." Sein Atem ging schnell. „Danke, dass du gekommen bist! Morten sagt, ich habe im Fieber ständig nach dir gerufen. Aber auch ohne Fieber bin ich sehr glücklich, dich zu sehen!"

Helen schluckte. „Die drei Tage ohne eine Nachricht von dir waren schrecklich, ich bin fast gestorben vor Angst."

Die Zimmertür ging auf, und die Krankenschwester von vorhin kam herein. Mit flotten, routinierten Griffen stoppte sie die Infusion und hängte eine kleine Flasche mit einem Antibiotikum an ihre Stelle.

„Ich muss noch Fieber messen, Doktor", sagte sie und hielt einen Infrarotsensor in sein linkes Ohr. „Du hast 38,2°C, das ist gut, die Temperatur sinkt weiter. Wenn du etwas brauchst, sag gerne Bescheid." Sie nahm die zwei leeren Wasserflaschen vom Nachttisch mit, und so schnell, wie sie gekommen war, verschwand sie wieder aus dem Zimmer.

„Helen", sagte Einar, „es gibt etwas, das du wissen musst."

Sie wollte nichts wissen. Sie wusste, dass alles, was jetzt kam, nichts Gutes war. Sie wollte es nicht hören. Ihr Drehbuch sah vor, dass alles gut war und blieb, dass dieser ganze Krankenhausaufenthalt ein Irrtum war.

Einar sagte es trotzdem. „Was ich dir sage, wir dir nicht gefallen. Darum will ich, dass du weißt, es ändert nichts an meinem Gefühl für dich, gar nichts!"

Mit solchen Reden fingen Betriebsversammlungen an: *Seien Sie versichert, wir werden alles tun, um Ihre Arbeitsplätze zu erhalten'* – in Wahrheit waren die Kündigungen schon geschrieben.

Sie sah Einar an. Er fuhr das Kopfteil des Bettes per Fernbedienung höher und erwiderte ihren Blick. Wie blass er war.

„Helen, du musst wissen …, ich bin krank … Es ist mehr als ein Infekt und das Fieber." Sein Atem war flach und viel zu schnell.

Helen schaute auf den EKG-Monitor, seine Herzfrequenz war bei 125 pro Minute. Sie wollte es noch immer nicht hören, erst recht nicht nach dieser Vorrede. „Du musst jetzt nichts sagen, Einar. Wir haben Zeit. Ich kann die ganze Woche bleiben. Ruh' dich aus." Sie hielt seine Hand in ihrer und streichelte seine Finger.

„Ich will aber etwas sagen … Ich hätte das schon früher tun sollen."

Helen sah, wie sehr ihn das Sprechen anstrengte. Er holte tief Luft und sah einen Moment aus dem Fenster. Dann blickte er sie wieder an.

„Es ist nicht fair, du musst wissen, was los ist, wenn du eine Entscheidung für mich und für uns triffst … ich …, ich habe … Leukämie."

Der Drache war losgelassen und zögerte keine Sekunde, sofort wütete er durch ihre Gedanken. Leukämie. Wild wuchernde Krebszellen in seinem Blut, die alles Gesunde verdrängten. Plakate mit kleinen Kindern ohne Haare und mit großen Augen, Radio- und Zeitungs-Aufrufe zur Knochenmarkspende, die Spendengala der Krebshilfe, José Carreras – vor 25 Jahren erkrankt und jetzt sang er wieder, Blutkrebs, so viele Patienten hatte sie sterben sehen, die junge Frau, die kurz nach ihrem ersten Kind erkrankt war und starb, bevor sie seinen zweiten Geburtstag feiern konnte, Qualen, Leiden, Hoffnungslosigkeit …

Einar krebskrank? Das konnte nicht sein, das durfte nicht sein, er war doch so lebendig, so zuversichtlich, so stark. Leukos bedeutete weiß, weiß wie der Schnee, in dem sie so gerne mit ihm unterwegs war und sein würde, weiß wie die Unschuld, die jetzt verloren war mit dieser Diagnose, weiß wie Mutters Haar, die auch ihren Liebsten verloren hatte … Reichlich Drachenfutter, genug für die nächsten Jahre.

Sie musste sich bewegen, konnte nicht einfach tatenlos hier sitzen. Helen stand auf und ging zum Fenster. Sie schaute angestrengt durch die Dunkelheit und sah unten vor dem Haus einen kleinen Park, von Straßenlaternen erleuchtet, einzelne zusammengeschmolzene Schneereste unter blattlosen Sträuchern, Winter-grau-braun und trostlos. Viel trostloser war, dass sie im Aufstehen Einars Hand losgelassen hatte. Sie ging zurück ans Bett, setze sich wieder hin und nahm seine Hand in ihre Hände. Im Zimmer war es viel zu warm, warum war ihr das vorher noch nicht aufgefallen.

„Helen …, sag was, bitte!" Einar schaute sie an.

„Wie lange schon?", fragte sie. Ihr Gehirn brauchte jetzt Zahlen, Daten, Fakten. Seine Herzfrequenz war auf 130 pro Minute gestiegen.

„Seit vier Jahren, im Sommer 2010 bin ich erkrankt."

„Welche Form?"

„Eine AML, du weißt, das ist die akute Form, an der vor allem jüngere Erwachsene erkranken."

Sie wusste viel zu viel, leider. Sie wusste auch, dass die Hälfte der Patienten mit einer AML starb.

„Wie war die Therapie?"

„Gut", Einars Körper straffte sich, „nach einem Jahr Chemo-Hölle keine Krebszellen mehr nachweisbar."

Ein Jahr ist nichts, machen wir uns nichts vor. „Wie ist die Prognose?"

„Fünfzig Prozent leben fünf Jahre nach der Diagnosestellung noch."

Helen strich das Laken unter Einars Hand glatt. Dass Bettlaken immer solche Falten werfen mussten. Er sollte gut liegen, glatt und sorgsam gebettet. Ihre Stimme zitterte bei der alles entscheidenden Frage: „Und jetzt hast du ein Rezidiv? Die Leukämie ist wieder da?"

„Nein. Nein! Glaub mir, Helen! Wirklich nicht!" Erschrocken schüttelte er den Kopf. „Ich hatte hohes Fieber, ein bakterieller Infekt, und mein Kreislauf hat verrückt gespielt, deswegen musste ich ins Krankenhaus und war bis gestern Abend echt außer Gefecht. Aber jetzt wirken die Antibiotika, und es geht es bergauf! Jetzt wo du da bist." Sichtlich erschöpft holte Einar tief Luft und versuchte ein Lächeln.

„Ja, jetzt geht es bergauf!" Helen streichelte weiter seine Hand. Sie glaubte kein Wort. Sie würde ihn verlieren, wie immer, wenn sie jemanden liebte. Die Krankheit war stärker. Man konnte jemanden auch verlieren, wenn man ihn erst gerade gefunden hatte. Was hatte sie einer Leukämie entgegen zu setzen: Zweifel, Zaudern, Zögern – damit war kein Krieg zu gewinnen, ein solcher schon gar nicht.

Wenn sie Anjas Entschlossenheit oder Claudias Leidenschaft hätte, dann vielleicht, aber so ... Wie selbstverständlich es war, seine Hand zu halten, wie unvorstellbar, sie jemals wieder los zu lassen.

Einar räusperte sich. „Ich muss dir noch etwas sagen."

„Besser nicht, ich weiß nicht, ob ich eine zweite Nachricht dieser Art verkrafte." Helen sank ein wenig tiefer in ihren Stuhl und schloss kurz die Augen.

Die Krankenschwester betrat erneut den Raum, stellte eine frische Wasserflasche auf den Nachttisch und tauschte die leere Antibiotikum-Flasche gegen die Infusion, die langsam anfing zu tropfen. Helen schaute ihr zu. ‚*Amoxicillin*' las sie auf der kleinen Flasche. Wie oft hatte sie diese Handgriffe selbst ausgeführt. Es war gut zu wissen, was hier vor sich ging, wenigstens ein kleines Stück Sicherheit. Sie war Ärztin, doch hier an seinem Bett war sie ein ängstliches, sehnsuchtsvolles Wesen auf der Suche nach Resonanz.

Sie spürte, wie Einar ihre Hand drückte. „Du bist stark", sagte er.

„Seit wann denn das?"

„Seit ich dich kenne."

„Brauchst Du noch etwas, Dr. Svendson? Später kommt ja noch der Nachtdienst, *god natt!*"

„Nein, danke, bin gut versorgt, bis morgen, Schwester Janne, einen schönen Feierabend!" Einar wartete, bis die Tür sich hinter ihr schloss. Dann räusperte er sich. „Helen, ich möchte dir noch sagen, dass ..., dass ich dich belogen habe."

„Was meinst du? Bei welcher Gelegenheit?" Was würde jetzt noch kommen? Viel konnte sie nicht mehr vertragen. Die Hülle, die ihr Inneres zusammenhielt, war löchrig geworden. In ihrem Drehbuch wären sie schon lange bei dem Punkt ‚*sie hielten sich an den Händen und spürten, dass etwas Großes seinen Anfang nahm*' angelangt. Leider lief gerade gar nichts nach Drehbuch.

„Bei deiner Ankunft hier im Januar. Da war ich auch im Krankenhaus. Es gab keinen suizidgefährdeten Patienten. Ich hatte starkes Nasenbluten, dass kaum zu stillen war. Du weißt, so eine Gerinnungsstörung kann ein Symptom für ein Wiederauftreten der Leukämie sein. Also hierher, Notaufnahme, Blutbild untersuchen und warten auf den Befund am Wochenende und auf den Chefarzt, der noch zur Visite kam. Ich hätte es dir gleich sagen sollen."

„Na, wenigstens der Chefarzt hat gestimmt." Das sollte ein Scherz sein. Ihre Mundwinkel gehorchten nicht, sie blieben da wo sie waren, keinen Millimeter ließen sie sich nach oben bewegen, auch Einar verzog keine Miene.

„Ja, du hättest es mir sagen sollen." Er hatte sie also belogen, und sie hatte nichts gemerkt. Er hatte ihre erste Verabredung mit einer Lüge begonnen und die Tage danach so getan, als sei alles in bester Ordnung. Und dabei war nicht um irgendetwas gegangen, nicht um irgendein belangloses Detail seiner Biographie, nein, es war *die* zentrale Information zu seinem Leben.

Helen schaute auf. Wie harmlos diese pastellfarbenen Wände doch waren. Sicher war das Absicht, ein durchdachtes Farbkonzept, ausgleichend, beruhigend, Lebensdramen weichgespült in blassem Mint. Welche Farbe hatte die Lüge? Grell müssten die Wände sein, giftgrün vielleicht.

„Warum hast du es mir nicht gesagt?", fragte sie schließlich.

„Ich hatte Angst, so ein scheues Reh wie du würde davonlaufen", antwortete Einar.

„So wie Edda davongelaufen ist?"

„Ja."

Das war es also. Wegen seiner Krankheit war sie geflüchtet.

„Und?", fragte Einar.

„Was und?"

„Wirst du jetzt auch davonlaufen?"

„Nein."

Nein, sie würde nicht davonlaufen. Einar hatte ihr den Schlüssel zu seiner Wohnung gegeben, Morten hatte sie hergebracht. Jetzt saß sie an dem runden Buchenholztisch in der Küche und trank einen heißen Tee. Tee trinken half gegen Drachen und böse Geister. Manchmal.

Als ihr Vater gestorben war und ihre Mutter sie zur Psychotherapie schicken wollte, war sie weggelaufen. Als Jans Vater aufgetaucht war und sich an der Erziehung seines Sohnes beteiligen wollte, war sie weggelaufen, beziehungsweise hatte ihn weggeschickt. Als Einar sie in Berlin zum Essen einladen wollte, war sie weggelaufen. Jetzt war es Zeit zu bleiben.

Sie hatte seine Hand irgendwann loslassen müssen, vorhin in der Klinik, er war erschöpft eingeschlafen, und sie hatte sich leise verabschiedet. Aber morgen würde sie wieder da sein und jeden weiteren Tag, bis er nach Hause durfte. Sie würde nicht weglaufen. Diesmal nicht.

Zwei ihrer altbekannten Plagegeister hatten am anderen Ende des Tisches Platz genommen. Angeregt unterhielten sie sich über die Bürde eines Lebens an der Seite eines Krebskranken. Die Ungewissheit. Die Angst. Und der Druck. Und immer die Frage, wie lange es gut gehen wird. Oder wann der Krebs zurückkommen wird, das Damoklesschwert, das über allem hängt.

Der Schmerz, den Liebsten leiden zu sehen. Die Unsicherheit dem Vergnügen, dem Ausgelassenen und Wilden gegenüber – war das noch erlaubt? Oder folgte die Strafe auf dem Fuß, in Form von Erschöpfung oder gar erneuter Erkrankung? Die beiden redeten sich langsam warm.

Helen flüchtete mit ihrer Teetasse nach nebenan. Das Wohnzimmer war ein großer, rechteckiger Raum mit einer Terrassentüre inmitten bodentiefer Fenster an der Längsseite. Ein braunes Ledersofa und zwei völlig unpassende Sessel – der eine moosgrün-kariert im Landhausstil mit großen Ohren und gedrechselten Holzfüßen, der andere eher 70er Jahre aus gelbem Knautschlack, total zerkratzt und voller Hundehaare – warteten auf Benutzer. Eine ausladende Bogenstehlampe beleuchtete einen niedrigen Holztisch, auf dem zahlreiche Zeitschriften lagen: *hund og jakt*, *seiler i fjorden*, *fotturer på fjellet*. Hinter dem Sofa hing ein gerahmtes Foto der Hytta. Ein alter Mann saß davor auf der Bank mit drei kleinen Jungs, der jüngste auf seinem Schoß, die beiden anderen standen rechts und links von seinen Knien. Der rechte war Einar, da war sie sicher.

Die Stimmen waren hier genauso laut wie in der Küche. Eine Dritte war hinzugekommen. Man müsse auch an sich denken, als Angehöriger eines so Schwerkranken. Mit seinen Kräften haushalten. Sich nicht zu sehr einlassen. Wie sollte man sonst überleben, falls der Fall eintrat. Man konnte ja nie wissen, wann es soweit war. Jeder Tag konnte der letzte sein. Die beiden anderen stimmten zu. Am besten war es doch, Abstand zu halten.

Das wäre vielleicht anders, wenn man schon lange ein Paar war, eine gemeinsame Geschichte hatte oder Kinder. Aber wenn man sich gerade kennenlernte und einer von beiden war so schwer krank, das hatte keine Zukunft, konnte gar keine haben. Als Kranker hatte man ja auch keine Energie für eine Beziehung, man brauchte all seine Kräfte für die Selbstheilung.

Der norwegische Tee schien nicht zu wirken, nicht gegen diese Form der Heimsuchung, auch die zweite und dritte Tasse nicht.

„Seid still! Lasst mich in Ruhe!" Helen schrie die Worte fast heraus, Tränen der Wut traten ihr in die Augen. „Ich will euren Mist nicht mehr hören!"

Sie ging hinaus auf die Terrasse, stellte sich eine Weile in die kalte Nachtluft und atmete tief aus und langsam ein. Es war egal, was sie sagten, sie würde nicht weglaufen. Diesmal nicht.

Oslo, Freitag, 7. März 2014

Sie war geblieben, hatte sich in dem kleinen Gästezimmer in Einars Wohnung einquartiert, und immer wenn die Geister sie zu sehr plagten, hatte sie sich die Laufschuhe angezogen und war hinunter zum Hafen gerannt und dann immer weiter am Wasser entlang. Das half, laufen war nicht deren Ding, da schwiegen sie meist.

Den größten Teil der Tage hatte sie im Krankenhaus verbracht, an seinem Bett gesessen, seine Hand gehalten, geschwiegen, gelacht, geweint. Sie hatte von Jan und seiner Polizeierfahrung erzählt und von Anjas Angst nach dem Überfall und von Claudias Verliebtheit und Einar hatte von seinen Brüdern und dem kleinen Segelboot seiner Eltern gesprochen und vom Schnee und von vielen Wintern auf der Hytta. Einars Zustand hatte sich täglich gebessert, gestern waren sie schon eine halbe Stunde draußen spazieren gegangen. Vielleicht stimmte es doch, vielleicht war es nur ein fieberhafter Infekt gewesen.

Bald würde er da sein. Morten hatte ihr eine Nachricht geschickt, als er losgefahren war zum Krankenhaus. Sie freute sich auf Einar, ihre Freude war gelb wie der Knautschlacksessel und rot wie der kleine Beistelltisch im Eck und grün wie ihr Pullover und rosa und blau natürlich, blau wie seine Augen, die langsam ihren Glanz und ihre Sommerhimmelfarbe zurück bekamen. Noch drei Tage würden sie zusammen in seiner Wohnung sein, Sonntagabend ging ihr Rückflug.

Natürlich würde sie im Gästezimmer bleiben.

Nachts, wenn sie nicht schlafen konnte, hatte sie seinen Bademantel angezogen, der innen an der Schlafzimmertüre hing. Sie hatte sich umgeben mit seinem Geruch, eingewickelt in seine Bettdecke, ihre Nase vergraben in sein Kopfkissen. Sie hatte sich seinen Körper vorgestellt, seine kantigen Schultern, seine langen, kräftigen Beine, seine schlanken Hände. Ihre Hände auf seiner Brust, zaghaft, unsicher, neugierig, forschend. Statt ihre Sehnsucht zu stillen, hatten diese Bilder sie genährt, und manchmal war sie schweißgebadet und unruhig aufgewacht.

Bald würde er da sein. Sie hatte eingekauft. Sie hatte gekocht, er sollte ja schnell wieder zu Kräften kommen, ein Risotto mit Fenchel und Pilzen, ganz gesund.

Sie stand vor dem Spiegel im Bad, kämmte ein letztes Mal ihre Haare, die wie immer machten, was sie wollten. Ihre Augen blickten sie vorfreudig glänzend an, ihren Mund rahmten frohe Lachfalten. Sie hörte seine Stimme, den Tonfall, in dem er *schöne Frau* sagte, und eine leichte Gänsehaut überzog ihren Körper.

Sie würden die nächsten Tage miteinander verbringen, sie würde ihren Platz finden, in seiner Wohnung und in seinem Leben. Ihre Strickjacke lag auf dem Ohrensessel. Sie war geblieben.

Dann war er da. Stand blass und schmal in der Tür. Helen ging auf ihn zu und nahm ihn in die Arme: „Wie schön, dass du da bist! Willkommen zu Hause!" Einar erwiderte ihre Umarmung und deutete an, sie hoch zu heben und über die Schwelle ins Wohnzimmer zu tragen. Erschrocken wehrte Helen ab: „Einar! Hör auf! Das ist viel zu anstrengend!"

Morten schob sich an ihnen vorbei, stellte Einars Tasche im Flur ab und setzte sich noch einen Moment im Wohnzimmer auf das Sofa.

Einar lachte. „War nur ein kleiner Test, Frau Doktor, damit ich weiß, was Sie mir zutrauen. Scheint nicht besonders viel zu sein."

Das fing ja gut an. Es wurde noch besser. Als Einar sie absetzte, hörte Helen ein tiefes, dunkles Knurren hinter ihm.

„Hei, Luna, aus! Das ist Helen, die ist jetzt öfter da, an die wirst du dich gewöhnen müssen! Haben wir uns da verstanden?" Einar drehte sich um und sah dem Hund tief in die Augen. Luna blickte in Richtung Helen und setzte erneut zum knurren an, diesmal etwas leiser. Einar nahm Helen an der Hand, stellte sich mit ihr vor Luna auf und hielt noch einmal die gleiche Ansprache. Dabei beugte er sich vor und streichelte den Hund über den Kopf. Auch Helen bückte sich, hielt ihr ihre Hand vor die Schnauze, und diesmal schaute Luna sie ohne Knurren an und nahm ihren Geruch auf. Einar lobte den Hund ausgiebig und schickte ihn auf seinen Platz. Luna trabte zu dem gelben Knautschlack-Sessel, sprang locker hinauf und machte es sich bequem, Helen aufmerksam im Blick.

„Am Anfang fremdelt sie etwas, das wird schnell nachlassen", sagte Einar.

167

Morten stand auf und verabschiedete sich: „Ich lasse euch jetzt alleine, ihr seid sicher froh, auch mal ungestört zu sein. Sagt Bescheid, wenn ihr etwas braucht!" Er umarmte Einar und ging zur Tür.

„Danke für alles, Bruder!", sagte Einar. „Und melde dich, wenn du in der Gegend bist!"

„Von mir auch vielen Dank, Morten! Vor allem für deine gute Idee, mich letzte Woche anzurufen!", sagte Helen. Und dann waren sie allein.

„Und nun? Was machen wir beiden Hübschen jetzt?", fragte Einar.

„Ich habe ein Risotto gekocht, wenn du Appetit hast, könnten wir etwas essen."

„Ich habe Appetit auf dich! Komm her, lass dich umarmen und ein wenig spüren." Helen zuckte, doch sie ging einen Schritt auf ihn zu, und dann standen sie ganz nah beieinander. Sie spürte seinen Atem im Nacken und seine Hände, die ihre Schultern umfassten, von unten in ihr Haar griffen, ihren Hals streichelten und dann wieder zu ihren Schultern zurückkehrten.

Wenn sie so vor ihm stand, passten ihre Arme genau unter seine, und sein Mund war auf der Höhe ihrer Schläfe. Sie müsste ihren Kopf nur ein klein wenig anheben und zur Seite drehen, dann könnte sie … Ihr Herz klopfte bis zum Hals und darüber hinaus. Einar schien nichts zu merken. Sie holte tief Luft.

„Ist es so schlimm?", fragte er.

„Nein, überhaupt nicht schlimm, ich bin nur ein wenig aufgeregt."

„Geht mir ähnlich."

„Dir?" Helen löste sich aus der Umarmung, trat einen Schritt zurück und sah ihn an.

„Ja, auch Männer können aufgeregt sein."

„Hm …, klar, logisch."

„Wie wäre es, wenn wir eine Kleinigkeit essen und dann einen Spaziergang machen?", fragte Einar.

„Einen Spaziergang? Ist das nicht zu anstrengend für dich? Vielleicht solltest du dich nach dem Essen ein wenig hinlegen?"

„Nur, wenn du dich mit dazu legst."

Helens Augen weiteten sich und sie öffnete ihren Mund. Einar lachte, als er sie ansah.

„Ich sehe schon, das scheue Reh ist auch mit eingezogen. Ich glaube, ein wenig Luftveränderung würde uns gut tun. Was hältst du davon, wenn wir morgen früh nach Nesbyen fahren und die letzten beiden Tage im Schnee verbringen?"

„Nach Nesbyen? In deinem Zustand?"

„In welchem Zustand bin ich denn, deiner Meinung nach?"

„Nun, du bist geschwächt von einem schweren Infekt und gerade mal zwei Stunden aus dem Krankenhaus entlassen und …"

„ …und außerdem krebskrank und dem Tod geweiht?", fiel Einar ihr ins Wort. Er ging zwischen Fenster und Sofa auf und ab und unterstrich seine Worte mit deutlichen Handbewegungen. „Willst du mir jetzt jeden Tag meine Krankheit vor Augen führen und was damit alles nicht möglich oder vielleicht riskant oder sicher viel zu gefährlich ist?"

„Nein, das will ich nicht, aber …" Sie spürte den Kloß in ihrem Hals und die aufsteigende Wärme in ihrem Gesicht. Warum war er jetzt so ärgerlich?

„ …aber du tust es gerade, Helen! Ich kann und ich werde nicht den Rest meiner Tage hier auf dem Sofa sitzen und meditieren. Nesbyen ist der Ort, an dem ich zu Hause bin, der mir gut tut und Kraft gibt, an dem ich mich erholen kann. Und deswegen möchte ich dort hin, gerade jetzt und mit dir. Und ich brauche keine Leibärztin als Begleitung und auch keine besorgte Gouvernante."

„Sondern?"

„Eine Gefährtin und Vertraute und Freundin und Geliebte."

Ob sie das je sein würde? Der Drache war inzwischen mit den Plagegeistern eine Koalition eingegangen und fand für sein Getöse dort hochkompetenten Beistand. Sie wäre ja wohl nicht bei Trost, mit einem Kranken in diese Einöde fahren! Gerade mal eine Woche her, dass er dort zusammengebrochen war! Und kein Krankenhaus weit und breit und keine angemessenen Behandlungsmöglichkeiten! Sie könne unmöglich die Verantwortung übernehmen für eine solche Reise! Wahrscheinlich würde er sich bei einer Tour völlig übernehmen und unterwegs entkräftet kollabieren. Und dann? Und selbst wenn sie nur in der Hytta sitzen würden …, offensichtlich war er nicht fähig, den Ernst seiner Lage zu beurteilen.

Konnte man an einer Gedankenüberdosis sterben? Wahrscheinlich würde sie die erste sein.

Einar schaute sie nachdenklich an. „Lass uns einen Ausflug machen,

Helen. Das Risotto schmeckt am Abend noch besser", unterbrach er ihre Grübelschleifen. Dankbar nickte sie.

Einars Wohnung lag in der Nähe des Skøyenparks, von dort fuhren sie über eine mautpflichtige Straße stetig bergan in Richtung Norden.

„Wohin fahren wir?", fragte Helen.

„An einen Ort für Helden", antwortete Einar.

„Bist du sicher, dass sie mich dort rein lassen?"

„Wenn ich dabei bin, schon."

Wie schön, dass er wieder anfing, rumzufrotzeln! Es schien ihm wirklich besser zu gehen. Sie schaute Einar von der Seite an, und ihre linke Hand wurde auch heute wie von einem Magneten in Richtung seines Oberschenkels gezogen. Sie verschränkte ihre Hände im Schoß.

Die graubraune Winterlandschaft zog vor den Wagenfenstern vorbei, hier und da einzelne Schneereste im Straßengraben. Die Route wurde steiler und wand sich jetzt in engen Serpentinen den Berg hinauf. In einer Kurve las Helen ‚Holmenkollveien' auf dem Straßenschild, irgendwie kam ihr der Name bekannt vor. Hinter der letzten Kurve öffnete sich ein riesiger Parkplatz, der heute kaum genutzt war, nur eine Handvoll Autos verteilten sich auf der schneebedeckten Fläche.

Einar parkte neben einem VW-Bus aus Deutschland mit großem Elchaufkleber auf der Heckklappe und sagte: „Wir sind da."

Das erste, was ihr nach dem Aussteigen ins Auge fiel, war ein gigantisches freischwebendes Stahlgerüst, das sich in den Himmel reckte, wie der endlose Hals eines Dinosauriers. Nur ohne Kopf und irgendwie auch ohne Körper und Füße.

„Na, schöne Frau, irgendeine Idee, was das sein könnte?"

„Eine Treppe zum Mond, die noch nicht fertig ist?"

„Ja, schon ganz gut, aber da geht noch mehr, hat mit Sport zu tun."

„Hm …, vielleicht ein Trainingsparcours für Bergsteiger?"

„Ich sehe schon, da ist noch viel Arbeit. Darf ich bitten, wir gehen hier entlang."

Sie gingen ein paar Schritte auf das Bauwerk zu.

„Du willst doch jetzt nicht da hoch laufen, Einar? Das ist viel zu anstrengend für dich!" *Mist!* Helen hielt sich erschrocken eine Hand vor den Mund.

Einar blieb stehen und drehte sich zu ihr um. So ernst hatte er sie noch nie angeschaut. Keine Spur von einem Lächeln.

„Helen, bitte lass das! Sag mir nicht, was ich tun will oder nicht!"

„Aber kannst du denn gar nicht verstehen, dass ich mir Sorgen mache? Vor vier Stunden warst du noch im Krankenhaus. Ich habe einfach Angst, dass du dich zu sehr anstrengst."

Einar antwortete nicht und ging einfach weiter. Helen schüttelte ratlos den Kopf und folgte ihm zu einem Kiosk, an dem er zwei Eintrittskarten kaufte, und weiter zu dem geräumigen Personenaufzug, mit dem sie nach oben zur Aussichts-Plattform der Holmenkollen-Sprungschanze fuhren.

Im Aufzug standen sie nah beieinander und diesmal war es Einar, der ihrem Blick auswich.

„Schenk mir ein Lächeln, sonst sterbe ich auf der Stelle", sagte Helen.

„Verdient hättest du es!", antwortete er und schob seine Mundwinkel gegen scheinbaren Widerstand mit den Zeigefingern nach oben, dann lachte er.

„Du bist zu streng mit mir, Einar! Ich finde ein wenig besorgt sein am Tag deiner Krankenhaus-Entlassung eindeutig weniger schlimm als zwei-undzwanzig Stunden zu spät kommen und mich über den wahren Grund im Unklaren lassen."

„Touché, der Punkt geht an dich! Da habe ich wohl gerade eine emp-findliche Stelle getroffen."

Die Aufzugtür öffnete sich, und Helen trat vor Einar hinaus auf die ge-räumige Aussichtsplattform, die rundum mit bodentiefen Panoramafens-tern verglast war. Außer ihnen war nur eine Familie mit zwei Kindern hier oben, das jüngere schlief in seinem Kinderwagen, der ältere Junge drückte sich an eine der Scheiben und schaute mit großen Augen in die Tiefe.

Der Blick von hier oben auf die Stadt und den Oslofjord war atembe-raubend. Das Meer glitzerte in hellen blau-grau-silbernen Tönen, die tief-liegenden Wolken warfen unregelmäßige Schatten auf die schimmernde Wasseroberfläche. Davor, zwischen braungrauen und dunkelgrünen Win-terbäumen standen unzählige bunte Holzhäuser, an den Hängen vereinzelt, zum Hafen hin verdichtet und von einigen Steinbauten durchsetzt. Hier und da Ansammlungen weißer Tupfen und Haufen, die an den Rändern der Stadt, vor allem Richtung Norden, in weiße Flächen übergingen. Hier, rundum die Schanze lag eine geschlossene Schneedecke. Einige Krähen flogen krächzend um den Turm.

Helen wandte sich um und trat an das Fenster heran, das sich in Richtung der Schanze öffnete. Unmittelbar vor ihren Füßen fiel der Schanzen-Anlauf steil ab. Weit, ganz weit unten wurde er flacher und ging in den Schanzentisch über. Deutlich darunter, von hier oben nur klein und rund erkennbar, lag der Auslauf der Landefläche und die Zuschauer-Arena, die sie aus Fernseh-Übertragungen kannte. Neujahrsspringen. Sven Hannawald war nur wenige Jahre jünger als sie.

Sie trat einen kleinen Schritt zurück, dann wieder etwas näher an die Scheibe heran. Absolute Gänsehaut bei der Vorstellung, auf Skiern diesen Anlauf hinunter zu fahren. Zu beschleunigen. Schneller und immer schneller, bis zu dem Absprung-Punkt und dann weit hinauslehnen und abheben und – fliegen …

Wer machte so etwas? Wer stürzte sich freiwillig in diesen Abgrund? Sie spürte ein Prickeln im Nacken bei dem Gedanken, wenn man sich trauen würde, es einfach zu tun … *Ich bin so frei* – was für ein Satz! Einfach abheben, alles hinter sich lassen, losgelöst sein. Teil einer winzigen Elite. Das zahlenmäßige Verhältnis von Skispringern zum Rest der Menschheit wäre interessant, müsste man mal nachschauen.

Die Welt von oben sehen. Die Schwerkraft vergessen. Menschheitstraum seit Ikarus. Schweben. Leicht sein. Sorglos.

Aber wer hoch fliegt, fällt tief. Alles riskieren für wenige Sekunden, wenige Dutzend Meter, für eine Medaille. Unvorstellbar. Viel zu gefährlich. Wahnsinn.

„Kannst du dir vorstellen, da runter zu fahren?", fragte Einar, der sich neben sie gestellt hatte.

„Das versuche ich gerade … Ehrlich gesagt, nein, never ever! Aber wenn man es kann und sich traut, ist es sicher das Größte!"

„Was glaubst du passiert, wenn man unterwegs zweifelt?"

„Zweifelt? Du meinst, wenn man losfährt und es sich dann anders überlegt? Doch nicht springen will?" Helen zog die Stirn in Falten. „Was für eine Frage. Das geht nicht! Ich sehe nicht, wie oder wo man da anhalten könnte."

172

Einar drehte sich zu ihr und sah sie an: „Das ist der genau Punkt, Helen! Wenn man losgefahren ist, kann man nicht mehr anhalten. Man *darf* nicht zweifeln. Alle Energie muss in den Absprung, sonst passiert eine Katastrophe!"

Helen erwiderte seinen Blick. Sah das Eindringliche in seinen Augen, spürte die Anspannung in seinem Kiefer und die Unruhe in seinen Händen, die zwischen Hosentaschen, Anoraktaschen und unterstreichenden Gesten hin und her wanderten.

„Meinst du damit deine Erkrankung?"

Er legte den Arm um ihre Schulter und sie lehnte sich an ihn. Es tat so gut, ihn neben sich zu spüren.

„Ich meine damit das Leben."

Das Leben als eine Abfolge von Anlauf, Sprung und Landung. Einfach laufen lassen, Schwung holen und abheben – das war nicht ihre Welt. Ihr Leben war ein vorsichtiges Anschleichen, zaghaftes Umrunden und unsicheres Verharren. Abheben war nicht vorgesehen. Bisher.

Aber hier war ein Ort für Helden, hatte er gesagt. Mit ihm gemeinsam war sie hierher gekommen, man hatte sie eingelassen. Helen streckte sich, spürte die Wärme, die von seinem Körper neben ihr ausging, spürte den Sog des Abenteuers, der sie an dieser Scheibe festhielt wie ein Magnet. Die Welt lag ihr zu Füßen. Nur ein kleiner Schritt nach vorn … Helen machte einen Schritt zur Seite, Einar ließ seinen Arm sinken.

Draußen, kaum einen Meter vor ihren Füßen entfernt, auf dem Fenstersims hatte sich eine der Krähen niedergelassen. Aufgeschreckt durch Helens Bewegung breitete sie die Flügel aus und ließ sich in die Tiefe fallen. Nach zwei, drei Metern Sinkflug begann sie mit kräftigen Flügelschlägen und gewann rasch an Höhe. Helen sah ihr nach und für einen Moment waren die trennenden Scheiben verschwunden und sie spürte ihren Körper im Wind …

„Eindeutig Schanzenrekord, dein Risotto! So etwas Leckeres hat den Absprung von meinem Herd noch nie geschafft", sagte Einar.

„Alter Charmeur, scheinbar erwachen deine Lebensgeister wieder, das ist schön!" Helen freute sich, dass er den ersten Teller schon geleert und sich eine weitere Portion genommen hatte. Sie nahm auch noch ein paar Bissen und trank einen Schluck Wein.

Sie würde es ihm jetzt sagen. Vielleicht noch etwas Wein vorher.

Alle Abende, an denen sie alleine hier gesessen hatte, hatte sie hin und her überlegt, und es gab keine Alternative. Er war ehrlich zu ihr gewesen, jetzt war sie dran. Sie erinnerte sich an seinen Blick oben auf der Schanze. Wenn man losgefahren ist, darf man nicht mehr zweifeln.

„Ich möchte dir etwas sagen, Einar." Es war heiß hier, am liebsten würde sie ein Fenster öffnen.

„Dass du zu mir nach Oslo ziehen möchtest? Das weiß ich schon", antwortete er und strahlte sie an.

„Nein. Also …, das weiß ich jetzt noch gar nicht. Nein, es ist etwas anderes. Viel abstrakter. Aber nicht nur. Auch konkret. Also, irgendwie dazwischen am ehesten … Ich meine … Was würdest du sagen, wenn ich …, also, wenn ich … quasi Jungfrau wäre?" Helen schob die Ärmel ihres Pullovers hoch und trank einen Schluck Wasser.

„*Quasi* Jungfrau?" Einar schaute sie an, zog eine Augenbraue hoch und kratzte sich am Hinterkopf, dann lächelte er, wirkte amüsiert. „Nun, zunächst würde ich wahrscheinlich an meinen Deutschkenntnissen zweifeln. Wenn du mir dann versichert haben würdest, dass ich dich richtig verstanden hätte, würde ich mich sehr wundern, weil dein Sohn Jan dann ja *quasi* das Ergebnis einer unbefleckten Empfängnis wäre. Und um diese weitreichende Hypothese angemessen zu beleuchten, würde ich dich wohl um eine Definition des Wortes quasi bitten."

„Ich glaube, du nimmst mich nicht ernst."

„Sei versichert, schöne Frau, ich habe schon lange nichts und niemanden mehr in meinem Leben so ernst genommen wie dich!"

„Und was sagst du dann dazu, wenn du es ernst nimmst?" Helen spürte die feinen Schweißperlen auf ihrer Stirn. *Peinlich*. Wie gerne würde sie jetzt am Wasser sitzen und die kühle Seeluft auf ihrer Haut spüren.

Einar nahm noch eine Gabel von dem Risotto, kaute genüsslich und trank einen Schluck Wasser. „Wenn ich mich nicht irre, ist ‚quasi' gleichbedeutend mit ‚gewissermaßen' oder ‚so gut wie'. Du willst mir also sagen, dass du gewissermaßen Jungfrau bist, ich übersetze das mal mit: dass du wenig sexuelle Erfahrungen hast. Und ich frage mich, warum es dir wichtig ist, mir das mitzuteilen?"

„Ihr Psychiater seid einfach unmöglich, hätte ich doch den Mund gehalten." Helen wandte sich ab. Ihr Blick fiel auf ein kleines Segelboot mit deutlicher Krängung inmitten endloser blau-weiß schäumender Wassermassen – gerahmt an der Wand hinter dem Esstisch.

„Helen, schau mich an! Was soll ich mit dieser Botschaft anfangen? Was ist deine Sorge oder dein Wunsch dahinter?"

„Ich wollte einfach nur, dass du das weißt!"

„Damit ich ganz besonders vorsichtig bin oder dich am besten gar nicht mehr anfasse?"

„Nein!"

„Damit ich stolz bin auf deine unversehrte Jungfräulichkeit? Oder damit ich weiß, dass ich den 124sten Strich auf meiner geheimen Liste eroberter Jungfrauen machen muss, wenn wir das erste Mal Sex hatten?" Einar grinste herausfordernd. „So einfach kommst du mir nicht davon, was willst du mir sagen?"

„Du bist ein Scheusal!"

„Ok, verstanden. Und außerdem?"

„Dass ich …, also ich meine …, dass du, wenn wir …, ja also, dass ich einfach nicht genau weiß, was zu tun ist, wenn …, wenn es soweit ist. Und dass ich mir darüber Sorgen mache und auch darüber, dass du meine Unkenntnis blöd finden könntest."

Geschafft! Irgendwie war seine Hartnäckigkeit auch gut …

Einar legte seine Hand neben ihre, berührte ihren Handrücken wie zufällig mit Daumen und Zeigefinger. „Helen, ich finde nichts an dir blöd! Und wenn es darum geht, dass wir beide irgendwann Sex miteinander haben werden, dann wird es dabei nicht um Erfahrung oder Mangel an Erfahrung gehen, sondern um Nähe und Lust und Zuneigung. Und du wirst bestimmen, was wir tun werden und wann. Und wenn es so weit ist, dann brauchst du deine Sinne und ein bisschen Vertrauen, dich ihnen zu überlassen, weiter nichts."

Helen war sprachlos. Der Raum, den er eröffnet hatte, schien ihr fast so groß wie die Weite der Landschaft um Nesbyen.

Nesbyen, Samstag, 8. März 2014

Es war wie beim ersten Mal, nur dass es noch hell war, als sie ankamen. Schneeberge überall, glitzernde Eiskristalle in der Sonne, dazwischen das dunkle Holz der Hütten, die Auffahrt zur Hytta, die Terrasse voller Schnee, der Schlüssel unter dem Holzstapel.

Das Wiedererkennen war neu und das Erstaunen, beim zweiten Mal schon ein Gefühl von nach Hause kommen zu haben. Die Hytta war wirklich ein besonderer Ort, es war gut, hier zu sein.

Wie beim ersten Mal ging Einar voran, stellte seine Tasche in das vordere Schlafzimmer, kam dann zurück in den Gang und fragte: „Wo möchtest du schlafen?"

Helen ging auf ihn zu, an ihm vorbei, stellte ihren Koffer ebenfalls in den vorderen Raum und sagte: „Da, wo du schläfst."

Auspacken, Feuer machen, Tee kochen, Kerzen anzünden, gemeinsam die Rituale des Ankommens vollziehen. Dann an der Terrassentüre stehen und nach draußen in die leuchtende Weite schauen, leicht erschauern, ganz leicht, nur eine winzige Gänsehaut, die schnell verfliegt und einem freudig hüpfenden Wiedererkennen Platz macht.

Die Hügel, das Tal, der Tunhoftfjorden, die Hütten ringsum, der Schnee, der blaue Himmel, den jetzt mehr und mehr Wolken bedecken.

Wieder hier. Sie hatte beim Abschied in Oslo gesagt, dass sie gerne wiederkommen werde. Gerade einmal fünf Wochen war das her. Es schien ihr wie in einem anderen Leben.

Einar trat zu ihr, blieb hinter ihr stehen und berührte sie leicht an der Schulter. Helen zuckte nicht zusammen. Sie blieb einfach stehen und nach einer Weile lehnte sie sich ein wenig zurück und spürte seine Brust an ihrem Rücken.

„Davon habe ich geträumt im Krankenhaus, so mit dir hier zu stehen und in die Sonne zu schauen", sagte Einar.

Helen schloss die Augen. Still und weiß und blau, so fühlte sich ihr Glück gerade an.

Still war es auch draußen, als sie wenig später mit den Schneeschuhen zu einer kleinen Runde ins Gelände aufbrachen. Außer Lunas Keuchen, die immer wieder komplett in den tiefen, weichen Schnee einsackte und sich mit Mühe heraus kämpfte, um wenige Meter weiter erneut zu versinken, war nichts zu hören.

Sie gingen sehr langsam, den sanften Hang hinter der Hytta hinauf und oben ein Stück am Grat entlang Richtung Osten. Die Wolken wurden dichter. Einar ging voran. Langsam, stetig.

Als sie nach einer knappen Stunde die nächste Geländestufe erreichten, war der Himmel komplett bedeckt und die Sonne verschwunden.

„Es wird schneien", sagte Einar mit einem Blick in die Wolken.

„Werden wir im Schneesturm umkommen?", fragte Helen.

„Nein, ich werde dich retten, aber es wird natürlich eng und dramatisch werden."

„Wird meine Frisur leiden?"

„Ich fürchte ja, aber es wird keinem der Zuschauer auffallen."

„Du Mistkerl!", sagte Helen, bückte sich und warf eine Handvoll Schnee nach Einar.

Luna fing an zu bellen, Einar drehte sich um und warf eine Handvoll Schnee zurück, und während sie lachten und Schneebälle formten und Luna zwischen ihnen hin und her sprang und versuchte, die Schneekugeln in der Luft zu fangen, bevor sie ihr Ziel erreichten, und während Helen sich schüttelte, weil der Schnee in ihren Kragen gefallen war, und während Einar Rache schwor, weil ihn ein Schneeball am Hinterkopf getroffen hatte, während all dieser geschäftigen Bewegungen hatte es leise, ganz leise angefangen zu schneien. Einige wenige kleine Flocken zuerst, dann etwas dickere, dann mehr von diesen und noch mehr, dann ganz dicke und mit einem Mal war dieses tanzende Weiß überall um sie herum. Sie blieben stehen und schauten in den Himmel, der kaum mehr zu erkennen war, auch oben alles weiß.

Eine besonders große Schneeflocke landete auf Helens schwarzem Handschuh.

„Schau, wie schön die ist", sagte sie und hielt Einar ihre Hand hin, „was heißt Schneeflocke auf Norwegisch?"

„Snøfnugg", antwortete Einar, „ja, das ist wirklich ein besonderes Exemplar, die passt zu dir, meine *snøfnugg-prinsesse.*"

Der Schnee fiel so dicht, dass die Konturen der Landschaft wie hinter einem Vorhang verschwanden, einzig der Boden schien weißer und dichter.

„Lass uns rechts hinunter und dann zurückgehen", sagte Einar.

Als sie nach einer halben Stunde die Hytta erreichten, sahen sie aus wie zwei Schneemänner. Lachend klopften sie sich den Schnee von der Kleidung und schauten Luna amüsiert zu, die einen wilden Tanz aufführte, um ihr Fell schneefrei zu schütteln und die Schneebollen zwischen ihren Zehen weg zu beißen. „Komm her, Mädchen, ich helfe dir", bot Einar an, doch der Hund reagierte nicht und knabberte weiter an dem Eis an seinen Ballen.

„Meinst du mich?", fragte Helen, die gerade Bindung ihrer Schneeschuhe öffnete. „Ich komme ganz gut alleine zurecht."

„Das haben schon mehr Frauen geglaubt, bevor sie die Qualität meiner Dienstleistungen kennengelernt haben", grinste Einar.

„Manchmal bin ich sprachlos, wie dermaßen blö …"

„Sag jetzt nichts falsches", fiel Einar ihr ins Wort, „komm lieber rein und lass uns die Türe zu machen, bevor wir den ganzen Schnee in der Hytta haben."

Drinnen zogen sie die nassen Anoraks und Skihosen aus, hängten sie zum Trocknen ans Feuer und trugen Schneeschuhe und Stöcke wieder in den Anbau. Verstohlen beobachtete sie Einar, wie er die Sachen im Regal verstaute. Er wirkte munter, keine Anzeichen von Schwäche oder Erschöpfung. Vielleicht war es ja wirklich nur ein Infekt gewesen. Kalt war es hier und sie fror in ihrer Skiunterwäsche.

„Du bist ja schon eine erfahrene Nordreisende und weißt, was jetzt kommt", sagte Einar.

„Sauna", sagte Helen.

Die Sauna war immer noch klein und eng, zu zweit erst recht. Auch dieses Mal hatte Einar gesagt, sie könne als Erste gehen. Helen hatte dankend angenommen, dann aber mit gespieltem Ernst festgestellt, dass sie sich alleine wohl fürchten werde in dem engen Raum und dass es doch besser sei, quasi zur Prophylaxe ihrer gelegentlichen klaustrophobischen Zustände, diesen Gang in Begleitung eines erfahrenen Psychiaters anzutreten.

„Mit dem größten Vergnügen", hatte Einar geantwortet, „allerdings sind verhaltenstherapeutische Expositionsübungen am Wochenende nicht preisgünstig, darauf muss ich hinweisen."

„Kein Problem", hatte Helen geantwortet, „ich spare schon eine Weile darauf hin."

Jetzt saß sie, in ein großes Badetuch gewickelt, auf der oberen der beiden Holzbänke, Einar eine Etage darunter und beide schwitzten kräftig. Schweißperlen suchten sich ihren Weg entlang seines Oberkörpers, vom Hals über das linke Schlüsselbein, über die blasse Narbe darunter, über seinen Brustmuskel. Vereinigten sich dort mit anderen, mehr von rechts her kommenden Tropfen, um gemeinsam über die kleinen Hautfalten an seinem Bauch weiter zu rinnen und dann in dem weißen Handtuch zu versickern, das er um seine Hüften geschlungen hatte. Heiß war es hier drinnen, sehr heiß …

„Möchtest du einen Aufguss?", fragte Einar.

„Wird der mich retten?"

„Ich fürchte nein."

„Dann sterbe ich lieber so."

„Ein echter Norweger stirbt im Schnee!"

„Was willst du mir damit sagen?"

„Dass wir jetzt hinaus gehen und uns mit Schnee abreiben oder darin wälzen oder beides."

„Dann möchte ich doch lieber einen Aufguss!"

„Gerne", sagte Einar und goss eine große Kelle Wasser mit Zitronenduft auf den Saunaofen. Die kleine Raum wurde so schnell so heiß, dass Helen schier die Luft weg blieb.

Sie stöhnte: „Ich muss nach unten, tut mir leid", und setzte sich neben Einar auf die untere Bank.

„Mir nicht, komm nur her", sagte er. Ihre Arme berührten sich fast, so kurz war die Sitzfläche, und seine so unmittelbare Nähe in dieser heißen Enge ließ Helen noch mehr schwitzen als Sauna und Aufguss zusammen. Atmen, einfach atmen, wenn es nur nicht so heiß wäre …

„Ich glaube, es reicht", sagte Einar, „jetzt raus in den Schnee!"

Helen zögerte kurz, dann folgte sie ihm hinaus vor die Hytta. Es war dunkel inzwischen, aber durch die erleuchteten Terrassenfenster fiel genug

Licht, um die Konturen seines Körpers wahrzunehmen. Die Lampe über der Eingangstüre tat ein übriges. Es schneite noch immer, dicke, weiche Flocken, die in den Lichtkegeln tanzten.

Einar nahm sein Handtuch ab, warf es auf den Holzstapel neben der Türe, ging einige Schritte nach vorn, bückte sich und rieb seine Arme, dann seine Beine und seine Brust mit Schnee ein.

Er schien ihr immer noch blass und zerbrechlich, aber seine Bewegungen waren lebendig und kraftvoll. Sie begegnete seinem auffordernden Blick.

Wer eine Schneeflocken-Prinzessin sein will, darf sich vor dem Schnee nicht fürchten. Sie fürchtete sich nicht vor dem Schnee, sondern vor ...

Stopp!!

Sie war nicht davon gelaufen. Sie war hier, also weg mit dem Handtuch und hinein in den Schnee. Kalt war es und erfrischend und klar und eisig und weich und dampfend und schmelzend und atemberaubend und wunderschön, und natürlich schaute er nach ihr, und natürlich schaute sie nach ihm, und was sie sah, gefiel ihr. Hoffentlich ging es ihm genauso.

Einar duschte als erster und verschwand in der Küche. Helen ließ sich Zeit, cremte sich nach der Dusche sorgfältig ein und zog dann ihre neue Wäsche an. Cremefarben, zart, Spitze, Panty, schmale Hüften, verspielt, so viele wohlklingende Worte für Unaussprechliches hatte die Verkäuferin gekannt. Wie hieß die Spitze noch gleich? Irgendetwas italienisches, sie hatte es vergessen. Egal.

Sie schaute in den kleinen Badezimmerspiegel, der sie nur ihren Oberkörper sehen ließ. Der BH saß perfekt. Eine Melodie nur für ihre Brüste komponiert. Sie lächelte sich zu, zog ihren Pullover und ihre Jeans an und ging zu ihm, mit allem Mut, der zwischen Drachen, Plagegeistern und sonstigen alten Weggefährten aufzufinden war.

Als sie in den Wohnraum kam, brannten schon die Kerzen auf der Fensterbank und das Feuer im Kamin, auch die Kerzen auf dem Tisch hatte Einar angezündet und zusammen mit der kleinen Stehlampe hinter dem Sofa tauchten sie den Raum in ein weiches, gemütliches Licht.

„Welchen Wein möchte meine Snøfnugg-Prinsesse zum Essen?", fragte Einar. „Weiß oder rot?"

„Weiß", antwortete Helen, „passt besser zu meiner neuen Wäsche." Sie spürte die aufsteigende Röte in ihrem Gesicht und hoffte, er werde das in dem gedämpften Kerzenlicht nicht sehen.

„Einmal Weiß, bitte sehr!", sagte Einar, hielt ihr das Glas entgegen und hob sein eigenes, um mit ihr anzustoßen. „Auf wunderschöne Zeiten in der Hytta und drum herum!"

Ihre Gläser berührten sich, und das schlichte Kristall klang lange nach.

Auch den Tisch hatte er schon gedeckt, dieses Mal saßen sie über Eck, er rechts von ihr, und wenn sie die Hand ausstrecken würde, könnte sie den Arm um seine Schulter legen.

Dieses Mal war ihr Interesse an der Besteck- und Porzellan-Auswahl eher gering. Einar hatte ein Curry gekocht und je eine kleine Portion auf ihre Teller verteilt. Luna lag auf dem Fußabtreter vor der Terrassentüre und schaute hinaus.

Das Curry schmeckte schön scharf und kokoscremig abgerundet, ganz langsam genoss Helen Gabel für Gabel.

„Was war dein peinlichstes Erlebnis?", fragte Einar, nachdem er sich selbst noch einen Löffel nachgeschöpft hatte.

Hilfe! Was für eine Frage! Da fielen ihr Unzählige ein, nun ja, stimmte so nicht, wirklich total peinlich waren nur wenige, so richtig super peinlich war eigentlich nur … Helen trank einen Schluck Wein und holte tief Luft.

„Ich war neulich in einem Wäscheladen", sagte sie und erschrak. Zu spät. Da stand dieser Satz nun im Raum und wollte eine Geschichte werden.

Einar hob die Augenbrauen und sah sie an. „In einem Wäscheladen?"

„Ja, bin extra bis Memmingen gefahren, damit mich keiner kennt."

„Diese Frau überlässt wirklich nichts dem Zufall." Er beugte sich vor und strich ihr eine Haarsträhne aus dem Gesicht. „Die stört meinen Blick auf deine schönen Augen."

„Ah, ja, dann muss sie natürlich zur Seite, ich fürchte nur, sie wird nicht lange dort bleiben."

„Dann habe ich ja bald wieder einen Grund, dich zu berühren."

„Ach, darum geht es, verstehe. Ich war also in diesem Wäscheladen, und das war schon ein sehr schöner Laden und eine sehr freundliche und professionelle Verkäuferin, Frau Berger. Und Frau Berger hat mir dann zuerst mal ein Glas Sekt in die Hand gedrückt, weil sie wohl auf den ersten Blick gesehen hat, dass der Besuch eines solchen Ladens für mich kein Heimspiel war. Und dann hat sie mich ganz wunderbar beraten. Und dann …, also dann stand ich in der Kabine, hatte das Ergebnis ihrer Beratung angezogen, schaute mich im Spiegel an und dann …" Und jetzt? Eigentlich war es unmöglich ihm zu erklären, was dann passiert war. Helen nahm noch eine Gabel von dem Curry und trank einen Schluck Wein.

„Was war dann?", fragte Einar und die Spannung, mit der er ihre nächsten Worte erwartete, knisterte förmlich in der Luft.

„Ja, also dann …" Es gab keinen Ausweg, sie hatte die Geschichte angefangen, jetzt musste sie auch das Ende erzählen. „Dann stand ich da, und dann musste ich plötzlich so weinen, dass ich alles ausgezogen habe und aus dem Laden davon gelaufen bin. Einfach davon gelaufen. Peinlicher geht nicht. Die Verkäuferin muss mich für völlig gestört gehalten haben. Und du tust das jetzt wahrscheinlich auch." Sie trank noch einen Schluck und suchte in seinen Augen nach Zeichen von Befremden oder Unverständnis. Was sie fand, war die gleiche zärtliche, zugewandte Aufmerksamkeit wie zuvor.

„Und wie bist du dann zu deiner neuen Wäsche gekommen?"

Helen musste lachen, die Wäsche war ihm offensichtlich wichtiger als die Peinlichkeit. „Indem ich am nächsten Tag dort angerufen und gebeten habe, mir die Sachen zu schicken."

Er hatte nicht gelacht, die Erleichterung verlieh ihr Flügel und ließ die Worte leicht aus ihrem Mund schweben. „Das ging ganz einfach, ich habe ihr meine Kreditkartennummer durchgegeben und die Adresse, und sie sagte dann noch, dass sie einen neutralen Karton aussuchen wird und alles ganz diskret verpacken, und so hat am Ende der Briefträger meine neue Wäsche gebracht."

„Und die trägst du jetzt?"

„Ja."

„Das Ergebnis einer ganz wunderbaren Beratung?"

„Ja."

„Wow, ich muss zugeben, da werde ich ein wenig nervös bei dem Gedanken." Einar schaute sie mit glänzenden Augen an, den Mund leicht geöffnet und neigte seinen Kopf näher zu ihr.

„Abreibungen mit Schnee sollen da helfen."

„Die hatte ich heute schon."

„Manchmal reicht eine nicht."

„Lass uns auf die mutige Frau anstoßen, die selbst aus einer sehr peinlichen Situation ein Erfolgserlebnis macht." Einar hob sein Glas.

Stimmt, so konnte man das auch sehen, schließlich trug sie die Wäsche ja jetzt. Und sie war hier. Ihre Gläser berührten sich erneut, und Helen lauschte dem hellen Klang versonnen nach.

Einars Knie lag unter dem Tisch ganz leicht an ihrem, sie hörte seine Stimme leise an ihrem Ohr:

„Weißt du eigentlich, wie anziehend dein Lachen ist? Ich meine, hast du eine Ahnung davon, wie sehr man dich berühren möchte, wenn man so nahe neben dir sitzt?"

Während er sprach, strich er beiläufig mit einem Finger über ihren Unterarm und ihre Hand. Sie legte den Kopf an seine Schulter und schloss für einen Moment die Augen. Was tat sie hier? Genau das, mit geschlossenen Augen seine Nähe suchen und die Berührung genießen. Jetzt waren es zwei Finger, die ihren Arm berührten, langsam, zart wie ein Hauch und doch spürbar bis in die Zehenspitzen.

Einars Lippen streiften kurz ihre Stirn, und er legte den Arm um ihre Schulter. Helen öffnete die Augen und setzte sich auf.

„Was würdest du sagen, wenn ich dich jetzt küssen wollen würde?", fragte er.

„Ich würde nicht nein sagen." Sie schaute ihn an, die Haarsträhne hing wieder vor ihrem Auge. Ganz nah war sein Gesicht jetzt und zum ersten Mal sah sie, wie dicht seine dunkelblonden Wimpern waren. Einar beugte sich zu ihr und küsste sie. Er hielt seine Lippen geschlossen und spielte so lange mit den ihren, bis sie es war, die den Mund öffnete und sich mit ihrer Zungenspitze vortastete. Seine Antwort kam prompt, und dieser erste Kuss endete in einer innigen Umarmung, leicht verdreht und ungelenk über die Ecke des Tisches hinweg und doch für immer in ihr Gedächtnis eingegraben. „Vielleicht möchte ich noch einen zweiten", flüsterte sie.

„Ich ganz sicher", antwortete er und näherte sich erneut ihren Lippen. Es fühlte sich gut an, schmeckte nach mehr und ihre Hände suchten seinen Körper und fanden seine Arme, dann sein Gesicht und seine Schultern.

Als sie sich voneinander lösten, stand Einar auf, nahm sie an der Hand, und sie setzten sich auf das Sofa vor dem Kamin. Er schaute in die Flammen, sie drehte sich zur Seite, streckte ihre Beine auf der Sitzfläche lang aus und lehnte ihren Rücken an seine Schulter. Er vergrub seine Nase in ihrem Haar, streichelte ihr Ohr und liebkoste es mit seiner Zunge. Das kitzelte. Aber nicht nur. Es machte auch Lust auf mehr. Helen lehnte sich zurück in seinen Arm und schaute ihn an, sein Gesicht von schräg unten, sein kantiges Kinn und darüber seine schön geschwungenen Lippen. Ihre Blicke begegneten sich.

„Dir wird warm, da sind kleine Schweißperlen auf deiner Stirn", sagte er, „das gefällt mir!"

„Das liegt am Feuer."

„Ach. Ich hatte gehofft, ich schaffe es, dich ein wenig nervös zu machen."

„Nervös, ich?"

„Also, ich bin schon ein wenig nervös."

„Ach."

„Klar. Ich habe seit Jahren keine Frau mehr geküsst."

„Wie? Dann bin ich hier in einer Amateur-Veranstaltung?"

Einar richtete sich auf. „Also bitte, ich bin Vollprofi! Und als solcher rate ich angesichts des drohenden Hitzestaus dringend zum Ablegen eines Kleidungsstücks, vorzugsweise des Pullovers."

„Wie bitte?"

„Sie haben richtig gehört, schöne Frau. Erstens ist es wirklich viel zu warm, und zweitens die neue Wäsche …"

„Hm, nun ja …" Was hatte er in Oslo gesagt? *Du bestimmst was geschieht.* Also ja. Sie hatte Lust, ihren Pullover auszuziehen. Und sie stand auf und tat es. Und es fühlte sich gut an, weniger heiß, fast ein wenig befreit. Sie stand jetzt vor Einar, das wärmende Feuer im Rücken. Er saß noch immer auf dem Sofa, nahm ihre Hand und zog sie zu sich heran. Sie setzte sich, die Knie rechts und links von seinen Schenkeln, auf seinen Schoß, folgte seinem Blick auf ihren Oberkörper und sah ihre Brüste, umspielt von dieser schönen Spitze, deren Farbe mit dem Feuer flackerte, sah seine Hand an ihrem Hals entlang streichen, an den Rändern des BHs über ihr Dekolleté und über ihren Bauch. Sie beugte sich vor und küsste ihn.

„Sehr schön, diese Wäsche", flüsterte er. „Und da gibt es auch den passenden Slip dazu?"

„Ja, den gibt es."

„Darf ich?"

Helen nickte, und er öffnete er die Knöpfe ihrer Jeans. Seine Finger spielten am Rand der Panty entlang, strichen über ihren Bauch, dann wieder nach oben zu ihren Brüsten. Gänsehaut, Schweißperlen, frieren, schwitzen, alles geschah gleichzeitig. *Stopp!!* Nein, mehr davon! Das reicht jetzt! Küss mich! Was denn nun? Am besten einfach weitermachen …

„Mit Verlaub, du bringst mich ins Schwitzen", sagte Einar und hatte schon die Hand an seinem Pullover, um ihn auszuziehen.

„Etwas mehr Beherrschung hatte ich schon von Ihnen erwartet." Helen stand auf. „Aber gut, wenn es sein muss."

Einar erhob sich ebenfalls und zog seinen Pullover aus. Ihm gegenüber stehen, ihn anschauen, die Anspannung seines Körpers wahrnehmen, den kleinen Schatten, den seine Schulter im Schein des Feuers warf – am liebsten hätte Helen die Zeit angehalten, so prickelnd lebendig fühlte sie sich in diesem Moment.

Luna kam von ihren Platz an der Tür näher ans Feuer und schaute interessiert, was da vor sich ging.

„Es ist schön, dich anzuschauen. Du sieht atemberaubend aus", sagte Einar und küsste ihre Schulter.

„Ich hatte nicht das Standard-Programm gebucht, junger Mann, geht es auch etwas einfallsreicher?" Sie musste lachen und küsste sein Schlüsselbein. Keine Ahnung, woher der Mut zu solchen Sätzen kam. Er war einfach da, mitten zwischen den Schweißperlen, den leicht hoch gezogenen Schultern und dem Gefühl der feinen Spitze auf ihrer Haut.

„Das Filou-Programm kostet aber extra."

„Kein Problem, ich sagte doch schon: Geld spielt keine Rolle."

„Sie wünschen, wir spielen!" Einar streifte beim Küssen ihrer Schulter wie zufällig mit seinem Mund den BH-Träger ab. Die Bewegung seiner Zunge kitzelte und erregte sie, ihr Körper spannte sich an und erschauerte kurz.

„Ist das Angst oder Verlangen?", fragte er leise.

„Sag du es mir." Sie nahm sein Gesicht in ihre Hände und sah in diese warmen blauen Augen. „Du bist der Experte!" Und bevor er etwas sagen konnte, küsste sie ihn, genussvoll, begierig, fast wild.

„Holla, langsam, schöne Frau, wenn Sie mich nervös machen, könnte es sein, dass ich einen Programmpunkt vergesse."

„Das sollten wir auf gar keinen Fall riskieren!"

Ihr war heiß. Ihre Hände auf seiner Brust, seine Zunge wieder an ihrem Ohr, ihrem Hals, an ihrer anderen Schulter, seine Hände auf ihrem Po. Die Jeans war eigentlich nicht mehr nötig. Aber was würde er denken, wenn sie jetzt einfach so ihre Hose auszog? Nein, lieber abwarten … Sein nackter Oberkörper im Licht des Feuers zog sie an wie ein Magnet, sie konnte unmöglich ihre Hände davon lösen. Die Spitze des BHs rieb an ihren erregten Brüsten, und die Sehnsucht, dass seine Hände sie jetzt genau dort berühren sollten, wurde immer drängender.

„Wesentlicher Bestandteil des Filou-Programms ist das ausgewogene Verhältnis von Frischluftzufuhr an Ober- und Unterkörper", sagte er zwischen zwei Küssen.

Diese Stimme …, wie eine Creme umhüllte sie ihren Körper, und Helen genoss das Bad in ihrem tiefen, warmen Klang. *Mehr davon!*

„Gilt das für beide Programmteilnehmer?", fragte sie, als sie das nächste Mal zu Atem kam.

„Das hängt ganz von deinen Wünschen ab."

„Ich war schon immer für Gleichberechtigung."

„Dann gilt es für beide."

Helen löste sich von ihm und zog ihre Jeans aus. Einar sah ihr dabei zu, dann streifte er ebenfalls seine Hose ab, die eng anliegenden dunkelgrauen Boxershorts darunter behielt er an. Luna erhob sich und kam näher.

„Geh' auf deinen Platz, Mädchen, drei sind hier gerade eine zu viel!"

Luna trollte sich mit hängendem Kopf zurück zu ihrem Platz an der Tür.

Einar ging auf Helen zu, streifte wie beiläufig an ihren Armen entlang und nahm ihr Gesicht zärtlich in seine Hände: „Du siehst umwerfend aus in dieser Wäsche, zart, kraftvoll, sinnlich – absolut begehrenswert."

Ja, sprich weiter, sag mir schöne Dinge! Seine Stimme war der Leuchtturm in dieser unbekannten See. Durch die Spitze fühlte sie seine Hände auf ihren Brüsten, *endlich!* Dann wieder auf ihrem Rücken, ihrem Po. Sie trank seine Küsse, genoss seine Lippen, sog seinen Geruch nach Holz und Schnee und Erde tief in sich ein. Sie spürte in der Umarmung seine Erektion, und ihre Gänsehaut war die freudige Antwort darauf.

„Was möchte meine Schöne? Im Filou-Programm wird gerne das Bett genommen, wir können aber auch das Sofa testen." Einars Frage wurde begleitet von zahllosen kleinen Küssen.

Auf diese Frage gab es nur eine Antwort: „Deine Schöne möchte mit dir ins Bett."

„Dann komm!" Einar nahm sie an der Hand und ging mit ihr ins Schlafzimmer. Im Flur war es kalt und dunkel, im Schlafzimmer angenehm kühl und Helen fragte sich, wann er die großen weißen Kerzen auf der Fensterbank und der Kommode angezündet hatte, die den Raum heimelig beleuchteten.

„Sprich mit mir", sie umarmte ihn im Stehen, „hör bitte nicht auf!"

„Nein, ich höre nicht auf, ich streichle dich mit meinen Worten und liebkose dich mit meiner Stimme", flüsterte er in ihr Ohr, und mit den Händen streichelte er ihren Nacken, mit den Lippen liebkoste er ihren Hals. „Was denkst du, wann wäre ein guter Moment, deine wunderbare Wäsche abzulegen? Ich könnte mir vorstellen, dass ich dir dabei behilflich bin."

„Gilt das mit der Wäsche auch für beide?"

„Natürlich, Augenhöhe ist die Grundlage des Filou-Programms."

„Dann du zuerst."

Einar hob eine Augenbraue. „Das wird selten gewünscht, aber gut, hier geschieht, was du willst." Er trat einen Schritt zurück und zog seine Boxershorts aus.

Sein Geschlecht war dunkler als sie es sich vorgestellt hatte, reckte sich ihr entgegen und der Anblick war um vieles aufregender als in ihrer Jahrzehnte alten Erinnerung.

„Sprich du mit mir!", sagte Einar leise, und in diesem Moment war sein Lächeln fast scheu.

Helen biss sich auf die Unterlippe. Jetzt war sie dran.

„Du gefällst mir", sagte sie, „und ich bin wahnsinnig aufgeregt. Und deine Hilfe bei der Wäsche wäre gut."

Helen merkte, dass sie am ganzen Körper zitterte.

„Dann dreh dich um!"

Sie folgte seiner Aufforderung. Einar kam näher, stand nackt hinter ihr und öffnete ihren BH. Er streifte die Träger über ihre Schultern und Arme nach unten und umfasste ihre Brüste. Die schöne Spitze fiel auf den Teppich vor dem Bett.

„Ich glaube, die beiden mögen meine Hände, schau, wie gut sie hinein passen." Seine Hände wanderten weiter zu ihrem Bauch und ihren Hüften, streiften ihre Panty nach unten und kehrten zu ihren Brüsten zurück.

Atmen! Sie wollte sich umdrehen, ihn umarmen, küssen, sich an ihn pressen. Es war kaum zum Aushalten, genauso wie diese Hitze, die durch ihren Körper strömte. Da war kein Zittern mehr, da war Lust und Wärme und Feuchte.

„Dich anschauen ist eine Einladung, dich berühren ein Fest." Seine Stimme an ihrem Ohr trieb ihre Erregung immer weiter.

Dann stand er neben ihr, bückte sich, sie spürte seine Arme an Schultern und Knien. *Was jetzt?* Und schon hob Einar sie hoch, trug sie die drei Schritte zum Bett und legte sie in die weichen Decken. Dann streckte er sich neben ihr aus, und seine Zunge spielte mit ihrem Hals, ihrem Ohr, ihren Brüsten. Seine Hand strich dabei langsam über die Innenseiten ihrer Schenkel.

Ihr Atem wurde schneller, sie wollte ihn spüren, jetzt, hier, ganz nah, sich an ihn schmiegen, ihn streicheln, ihn endlich wieder küssen, sie wollte alles gleichzeitig oder eigentlich nur eines. „Komm," sagte sie, „komm zu mir."

Vor dem Fenster fiel weiter der Schnee und drinnen tanzte die Schneeflocken-Prinzessin mit ihrem Sommerhimmelblaue-Augen-Mann den uralten Tanz des Lebens: langsam und zart, langsam und kräftig, schnell und kräftig.

Und irgendwann sanken sie müde und trunken in den Schlaf.

Nesbyen, Sonntag, 9. März 2014

Als Helen aufwachte, lag ein Mann neben ihr. Zum ersten Mal.

Es war schon hell draußen, und sie konnte Einars Gesichtszüge betrachten, während er noch schlief. Er lag auf der linken Seite, ihr zugewandt, einen Arm auf dem dunkelroten Leinenbezug, den anderen angewinkelt unter dem Kopfkissen.

So hatte sie ihn noch nie gesehen. Kein Blick, kein Erkennen, kein Lächeln, stattdessen blasse Haut, leicht geöffnete Lippen und ein Heer winzigster Bartstoppeln, die sich über sein Kinn und seine unteren Wangen verteilten. Das würde kratzen. Selbst seine Augenwimpern waren blond, seine kurzen Haare kaum verstrubbelt. Wie ebenmäßig seine Ohrmuschel aussah. Sie würde ihn gerne küssen.

In einer Zeitschrift hatte sie über *den Morgen danach* gelesen, über den Gefühlscocktail und das Unbehagen, das ihn kennzeichne, über den Ausnahmezustand im Alltäglichen: aufwachen, aufstehen, frühstücken – Banalitäten, die im Licht der ersten gemeinsamen Liebesnacht mit Bedeutung aufgeladen würden und grandios scheitern könnten …

Sie würden nicht scheitern. Sie hatten sich nicht beim Tanzen getroffen und waren nach zu vielen Drinks zufällig hier gelandet. Mit ihm würde keine peinliche Stille entstehen, kein *wie war noch mal dein Name.* Sie konnte es kaum erwarten, dass er aufwachte.

Sie spürte den Druck auf ihrer Blase, musste zur Toilette, wollte aber den Moment nicht stören, ihn nicht alleine lassen. Ihre Bewegung könnte ihn wecken, und dann wäre dieser Zauber vorbei. *Einar.* Wie oft hatte sie sich diesen Augenblick vorgestellt, damals vor zwanzig Jahren und jetzt seit wenigen Wochen. Und dann war es doch ganz anders gewesen. Sie war viel mutiger als sie geglaubt, viel lustvoller als sie sich je vorgestellt hatte. Es war fast leicht gewesen, spielerisch, und dann seine Stimme, bis gestern völlig unvorstellbar, dass man so auf eine Stimme abfahren konnte …

Sie freute sich zu sehen, was er nach dem Aufwachen tun würde. Sie wusste schon, wie er seinen Kaffee mochte, heiß und schwarz, nicht wie sie, mit viel warmer Milch. Sie wusste auch, wie er roch, wenn er aus der Dusche kam, und welche Nüsse er seinem Müsli hinzufügte und wie er sie über den Tellerrand hinweg ansah. Aber wie er sie heute ansehen würde, nach ihrer ersten Nacht, das war der Moment, auf den sie wartete.

Einar reckte sich im Schlaf und drehte sich auf den Rücken. Seine Augäpfel unter den geschlossenen Lidern bewegten sich hin und her, seine Lippen schmatzten leise und seine Hände zuckten. Dann öffnete er die Augen.

„*Mitt Snøfnugg*", sagte er und strahlte sie verschlafen an, „komm her!"

Er öffnete seine Arme, und Helen fand einen passenden Platz für ihren Kopf an seiner linken Schulter. Sie schmiegte sich an ihn. So roch er also, bevor er unter die Dusche ging, eine Mischung von Holz, Brombeere und Kaminfeuer.

„Hast du gut geschlafen?", fragte sie.

„So gut wie schon lange nicht mehr. Und du?"

„Ich habe einen Moment gebraucht, um einzuschlafen, dann auch gut."

„Unerklärlich", sagte er und umarmte sie liebevoll.

„Ja, ich verstehe es auch nicht. War ja gar nichts Besonderes los gestern", sagte sie.

Es hatte aufgehört zu schneien und erste Sonnenstrahlen, die hier und da zwischen den immer noch dichten Wolken hervorblitzten, brachten den Schnee auf der Terrasse zum Leuchten.

„Was sieht eigentlich das Filou-Programm für den Morgen danach vor?", fragte Helen.

„Wiederholung zur Verfestigung des Gelernten", antwortete Einar mit oberlehrerhafter Betonung, wandte sich ihr zu und küsste sie.

Die Beschleunigung presste Helen in ihren Sitz. Vor dem Fenster wurde die Landschaft mit jeder Sekunde kleiner, die 16.30 Uhr Maschine nach München gewann schnell an Höhe. Schon konnte sie den Oslofjord überblicken, die Ansammlung von Lichtern an seinem Ufer. Dann kamen die Wolken und die Dämmerung, und bald war es dunkel vor dem Fenster.

Helen schloss die Augen. Wieder hatten sie sich am Flughafen verabschiedet, diesmal liebevoll und in dem Wissen, dass es nur für kurze Zeit sein würde. Ihr Mund hatte nicht aufhören wollen ihn zu küssen, ihre Hände hatten ihn nicht loslassen wollen.

„Du schmeckst gut. Du riechst gut. Du fasst dich gut an. Ich bin dafür, du kommst öfter!", hatte er gesagt und ihre Hand geküsst. So wie beim ersten Mal, einzelne, sanft hingehauchte Küsse, für jeden Finger einen.

Sie hatten sich nach dem Aufwachen geliebt, hatten zusammen geduscht und ein kleines Frühstück genossen.

„Ich kannte mal eine Quasi-Jungfrau", hatte er gesagt, mit diesem unwiderstehlichen, jungenhaften Grinsen im Gesicht, das sie so liebte.

„Und was ist aus ihr geworden?"

„Es war kein Zustand von Dauer."

Gegen zehn Uhr waren sie mit dem Auto bis Langedrag gefahren und dort zu einer kurzen Skitour aufgebrochen. ‚Meine Gouverliebte' hatte er sie zärtlich genannt, seine Wortschöpfung aus Gouvernante und Geliebte, weil sie zwischendurch natürlich einige Male gefragt hatte, ob es nicht zu anstrengend für ihn werde. Er hatte stets verneint, und sie hatte ihre Besorgnis verteidigt und auch heute darauf bestanden, nicht länger als zwei Stunden unterwegs zu sein, dann müsse er sich erholen.

Die Wolken hatten sich verzogen, und Helens Begeisterung für die Skier und das Gelände war mit jedem Schritt gewachsen. Luna schien diese zu teilen, sprang ausgelassen um sie herum, bellte immer wieder kurz und biss übermütig in den Schnee. Übermut verspürte auch Helen, ein seltenes Gefühl. Heute hatte sie die weiße Weite der Landschaft aufgesogen wie ein Schwamm, hatte immer wieder die Arme ausgebreitet, um die ganze Welt zu umarmen, hatte aber auch nicht protestiert, wenn sie Einar statt der Welt darin gefunden hatte. Das Gleiten, die Stille, die Sonne, der gleichmäßige Rhythmus ihrer Schritte – ihr Glück hatte viele Namen. Ja, sie war glücklich und quasi ohne Zweifel.

Sie waren Richtung Oyvatn gegangen, einem kleinen See in zwei Kilometern Entfernung, dann im großen Bogen weiter zum Buvatn, hatten hinter Rødungen den großen See gequert und waren von dort auf einer nördlicheren Route zurückgekehrt.

Beim anschließenden Kaffee hatte Helen im Gästebuch der Hütte in Langedrag den Eintrag einer deutschen Besucherin gelesen, die ihre ersten Skitour-Versuche unter dem Titel: ‚Im Jahr, als das Gleiten begann‘ beschrieben hatte.

Im Jahr, als das Lieben begann, war ihre Überschrift für die Tour heute, und das Gleiten war der Bonustrack dazu. Die vielen kleinen Pausen und Küsse und Blicke, die Gelegenheiten, sich an ihn zu schmiegen und ihn zu streicheln oder zu necken oder ihm ihre Begeisterung ins Ohr zu flüstern … und dazu dieser herrliche Schnee in dieser unbeschreiblichen Landschaft, die ihr Innerstes erfüllte … *Glücksüberdosis* war bisher kein Teil ihres Wortschatzes gewesen.

„Du bist doch Arzt", hatte sie ihn gefragt, „kann man platzen vor Glück?"

„Bei Frauen, die mich kennen, kommt das regelmäßig vor", hatte er mit ernstem Gesicht geantwortet, und sie hatte sich auf ihn gestürzt und ihn mit Schnee eingeseift und war bis ins Mark erschrocken, ihn mit dieser Anstrengung vielleicht dem Tode näher gebracht zu haben. Umso erleichterter war sie, als sie die Kraft gespürt hatte, mit der er sich zur Wehr setzte.

Auf der Fahrt zum Flughafen hatte sie sich erinnert, wie schwer sie Anfang Februar auf dieser Strecke an ihren Sätzen gekaut hatte und wie leicht es sich heute anfühlte, ihm zu sagen, dass sie ihn wiedersehen wolle, immer und immer wieder. Wenn auch die Vorstellung, sich bald von ihm zu verabschieden zu müssen ihr die Kehle zusammen geschnürt hatte. Ihre linke Hand hatte sie diesmal frei gelassen und so suchte und fand sie Einars Oberschenkel und lag dort, bis er den Wagen am Abflug parkte.

Ihre Plagegeister schienen verreist, der Drache ebenso. Wenn es doch so bleiben könnte, wenigstens für eine Weile.

Ulm, Sonntag, 30. März 2014

„Thilo, schön dich zu hören! Wie geht es dir?" Helen legte die Gabel aus der Hand. Sie saß in ihrer Küche, der leere Teller vom Abendessen auf dem Tisch vor ihr, ein Rest Salat noch in der Schüssel daneben.

„Wenn ich es mit Duke Ellington sagen wollte, dann würde *In a sentimental mood'* wahrscheinlich am besten passen. "

Helen hörte seinen Atem und sein Schweigen durch das Telefon und dazwischen schoben sich die Töne von John Coltrane am Saxophon in ihre Erinnerung. Wie lange hatte sie das Stück nicht mehr gehört, der zarte Beginn, die hingehauchte Sax-Melodie über den immer gleichen, klagenden Moll-Akkorden des Pianos …

„Ist es sehr schlimm?"

„Ja. Aber die ersten vier Wochen sind vorbei und ich darf wieder telefonieren."

Und da meldete er sich als erstes bei ihr. „Du kannst echt stolz auf dich sein!"

„Bin ich auch, Helen. War ich lange nicht mehr, jetzt schon. War schon eine ordentliche Menge, was ich so verbockt habe in den letzten Jahren. Ich hätte nicht gedacht, dass es so hart wird, körperlich und vor allem im Kopf. Die Hölle. Nie wieder werde ich eine Spielbank betreten, ich schwöre es dir!"

„Klingt überzeugend", sagte sie.

Ihre Stimmlage war es wohl nicht, denn Thilo setzte nach: „Ich meine es ernst. Meine erste Wochenendbeurlaubung ohne Rückfall habe ich gerade hinter mir."

„Was hast du gemacht?"

„Ich war in Berlin."

„In Berlin?"

„Ja, ich habe Jan besucht. Ich habe mich erinnert, dass ich ja sein Patenonkel bin und mich in der Ausübung dieses Amtes in den letzten Jahren nicht gerade mit Ruhm bekleckert habe – wie in vielen anderen Dingen auch nicht. Und irgendwo muss man ja anfangen mit dem Aufräumen."

Thilo in Berlin bei Jan. Helen lächelte. Sah die beiden vor sich in der kleinen WG-Küche sitzen, die Programme der umliegenden Jazz-Clubs studieren. Vielleicht hatte Jan ihm etwas vorgespielt und Thilo hatte es präzise und fachmännisch kommentiert. Oder sie hatten *Konserve* gehört, ihr gemeinsamer Ausdruck für Musik von Schallplatte oder CD in früheren Zeiten oder einfach nur geredet, nach so langer Zeit.

„Dein Besuch hat ihm sicher gut getan."

„Mir auch, er ist ein toller Junge!"

Wie schön, das zu hören, Helen trank noch einen Schluck Tee und genoss die Wärme.

„Wir haben auch über seine Nacht im Gefängnis gesprochen. Ich glaube, da will er so schnell nicht wieder hin."

„Hoffentlich benimmt er sich auch so!"

„Vertrau ihm, Helen! Er hat seine Lektion gelernt."

Helen stand auf und lief in der Küche hin und her. Sie hatte Jan seit zwei Monaten nicht gesehen, und die wenigen Telefonate hatten sie nicht wirklich beruhigt. Im Mai würde sie zu seinem nächsten Vorspiel fahren, vielleicht könnte sie Einar in Berlin treffen, sie würde ihn später fragen.

„Ich versuche es. Hast du auch schon mit Mutter telefoniert?", fragte sie und versuchte zu ermessen, welch unendlichen Weiten des Weltalls zwischen Elvira in ihrem Bad Emser Flur und Thilo in seiner Suchtklinik lagen.

„Nein, das hebe ich mir für nächstes Wochenende auf. *,Nicht zu viel auf einmal'* sagen sie hier ständig, und ich versuche, mich daran zu halten. Ich mache viel Sport, das hilft."

„Wem sagst du das", sagte Helen leise und dachte an ihre Laufschuhe und die Donaustrecke. Inzwischen drehte sie ihre Runden im Wohnzimmer, die Küche war ihr zu eng geworden.

„Jetzt haben wir genug über mich geredet, wie geht es dir denn, Hele?", fragte Thilo.

Hele, so hatte er sie fast dreißig Jahre nicht genannt. Hele, das war die, die mit ihm auf Bäume geklettert und in der Lahn geschwommen war, die mutig Spinnen am Bein festgehalten und Sprungschanzen mit dem Rad bezwungen hatte, Hele, die Große, die Perfekte, bis jetzt ... Helen schloss die Augen und legte eine Hand auf ihren Bauch.

„Ich glaube, es geht mir gut, ziemlich gut. Wenn du es genau wissen willst: so gut wie schon lange nicht mehr. Ich habe ein wenig Unordnung in mein Leben gelassen, und das fühlt sich gerade ganz wunderbar an."

„Unordnung? Du?"

„Ja, ich. Claudia hat mir auf die Sprünge geholfen. Sie hat meinem Küchentisch eine rote Tischdecke verpasst, das war der Startschuss."

„Ich fürchte, ich kann dir gerade nicht folgen."

„Ist auch schwierig, um es kurz zu machen: ich bin verliebt und das ist herrlich."

Schweigen am anderen Ende der Leitung, offensichtlich machte diese Mitteilung ihren Bruder sprachlos. Dann kam doch noch eine Reaktion.

„Wow! Darauf hätte ich in diesem Leben nicht mehr gewettet. Das freut mich für dich! Erzähl!"

Thilos Freude war ehrlich, Helen spürte, wie sie ein Lächeln auf ihr Gesicht zauberte und ihren Körper während der nächsten Wohnzimmerrunden leicht und beschwingt durch den Raum trug.

„Ja, ich freue mich auch! Er heißt Einar, lebt in Oslo und ich kenne ihn noch aus Studienzeiten. Und es ist ein wunderbares Gefühl, viele Schmetterlinge im Hirn und andauernd ein grundloses Lächeln im Gesicht, ich könnte Schokoladenpudding mit den Händen essen und erlaube Frodo, am Tisch zu betteln – mit anderen Worten, ich bin gerade nicht ganz zurechnungsfähig ..."

„Bingo", sagte Thilo, „bleib so!"

Ulm, Montag, 31. März 2014

„Weißt du eigentlich, wie schön es ist, mit dir zu telefonieren?", fragte Einar.

„Nein, erzähl mal", antwortete Helen.

„Also erstens ist da deine Stimme, an der ich mich einfach nicht satt hören kann. Zweitens liebe ich dein Lachen und bin ganz glücklich, wenn ich dir ab und zu eines entlocken kann. Drittens genieße ich auch die Pausen, weil ich mir dann vorstelle, wie du vielleicht gerade beim Nachdenken auf deiner Unterlippe kaust oder wie dir eine Haarsträhne ins Gesicht fällt, einfach nur schön."

Helen setzte sich auf ihr Sofa und schaute hinaus in den Garten, die Dämmerung tauchte Sträucher und Blumen in ein bläuliches Licht. „*Was* ich sage, spielt also gar keine Rolle?", fragte sie.

„Nein, seit wann interessiert es jemanden, was Frauen sagen?"

„Ach so."

„Obwohl, in einem Punkt würde ich tatsächlich gerne hören, *was* du sagst. Ich habe überlegt, ich könnte von Freitag bis Mittwoch nach Ulm kommen, wenn das auch für dich passt. Was meinst du?"

Juhu! Er würde kommen! Ein letzter Sonnenstrahl fiel auf die Gruppe weißer Tulpen vor der Terrassentüre. „Wie? Schon wieder? Wir haben uns doch erst vor drei Wochen gesehen", antwortete Helen.

„Äh …, wie meinen?"

„Ich bin eine vielbeschäftigte Frau, weißt du. Ich kann mir nicht dauernd Zeit nehmen für Besuche und Besucher."

„Ah, ja. Und wenn es sich nicht um irgendeinen Besucher handelt, sondern um den Mann deines Lebens?"

„Das ist quasi unmöglich, wenn ich mich recht erinnere, hat mein Leben keinen Mann."

„Sollen wir zuerst über das Quasi oder zuerst über den fehlenden Mann sprechen?"

„Ich wüsste auch nicht, dass mir einer fehlt." Helen spielte mit ihrer Haarsträhne und strich sie zum wiederholten Male aus dem Gesicht.

„Das Gespräch nimmt eine Wendung, die ich nicht gut heißen kann", sagte Einar.

„Ok, dann U-Turn: Wann wirst du hier sein? Soll ich dich in München abholen, du Mann meines Lebens?"

„Das klingt schon besser. Viel besser! Ich könnte den 16.30 Uhr Flug nehmen, also 18.30 Uhr in München."

„Ich werde da sein." Sie würde die letzten vier Patienten umbestellen müssen, aber das sollte gehen.

„Kann ich mich darauf verlassen? Es soll ja Abholer geben, die erst einen Tag später am Flughafen ankommen, dieses Risiko möchte ich nicht eingehen."

„Sei unbesorgt, du sprichst mit der personifizierten Zuverlässigkeit. Ich freue mich übrigens auf dich."

„Wie jetzt? Freuen? Auf den nicht vorhandenen Mann? Erstaunliche Entwicklung, das scheint mir nahe am Wunder! Oder auch nicht, wenn ich es mir genau überlege. Du weißt ja, ich gelte als therapeutische Koryphäe, gerade für besonders hoffnungslose Fälle von Quasi-Männerlosigkeit."

„Scheusal!"

„Woher kennst du meinen zweiten Vornamen?" Einar lachte. „Auf Norwegisch sagt man ‚*Monster*', Bjarne hat mich immer so genannt, wenn ich mal wieder sein Fahrrad genommen habe, weil meines einen Platten hatte."

„Dich als großen Bruder zu haben – ein Albtraum …"

„*Traumhaft* wolltest du wahrscheinlich sagen, stimmt! Bis Freitag sind nur noch vier Tage, das ist auch traumhaft, meine snøfnugg-prinsesse, dann kann ich dich endlich wieder in den Armen halten."

Ulm, Sonntag, 6. April 2014

Einar stand am Herd und rührte in der Pfanne mit den Eiern, Helen saß am Küchentisch und schaute ihm zu, wie er Schnittlauch und Petersilie hackte und die Kräuter langsam über den Rand des Schneidebretts in die Pfanne schob. Die Muskeln an seinen Armen zeichneten sich unter der Haut ab, der Wechsel von An- und Entspannung im Hantieren mit Messer und Brett produzierte ein winziges Schattenspiel, das Helen fasziniert beobachtete. Heute hatte es sich schon fast vertraut angefühlt, neben ihm aufzuwachen. Wie selbstverständlich er dastand, als würde er in diese

Küche, in dieses Haus gehören. Eine vorwitzige Frühjahrssonne schaute durch das kleine Fenster und der lange Schatten von Helens Kaffeetasse fiel über die Tischkante hinunter. Claudia hatte die rote Tischdecke dagelassen und natürlich hatte Helen sie am Freitag aufgelegt.

Das Warten am Flughafen, die Begrüßung, das Herzklopfen, die Umarmung, der erste Kuss, der zweite und der dritte und das fremde Gefühl, es kaum erwarten zu können, mit ihm nach Hause zu kommen – was für ein Anfang. Sie hätte es so nicht träumen können, nie.

„Geh du vor!", hatte er gesagt, als sie hier ankamen, und seine Tasche sorgsam in den Flur gestellt, hatte dann lange die Bilder von Jan und Malte, die neben der Garderobe hingen, betrachtet. Sie hatte ihm dabei zugesehen, und ihre Freude über sein Hiersein und über sein Interesse an ihr und ihrem Leben war mit jeder Sekunde einen Meter gewachsen oder zwei.

„Komm", hatte sie irgendwann gesagt und ihn an der Hand genommen, „ich zeig dir alles." Sie wollte in der Küche beginnen, ihm dann den Wohnbereich und den Garten zeigen, mit Jans Zimmer oben fortfahren und im Schlafzimmer enden. Doch sie hatte nicht mit Frodo gerechnet, der sich im Flur vor die Küchentüre stellte und einen Krawall machte, als habe er eine ganze Einbrechertruppe auf frischer Tat ertappt.

„Hey, Frodo, beruhige dich, das ist Einar!" Helen versuchte sein Bellen zu übertönen, was den Hund nur noch mehr anzuspornen schien. Mit gesträubtem Rückenhaar und gespitzten Ohren machte Frodo lautstark deutlich, dass hier sein Revier war.

„Männer", sagte Helen kopfschüttelnd.

„Hallo?" Einar war stehen geblieben und hielt dem Hund seine Hand zum Schnuppern hin. „Was sind denn das für unqualifizierte Verallgemeinerungen? Das fängt ja gut an."

Das war vorgestern gewesen. Inzwischen zeigte Frodo ein freundliches Schwanzwedeln, wenn Einar den Raum betrat, legte sich unter den Tisch zu seinen Füßen und nahm seine Anwesenheit großzügig hin. Das Eis zwischen den beiden war gestern im Laufe eines langen Donau-Spaziergangs gebrochen. Auf dem Hinweg hatte Frodo noch jedes Stehenbleiben-und-sich-küssen mit wildem Gebell kommentiert. Helen und Einar waren oft stehengeblieben. Und es hatte gedauert, bis sie weiter gegangen waren.

„Ja, so rufen Sie doch Ihren Hund zur Ordnung!", hatte der grauhaarige Mann im kleinkarierten Anzug gesagt, der ihnen begegnete und den Frodo in seiner Aufregung gleich mit anbellte. Helen entschuldigte sich im Vorbeigehen und schob Einar, der sie schon wieder in die Arme nehmen wollte, ein Stück von sich.

„Was ist? Du wirst doch nicht fremde Herren und den Hund darüber entscheiden lassen, wann wir uns küssen? Da hätte ich schon gerne ein Mitspracherecht!"

Helen ging weiter.

„Ich will mich ja nicht in deine Hundeerziehung einmischen, aber Liebesentzug ertrage ich nicht." Einar blieb stehen und rief Frodo zu sich. Der Hund antwortete mit wildem Gebell, natürlich aus gebührendem Abstand. Einar griff in seine Hosentasche, holte ein Leckerli hervor und ging in die Hocke. Frodo schnüffelte neugierig und kam einen Schritt näher, immer noch bellend. „Vær stille!", sagte Einar und hielt ihm die ausgestreckte Hand mit dem Leckerli hin.

Helen war stehen geblieben und grinste. Bellen und fressen gleichzeitig ging nicht. Sie wusste, wie Frodo sich entscheiden würde. Und tatsächlich näherte der Hund sich vorsichtig Einars Hand. „Vær stille!", wiederholte der und sagte es noch ein drittes Mal, während Frodo schon genüsslich kaute.

„Jetzt wäre es gut, du würdest zu mir kommen", sagte Einar leise zu Helen. Sie ging zwei Schritte auf ihn zu, Einar richtete sich auf, dreht sich zu ihr um und nahm sie in den Arm. Frodo schaute auf, spitzte die Ohren und noch bevor er anfing zu bellen, griff Einar erneut in seine Hosentasche, hielt dem Hund das nächste Leckerli hin und sagte: „Vær stille!"

Den Rückweg legten sie keineswegs schneller zurück, aber mit deutlich weniger Hundegebell. Frodo wich kaum von Einars Seite und der zog noch den einen oder anderen kleinen Bissen aus seiner Tasche.

Helen schüttelte den Kopf. „Ich arbeite nicht mit Bestechung."

„Mitunter heiligt der Zweck die Mittel", sagte Einar.

Frodo schwieg.

Auch jetzt lag der Hund still zu Helens Füßen und nahm von Einars Kochaktivitäten keine Notiz. Einar kam mit der Pfanne an den Tisch.

„Möchtest du Eier?"

Helen nahm die Serviette von ihrem Teller. „Ja, gerne."

Einar schob ihr eine Portion auf den Teller, den Rest auf seinen eigenen und stellte die Pfanne zurück auf den Herd. „Was machen wir heute? Also ich meine, machen wir heute noch etwas, außer der schönsten Sache der Welt?"

Helen probierte eine Gabel von dem Rührei. „Hmm, lecker! Na, wenn du es schon so früh am Tag mit Superlativen hast, dann bleiben wir doch dabei und steigen auf den höchsten Kirchturm der Welt. Was meinst du?"

„Gerne! Auf dem Münster war ich zuletzt vor 22 Jahren."

„Und schaffst du das nochmal? In deinem Alter, meine ich? Sind immerhin 768 Treppenstufen."

„Wer dich erobern kann, schafft das Münster mit links."

„Na, dann los!", sagte Helen und ging voran, die schmale Steintreppe rechts vom Eingang nach oben, nachdem sie zwei Eintrittskarten, auf denen der Turm in seiner ganzen Größe abgebildet war, gekauft hatte.

„Dann los", antwortete Einar und folgte ihr mit federnden Schritten.

Die ersten Meter unterschieden sich kaum von anderen Turmaufstiegen: Eine steinerne Treppe, von dickem Mauerwerk umgeben, führte in langen Windungen nach oben, dann eine schräge Rampe hinauf nach links und dann wieder nach oben, die jahrhundertealten Wände gelegentlich von einem kleinen, vergitterten Fenster unterbrochen und von den Hinterlassenschaften vieler Generationen von Himmelsstürmern gezeichnet: *N ich liebe dich! H+P forever! Mick war hier, 1.7.1978* zwischen eingeritzten Herzen, Blumen und Totenköpfen.

„Geht's noch?", fragte Helen nach den ersten dreißig oder vierzig Stufen.

„Warte, wenn ich dich erwische", sagte Einar und streckte die Hand nach ihrem Bein aus.

Helen beschleunigte ihren Schritt, und wenig später erreichten sie die erste Aussichts-Plattform in 70 Metern Höhe. Steinerne Wasserspeier in Form wilder Hunde und Ziegenböcke ragten mit offenen Mäulern weit über die Mauer hinaus.

„Das Türmerzimmer! Das hatte ich völlig vergessen, hier wohnt ja wirklich noch einer!" Einar blieb an der großen, brunnenartigen Einfassung in der Mitte des Raumes stehen, die mit einem schweren Holzdeckel verschlossen war. Etwa zwei Meter darüber baumelte von der Decke ein riesiger Weidenkorb, mit dem die Türmer früherer Jahre ihre Verpflegung aus dem Kirchenraum nach oben befördert hatten. An den Wänden alte Stiche und Zeichnungen aus der langen Baugeschichte des Münsters.

„Jetzt wird's luftig", sagte Helen und zog Einar mit sich zu dem nächsten Eckturm, dessen Eingang mit dem Schild ‚Aufstieg' gekennzeichnet war. Ab hier bestand die Mauer mehr aus Luft als aus Steinen, in der Höhe hatten die Baumeister ganz auf filigrane Konstruktionen gesetzt.

„Das ist ja wie im Schaufenster, ich dachte, wir wären hier ungestört."

„Ungestört? Was hast du denn vor?", fragte Helen.

„Wenn ich dich so von hinten die Treppe hochgehen sehe, käme mir schon die eine oder andere Idee."

„So profane Gelüste an diesem Ort! Schau dir lieber die Aussicht an und all die Skulpturen hier, Generationen von Steinmetzen…" Helen brachte ihren Satz nicht zu Ende, Einar hielt sie von hinten an der Taille fest und zog sie zu sich nach unten auf die Stufen.

„Wenn Ihr mich nicht auf der Stelle erhört, edle Dame, stürze ich mich mitsamt meiner Rüstung von diesem Turme." Mit großer Geste schlug er sich die Hand auf die Brust und sah Helen schmachtend an. „Mein Leben liegt in Eurer Hand!"

Helen strich über ihren Anorak als schiebe sie eine lästige Fliege zur Seite. „Ritter von Nesbyen, mäßigt Euch! Euer Auftreten ist unerquicklich und deplatziert, ich muss doch sehr bitten!"

„Nein, bitten musst du nicht, snøfnugg, ich küsse dich freiwillig", sagte Einar, beugte sich zu ihr und berührte ihre Lippen mit genau der Zurückhaltung, die Helen völlig aus der Fassung brachte.

Das deutliche: „Excuse me, may we pass?", gefolgt von einem Hüsteln, erschreckte sie so, dass Helen beinahe mit dem Kopf auf die Steinstufe geschlagen wäre. Sie hatte das britische Pärchen nicht kommen hören, und auch Einar wirkte überrascht und beeilte sich aufzustehen und einen schmalen Durchgang frei zu machen.

„Unbelievable! Do you think they don't have a bedroom?", fragte das rosa-grün karierte Kostüm seinen Begleiter im beigen Trenchcoat.

Die Antwort des Mannes konnte Helen nicht mehr hören, zu schnell entfernten sich die Schritte des Paares nach oben und zu laut war ihr eigenes Lachen, in das Einar herzhaft einstimmte.

Er rang nach Luft. „Schlimme Zeiten, wenn nicht mal mehr erfolgreiche Orthopädinnen über die nötigen Mittel für ein eigenes Schlafzimmer verfügen", brachte er mühsam heraus.

Helen war inzwischen aufgestanden, hatte Anorak und Hose vom Treppenstaub befreit und schlug einen oberlehrerhaften Ton an: „Wenn wir vor Einbruch der Dunkelheit oben sein wollen, sollten wir jetzt mal weiter gehen."

„Ganz wie Sie meinen, Gnädigste!" Einar machte eine gedehnte Pause, in der er tief ausatmete. „Obwohl, wenn ich es mir recht überlege, im Dunkeln wäre vielleicht auch ganz schön … Hattest du schon mal Sex auf einem Kirchturm?"

„Ich gehe jetzt!"

Einhundertfünfunddreißig Treppenstufen später erreichten sie die zweite Plattform und drehten eine langsame Runde entlang der Außenmauer. Ulm von oben. Freier Blick in alle Richtungen. Kein Nebel, nur einzelne Wolkenfetzen vor der Frühlingssonne. Die Universität auf dem Eselsberg im Nordwesten hatte Einar gleich erkannt, das weiße Stadthaus auf dem Münsterplatz mit seinem gefalteten Dach, ein Richard Meier-Bau aus den Neunzigern, sah er zum ersten Mal. Helen zeigte ihm ihr Haus mit dem winzigen Garten und das Gebäude, in dem sich ihre Praxis befand, und gemeinsam suchten sie nach dem *Ulmer Brettle* in der Herrenkellergasse und dem *Café Omar* in der König Wilhelm Straße, den beiden Kneipen ihrer Studentenzeit.

Der Weg auf die oberste Plattform ging jetzt in der Mitte des Turms weiter, noch mehr Luft, noch weniger Stein. Auf einer der Stufen blieb Helen stehen, drehte sich um und umarmte Einar, der eine Stufe tiefer stand. Sich zu ihm hinunterbeugen beim Küssen war eine neue Erfahrung, die sie auf den restlichen dreißig Höhenmetern mehrfach ausprobierte und für gut befand. Auch Einar hatte keine Einwände.

Oben angekommen hatten sie das seltene Glück, für ein paar Minuten die Einzigen zu sein. Sie lehnten sich an die schulterhohe Brüstung und schauten nach Süden. Dort, wo man an den wenigen klaren Tagen im Jahr die Alpen sehen konnte, verschwamm der Horizont heute in graublauem Dunst.

Zuletzt war sie so mit ihm auf der Schanze gestanden, oben auf dem Holmenkollen, damals durch eine sichere Scheibe geschützt. Jetzt wehte ihnen der Wind um die Nase. Helen zeigte über Neu-Ulm hinaus in Richtung Berge. „Da möchte ich im Sommer mit dir hin, zum Ifen und auf das Gottesacker-Plateau. Am besten im Juni, wenn die Alpenrosen blühen."

Der Blick ihrer Helferin Eva, als sie Einar am Montag mit in die Praxis nahm, würde ihr im Gedächtnis bleiben, eine Mischung aus: *Was soll das denn jetzt bitte?* und *Spannend, wen hat Frau Doktor denn da im Schlepptau?*, vielleicht auch noch eine kleine Prise *Hm, der sieht gut aus, wo sie den wohl her hat?* dazwischen. Eva strich sich ihren kurzen Kittel glatt und fragte, ob sie einen Kaffee bringen solle. Helen sagte *Nein, danke*, Einar sagte *Ja, bitte* und beide lachten.

Nach einer kurzen Runde durch die Räumlichkeiten verabschiedete sich Einar. „Ich fahre mal hoch zur Uni. Bin neugierig, ob ich da noch irgendwas wiederkenne. Und danach werde ich einsam zu Hause sitzen und ungeduldig auf deinen Feierabend warten."

Helen lächelte, nahm die erste Patientenakte vom Tresen und ging in ihr Sprechzimmer, wo Frau Hagmeier schon auf sie wartete.

„Wenn Sie doch noch einen Kaffee möchten, geht ganz schnell", hörte sie Eva zu Einar sagen.

„Warum nicht? Danke!"

Frau Hagmeier wartete im Stehen, den rechten Arm auf ein Briefträgerkissen gebettet und mit Schulter- und Bauchgurt am Körper fixiert. „Grüß Gott, Frau Doktor, inzwischen kann ich das Ding schon alleine an- und ablegen!"

„Grüß Gott, Frau Hagmeier, das klingt gut! Lassen Sie uns doch mal schauen, wie es mit der Beweglichkeit Ihrer Schulter aussieht." Helen wandte sich ihr zu und brauchte ihre ganze Konzentration, um dieses nagende Gefühl irgendwie im Zaum zu halten, sie verpasse etwas Wichtiges da draußen am Tresen.

Aus der Praxis nach Hause kommen und erwartet werden war neu, gemeinsam die Runde mit dem Hund drehen und dann zusammen einkaufen gehen war neu, nach dem Abendessen zu zweit auf dem Sofa im

Wintergarten sitzen war neu, Musik hören, die Einar ausgesucht hatte, war neu und das neuste überhaupt war dieses innere Hüpfen und Tanzen und Lachen, das sich auch fünf Monate nach ihrer Begegnung am Lietzensee immer noch anfühlte wie am ersten Tag – nein, eigentlich viel besser als am ersten Tag.

Pläne schmieden für die nächsten Wochen, für die Mittsommernächte in der Hytta, für den Herbst in den Bergen, überlegen, wann er Jan kennenlernen würde und irgendwann auch Elvira, ein Treffen mit seinen Eltern planen, über Möglichkeiten des Arbeitens im Ausland nachdenken – ein endloser Raum voller Möglichkeiten, in dem sie sich wie zwei improvisierende Jazzmusiker miteinander bewegten, das eine oder andere Solo einlegten und immer wieder zusammen fanden.

Das einzige, was nicht passte, war das Tempo, mit dem die Tage und Nächte seines Besuchs vorbei zogen. Was Helen auch tat, ganz langsam gehen oder sprechen, die Augen zuhalten, nicht schlafen in der Nacht und stattdessen seine Augenlider oder seine Hände betrachten – die verbleibenden Stunden bis *Mittwoch, 16.30 Uhr ab München* wurden immer weniger.

Als es so weit war, als sie wieder mit ihm am Gate stand, hatte sie Tränen in den Augen. Ihr *Vermiss' dich jetzt schon!* klang so traurig, dass Einar schluckte. Er nahm ihre Hand, küsste jeden ihrer Finger und sah sie lange an. „An Abschiede werden wir uns gewöhnen müssen, snøfnugget mitt. Aber in siebzehn Tagen sehen wir uns wieder, und das wird sehr, sehr schön."

Sie sah ihm nach, wie er in der Sicherheitskontrolle verschwand, seine Jacke auszog und auf das Band legte und seine Tasche und seine Uhr und seine Schlüssel dazu. Winkte ihm zu, als er sich noch einmal zu ihr umdrehte und ihr eine Kusshand zuwarf, und musste ihre Beine sehr energisch zum Stehenbleiben zwingen, sonst wären sie ihm einfach hinterher gelaufen.

Jetzt bog Einar mit einem letzten Blick zurück um die Ecke, und Helen stand noch einen Moment alleine da. Ihr Kopf brummte als werde die Mechanik in ihrem Gehirn gerade neu verbunden und all die Zahnräder, Kupplungen und Wellen seien mittendrin in einem knirschenden Probelauf. Sie ging ein paar Schritte bis zu einer Bank, setzte sich hin und legte eine Hand auf ihren Bauch. Dort war alles ruhig und warm.

Ulm, Montag, 14. April 2014

Der leere Pizza-Karton stand noch auf dem Tisch, benutzte Servietten lagen darin. Helen hatte aus der Küche Teller und Besteck geholt, hatte beides aber gleich auf dem Sideboard abgestellt, als sie Anjas kritischen Blick sah. *Warum denn nicht?* Man konnte eine Pizza auch aus der Hand essen …

Noch vor zwei Stunden war sie mit ihren drei Freundinnen im oberen Bereich des Wohnzimmers um den alten Plastik-Bistro-Tisch gestanden, den sie aus dem Keller geholt, nur notdürftig abgewischt und mit einer völlig unpassenden, weil fast bodenlangen Tischdecke versehen hatte.

Der Stehtisch war notwendig geworden, weil Elke mit einem akuten Hexenschuss nicht sitzen konnte. Ganz ungewohnt war sie in Sneakers und einer weiten Marlene-Hose erschienen, hatte sich den ganzen Abend eine Hand in den Rücken gehalten und immer wieder schmerzgeplagt das Gesicht verzogen.

Anja hatte sich nach dem zweiten Glas Prosecco suchend umgeschaut. Da sie weder in der Küche noch unten im Wohnzimmer fündig geworden war, hatte sie schließlich gefragt: „Gibt es eigentlich heute nichts zu essen? Ich habe einen Bärenhunger!"

Helen hatte sich entschuldigt: „Tut mir leid, ich war mit der Praxis so spät dran heute, ich kann nur eine Tiefkühlpizza in den Ofen schieben", und hatte während dieser Ausflüchte an Einar gedacht und daran, dass sie gerne auch noch länger mit ihm telefoniert hätte, wenn Elke nicht vor der Tür gestanden wäre.

„Quattro Stagioni à la congelatore?", hatte Elke mit hochgezogener Augenbraue gespottet. „Ich bin überrascht, dass solcher Trash in deinem Haushalt vorkommt."

Anja hatte die Sache mit dem Essen schließlich in die Hand genommen und bei Alfredo eine Familienpizza bestellt.

Das Einzige, was Helen nach der Praxis und dem täglichen Feierabend-Telefonat mit Einar noch geschafft hatte, war die Kerzen auf der Treppe anzuzünden und eine Musik aufzulegen. Jan Garbarek hatte sie mit seinem Saxophon durch den Abend begleitet, ganz zufällig war er Norweger und ganz zufällig war sein Sound sehr warm und gefühlvoll.

Elke hatte sich irgendwann gewundert, warum es heute gar keine Dating-Angebote gebe, und Anja hatte sie damit aufgezogen, wie schlecht informiert sie sei, was sicher daran liege, dass sie viel zu viel arbeite und sich zu selten im *Café Alba* aufhalte. Die eigentliche Sensation dieser Tage sei nämlich, dass Helen keinen Dating-Bedarf mehr habe. Wie sehr Anja ihr Insiderwissen genoss, war ihr deutlich anzusehen.

Elke hatte wie immer unbeeindruckt gewirkt, ihre Neugier bezüglich Helen aber schlecht verbergen können. „Gibt es etwas, das ich wissen sollte?", hatte sie zu guter Letzt gefragt.

Anja hatte Elke noch eine Weile hingehalten, was sie für Informationen aus erster Hand zahle und so, bis Elke, inzwischen durchaus verschnupft, nochmals ihre Rückenschmerzen betont und Helen direkt gefragt hatte: „Möchtest du mich als deine langjährige und treue Freundin vielleicht auch über wesentliche Ereignisse in deinem Leben in Kenntnis setzen?"

Helen nickte, trat einige Schritte vom Tisch zurück, richtete sich auf und strahlte wie ein Glückskeks, Claudia und Anja grinsten dazu wie erfolgreiche Außendienstmitarbeiterinnen in Erwartung ihrer Provision.

„Natürlich, meine Liebe, nur zu gerne, pass auf!" Helen hob den Kopf, drehte ihre Füße nach außen, so dass sie sich an den Fersen berührten, die Arme hielt sie in einem Halbkreis auf Nabelhöhe vor dem Körper, wie früher in der Ballettstunde. Dann sagte sie: „*Erste Position*: Nach viel Zusprache zweier guter Feen bin ich mutterseelenallein in den eisigen Norden gereist und habe dort auf einen Prinzen gewartet, der aber nicht kam." Helen öffnete ihre Fußhaltung, so dass die Fersen sich nicht mehr berührten und breitete die Arme sanft zur Seite auf Schulterhöhe aus. Erstaunlich, wie automatisch das auch nach 30 Jahren noch ging.

„*Zweite Position*: Als der Prinz dann endlich auftauchte, hat er mich mitgenommen in sein weites, weißes Reich – was mich außerordentlich erschreckt hat." Helen öffnete die Augen weit und spannte sich an, dann schloss sie die Füße voreinander, so dass die Ferse des vorderen, rechten Fußes die Mitte des hinteren berührte und hob den rechten Arm gerade in die Luft.

„*Dritte Position*: Entsetzt bin ich geflohen und bin erst umgekehrt, als der Prinz in Lebensgefahr schwebte." Elegant wechselte Helen erneut Bein- und Armhaltung, der linke Fuß schob ein wenig zurück, der linke Arm bildete jetzt einen Halbkreis vor ihrem Körper.

„*Vierte Position*: Quasi nebenbei habe ich den grässlichen Drachen getötet, der mich schon lange verfolgte, und ein paar Plagegeister in ein tiefes

Kellerverlies gesperrt, was letztlich auch den Prinzen gerettet hat." Helen kreuzte jetzt beide Füße voreinander und hob beide Arme nach oben über den Kopf.

„*Fünfte Position*: Und dann …, ja, dann hat der Prinz mich auf ganz wunderbare Weise erlöst." Helen strahlte und drehte sich einmal um ihre Achse, beide Arme hoch erhoben. „Et voilà: hier steht sie vor euch, die erste und einzige snøfnugg-prinsesse. Fehlt nur das rosa Tutu und die weiße Krone aus Schnee-Kristallen." Sie deutete eine grazile Verbeugung an und trat wieder an den Tisch zu ihren Freundinnen, die sie anstarrten, als sei gerade ein Ufo gelandet.

Elke fand als ihre Sprache erste wieder. „Ich formuliere jetzt keine Hypothese zu einem möglichen Beginn der Wechseljahre oder sonstiger hormoneller Entgleisungen, ich frage einfach: Gibt's das Ganze auch im Klartext?"

„Logisch", antwortete Helen, „mit den Hormonen liegst du gar nicht so falsch: Ich bin verliebt." Sie strahlte und hob ihr Glas, um mit den Freundinnen anzustoßen. Viel Zeit mit Einar, sehr viel Zeit, das wünschte sie sich. Und dass der Drache wirklich tot war.

Von Einars Krankheit hatte sie nichts erzählt, noch nicht.

„Und was wird aus mir?", hatte Anja gefragt – für ihre Verhältnisse fast kleinlaut – und hatte ein wenig verloren in die Runde geschaut. Sie schien kurz zu überlegen, dann leuchteten ihre Augen auf: „Sagtest du nicht, dass Einar einen ganz gut aussehenden Bruder hat? Wie hieß er noch gleich? Marten? Morten?"

Alle hatten gelacht, und Helen hatte ihr einen Arm um die Schulter gelegt. „Du bleibst natürlich meine beste Freundin und wirst hier in Ulm die Stellung halten. Eine muss ja nach Frodo und dem Haus schauen, während ich auf Troll-Jagd gehe."

Claudia war recht still gewesen den ganzen Abend über. Sie war vor drei Wochen zu Mann und Kindern zurückgekehrt und hatte die Affäre mit Tim beendet. Schön, dass sie überhaupt gekommen war.

Die vertrauten Stimmen der Freundinnen, Frodo, der friedlich auf seiner Decke döste, dieses Haus, in dem sie sich so wohl fühlte, Einar in ihren Gedanken und Träumen, das war gerade ihr Leben, und es fühlte sich rund und warm an. Eigentlich könnte sie alle immerzu umarmen.

Ihr Blick streifte den blassen Himbeersoßen-Fleck auf dem Teppichboden, er hatte die Form einer Wolke. Die Kerzen auf der Treppe spiegelten sich im Glas des Wintergartens. Fast wie in der Hytta. Die ersten weißen Tulpen vor der Terrassentüre, die kleinen Grundstücke der Nachbarn um ihren winzigen Garten da draußen, da war es eng. Doch in ihr, tief drinnen, da war eine neue Weite.

Epilog

Nesbyen, Samstag, 29. Februar 2020

Im Kamin flackerte ein unruhiges Feuer. Frodo saß gespannt auf seiner Decke neben dem Sofa, spitzte die Ohren und schaute rastlos unter den Anwesenden umher. Luna drehte immer wieder die gleiche Runde: von der Küche zur Terrassentüre, zu Einar, der auf dem Sofa vor dem Kamin lag, zu Helen, die bei ihm saß und seine Hand hielt, zu Bjarne, der sich in Großvaters Ohrensessel neben dem Sofa niedergelassen hatte, zu Morten, der stillschweigend am Tisch hockte, und wieder zurück zur Küche und zur Terrassentüre, getrieben, ruhelos, unstet, ein Jagdhund ohne Spur.

Gestern Abend waren sie in Nesbyen angekommen. Auch diesmal war Einar zuvor im Krankenhaus gewesen, genau wie vor sechs Jahren. Auch diesmal hatte Morten ihn abgeholt, aber diesmal war sie dabei gewesen und auch Bjarne, der jüngste der Brüder.

Sie war auch dabei gewesen, als Einar sich von seinen Eltern verabschiedet hatte, von seinem Freund Nils, von seinen engsten Kollegen und von seinem Onkologen. „Danke für alles, Dr. Fossum! Es ist genug. Ich brauche jetzt Ruhe und die Hytta."

Der Arzt hatte nicht protestiert.

Für den Weg vom Krankenzimmer zum Auto hatten sie einen Rollstuhl genommen, in den Wagen hatten Morten und Bjarne ihn gehoben und die wenigen Schritte hier, vom Hof hinein in die Hytta, nahmen die Brüder den Ältesten in die Mitte und trugen ihn mehr als sie ihn stützten, von den drei Musketieren war nicht viel geblieben, ihr kamen eher *die drei Fragezeichen* in den Sinn.

Helen verstand inzwischen so gut Norwegisch, dass sie den leisen Sätzen der Brüder folgen konnte. Morten hatte Einar gefragt, wo er liegen wolle, und Einar hatte sich für den Platz am Feuer entschieden. Bjarne hatte ihn nach Essen und Trinken gefragt und Einar hatte beides abgelehnt. In der Nacht hatten sie sich stillschweigend an seinem Bett abgewechselt, so dass auch Helen ein paar Stunden ruhelosen Schlaf gefunden hatte.

Luna streifte an Einar und Helen vorbei und weiter zu Bjarne. Frodo kommentierte die Bewegungsunruhe der Hündin mit einem jämmerlichen Winseln von seiner Decke aus, und Helen sah, wie auch er es kaum auf seinem Platz aushielt. Sie ging zu ihm und streichelte ihn bekümmert. Frodo leckte ihre Hände und winselte lauter, so verstört hatte sie ihn noch nie erlebt.

„Alles ist gut, Frodo, alle sind hier. Komm, mach Platz, und bleib schön auf deiner Decke liegen, alles ist gut!" Der Hund schien ihr kein Wort zu glauben, und kaum war sie zum Sofa zurückgekehrt, ging sein leises Wehklagen weiter.

Am späten Vormittag hatte Einar noch einmal aus dem Fenster schauen wollen, Helen und Morten hatten ihn dabei gestützt. Außer Atem von der Anstrengung, schwer auf den Schultern der beiden ruhend, glitt sein Blick über die weite, weiße Winterlandschaft. Einzelne Tautropfen lösten sich von den Eiszapfen an der Dachrinne und fielen lautlos in den weichen Schnee auf der Terrasse. Die schrägstehende Sonne schien auf seinen abgemagerten Körper und Helen erinnerte sich an die vielen Male, die sie gemeinsam von dieser Stelle aus in die Sonne geschaut hatten.

„Diesmal habe *ich* ein wenig Angst vor der Weite da draußen", sagte Einar leise zu ihr.

Danach hatte er ein paar Stunden geschlafen, und Luna hatte angefangen, die Hytta zu durchqueren, instinktiv die nahende Herrenlosigkeit erahnend.

Im Sommer waren sie zuletzt hier gewesen, hatten für vier Wochen das helle Licht der Midsommernächte genossen, wie jedes Jahr seit sie den Drachen besiegt hatte. Dann war die Leukämie zurückgekehrt. Seine Haare hatte er schon im Herbst während der letzten Chemotherapie verloren. Die blau-weiße Mütze, die seither seinen Kopf bedeckte, hatte seine Mutter für ihn gestrickt. Am Ende hatten die Krebszellen gewonnen, auf ganzer Linie. Die Entzündungen in seinem Mund waren im Januar so schlimm geworden, dass er kaum noch schlucken konnte, die Atemnot zwang ihn seit zwei Wochen ins Bett, und seit einigen Tagen bekam er immer wieder starkes, kaum stillbares Nasenbluten. Der Kampf war verloren.

Als Einar am Nachmittag erwachte, sah er Helen lange an, und sie erwiderte seinen Blick mit aller Liebe und Zuversicht, zu der sie fähig war.

Seine Augen verloren mit jeder Stunde an Licht und gaben der Dunkelheit Raum ... Tiefseeblau ..., Mitternachtsblau ..., Schwarzblau ...

„Leg dich noch einmal zu mir, snøfnugg-prinsesse", sagte er mühsam, und Helen erfüllte seinen Wunsch. So sanft und behutsam wie möglich schmiegte sie sich an seine Seite, sorgsam darauf bedacht, ihn in seiner Zerbrechlichkeit nicht mit dem Gewicht ihres Armes zu belasten.

Sein Atem ging schwer und unregelmäßig. Luna blieb vor dem Sofa stehen und fing an, Einars Hand zu lecken, was dieser eine Weile geschehen ließ.

Bjarne hatte Feuerholz nachgelegt und die Kerzen auf der Fensterbank angezündet. Er ging zurück zu seinem Sessel, zögerte, sah Einar lange an, drehte dann um in Richtung Flur und Helen hörte, wie er seine Jacke anzog und wie die Türe hinter ihm ins Schloss fiel.

Draußen wurde es dunkel. Die Kerzen vor dem Fenster flackerten unruhig. Sie spürte, wie Einar zum Sprechen ansetzte und wie sehr es ihn anstrengte. Erst im dritten Anlauf gelang ihm eine letzte, entschlossene Aufforderung: „Geh zu Morten, Luna!", gefolgt von einem leisen: „Mach's gut, Mädchen ..."

Luna gehorchte und legte sich unter den Tisch zu Morten.

Helen spürte die länger werdenden Pausen von Einars Atem. Sie streichelte sein Gesicht, küsste seine ausgezehrten Wangen. „Danke", flüsterte sie, „ich danke dir für so viel Schönes, das du mir gezeigt und mit mir geteilt hast, und für deine Hartnäckigkeit und deine Liebe und für die Weite ... Danke!"

Einar antwortete nicht mehr.

Danksagung

Dieses Buch hätte ich so nie schreiben können ohne

- die Teilnahme an der Schreibakademie im Nordkolleg Rendsburg 2021/22: Danke an die Schreibfrauen und besonders an Lisa und Carlo für Ermutigung, Kritik, endlose Textarbeit und professionelle Reibungsfläche auf dem Weg zur eigenen Form
- die wunderbaren Schreiborte im Westerwald: Danke an Monika und Petra für die vorübergehende BeHaus- und BeHeimatung
- die Norwegen-Reisen: Danke an Hartmut und Inge für unvergessene Touren und Begegnungen in der weißen Weite
- die Liebe eines ganz besonderen Mannes: Danke an No für Inspiration, Zutrauen, Neugier, Kritik, Wortspielereien, Darts-Übungsrunden und für den männlichen Blick auf das Leben und die Worte

Berlin, Sommer 2022
Marie Molsberg

Ingrid Frank:
Ligurisches Öl - Roman

„Hummeln sind im Ei mit einer Wachsschicht umgeben. Irgendwann verlassen sie diesen Zustand", erklärt der etwas hypochondrische Gunnar seiner Frau Fine bei einem Abendessen, bei dem die beiden gründlich aneinander vorbeireden. „Ich werde verreisen. Ich krieg keine Luft mehr", sagt Fine, die sich seit geraumer Zeit von ihm unverstanden und selbst sprachlos fühlt.
„Würd' gern mit dir nach Sardinien fahren." Der durch und durch gefrustete aber lebenshungrige Heiner schreibt Fine eine SMS.
Drei Menschen spüren: Unter der Oberfläche ihres Alltags stimmt etwas nicht. Eigenwillige Aufbrüche beginnen. Beziehungen sortieren sich neu. Es ist eine Geschichte über das Leben und das Lieben, über tastendes Suchen und ungewöhnliches Finden.
180 Seiten, 15,5 cm x 22 cm
Taschenbuch ISBN 978-3-928249-46-1 e-Book ISBN 978-3-928249-47-8
Skript-Verlag 2022

Jenny Perelli
Regina de la Mancia - Der weibliche Don Quijote

Dieses Buch handelt von den Abenteuern der Regina de la Mancia, einer Schauspielerin aus der Toskana, der die Filme, die sie sah, den Kopf völlig verdrehten, und ihrer treuen Maskenbildnerin Sandra Wanst. Unsere Heldin besteigt ihren Wagen Rosy, der der beste und zuverlässigste VW-Käfer der Welt ist, und begibt sich auf eine Reise, bei der ihr das Schicksal einen kühnen Auftritt nach dem nächsten zu bestreiten auferlegt. Sandra Wanst steht der Schauspielerin von der traurigen Gestalt in jeder Filmszene als Weggefährtin und Freundin zur Seite und bewahrt sie vor so manchem Unheil.
172 Seiten, 15,5cm x 22cm
Taschenbuch ISBN 978-3-928249-22-5 e-Book ISBN 978-3-928249-23-2
Skript-Verlag 2022

Vincent E. Noel
Wenigstens kann ich richtig guten Kaffee kochen
Protokoll einer unsichtbaren Sehnsucht

Emma ist unsichtbar. Sie wurde von ihrer Großmutter aufgezogen, aber nicht wahrgenommen, und mit ihrer Hauswirtschaftslehre darf sie kaum mehr als ihr einfaches Leben erwarten, das so verwirrend ist und übervoll mit Sehnsüchten und Verlockungen. Bis dann ihr neuer Job in einem Café alles verändert – auch, weil sie dort ihrem Traumprinzen begegnet, Marius, einem Architekten, der perfekt aussieht und so viel Charme wie Erfolg hat. Kann sie jetzt endlich ihr so sehr ersehntes Liebesmärchen erleben? Heimlich nur, da Marius verheiratet ist. Bis dann eine Unachtsamkeit das Geheimnis enthüllt. Heute nun sitzt sie einer Gerichtspsychiaterin gegenüber und kann endlich einmal ihr Herz ausschütten ... Vincent E. Noel erzählt vor dem Hintergrund einer die Welt lähmenden Pandemie ein doppelbödig poetisches Duell zwischen Ambiguität und Begierde.
98 Seiten, 12cm x 19cm
Taschenbuch ISBN 978-3-928249-65-2 e-Book ISBN 978-3-928249-66-9
Skript-Verlag 2022

www.skript-verlag.de
Romane | Erzählungen | Kurzgeschichten | Lyrik | Pädagogik | Architektur